STS

STS

山田社

精修 關鍵字版

網羅新日本語能力試驗文法必考範圍

日本語 文法・句型 辭典

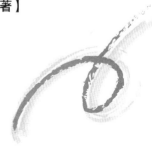

MP3

NIHONGO BUNPOO・BUNKEI ZITEN

N3, N4, N5 文法辭典

【吉松由美・田中陽子・西村惠子・千田晴夫 合著】

・漫畫式學習簡單易懂
・精闢分析馬上掌握重點
・單字例句豐富滿載

山田社
Shan Tian She

前言

您的日語，是否不進不退，甚至還在倒退？
別讓文法像座大山橫埂在前面！
想在日檢考試拿下合格好成績，
只要找對方法，就能改變結果。
不補習，自學考上N3,N4,N5，就靠這一本！

《精修關鍵字版 日本語文法・句型辭典》為了這樣的您，再出N3,N4,N5版了。

明明五顏六色，書上重點一網打盡，畫得滿滿的，
怎麼考試時腦袋還是一片空白？

其實，一堆重點＝沒重點，畫了＝白畫！

只有關鍵字，像膠囊似地能將龐雜的資料濃縮在裡面。
只有關鍵字，到了考試，如同一把打開記憶資料庫的鑰匙，
提供記憶線索，讓「字」帶「句」，「句」帶「文」，
瞬間回憶整句話，達到獲取高分的境界。

什麼是「關鍵字」？它是將大量的資料簡化而成的「重點字句」，只有關鍵字，能以最少時間，抓住重點，刺激五感，製造聯想。「關鍵字」與「大腦想像」一旦結合，將讓大腦發光發熱，進而以最少的時間，達到長期記憶，成就最佳成績。

本書精選新制日檢考試N3,N4,N5全部文法，每項都精心標上文法記憶法寶「關鍵字」，運用關鍵字的濃縮精華，進而啟發回憶的效果，幫助您直接進入腦中，圈出大的重點，縮短專注時間，記憶更穩更久！

不管是日語初中階者，高中，大學生，碩、博士生，甚至日語老師、教授，《精修關鍵字版 日本語文法・句型辭典—N3,N4,N5文法辭典》都是學習或教授日語，人手一本，一輩子都用得到的好辭典。

精修關鍵字版內容更進化：

1. 關鍵字膠囊式速效魔法

   每項文法解釋前面，都加上該文法的關鍵字，關鍵字可以讓濃縮後的資料，輕易地從記憶中的功課提取出整段話或整篇文章。也就是以更少的時間，得到更大的效果，進而提高學習動機，讓您充滿信心去面對日檢考試。

2. 超強漫畫式學習

   每項文法的第一個重點例句，都會搭配活潑、逗趣的日式插圖。把枯燥的文法融入插圖的故事中，讓人會心一笑，並加深對文法的印象，您絕對會有「原來文法可以這麼有趣、這麼好記」的感覺！

3. 說明清晰，立馬掌握重點

   為了紮實對文法的記憶根底，務求對每一文法項目意義明確、清晰掌握。說明中不僅對每一文法項目的意義、用法、語感、部分近義文法項目的差異等方面進行記述以外，還分析部分不同的文法項目間的微妙差異。相當於一部小型的文法‧句型辭典。

4. 例句貼近同級常用話題

   每個文法項目，都帶出4、5個例句，每個例句以生活、工作、財經等貼近該級常用話題，甚至是報章雜誌常出現的用法。

5. 網羅日檢N5到N3文法‧句型‧單字

   各級文法所舉出的例句中，更包括符合該級數程度的單字，如此一來便能三效學習文法、單字和例句，幾乎是為新制對應日檢考試量身打造，同時也是本超實用的日語文法書。

   本書廣泛地適用於一般的日語初中階者，高中，大學生，碩士博士生、參加N5到N3日本語能力考試的考生，以及赴日旅遊、生活、研究、進修人員，也可以作為日語翻譯、日語教師的參考書。另外，搭配本書加碼收錄的實戰MP3，熟悉專業日籍老師的語調與速度，幫助您聽力實力突飛猛進，提供最完善、最全方位的日語學習。

目錄

文型接續解説

▶ 形容詞

活　用	形容詞（い形容詞）	形容詞動詞（な形容詞）
形容詞基本形 （辭書形）	<ruby>大<rt>おお</rt></ruby>きい	<ruby>綺麗<rt>きれい</rt></ruby>だ
形容詞詞幹	<ruby>大<rt>おお</rt></ruby>き	<ruby>綺麗<rt>きれい</rt></ruby>
形容詞詞尾	い	だ
形容詞否定形	<ruby>大<rt>おお</rt></ruby>きくない	<ruby>綺麗<rt>きれい</rt></ruby>でない
形容詞た形	<ruby>大<rt>おお</rt></ruby>きかった	<ruby>綺麗<rt>きれい</rt></ruby>だった
形容詞て形	<ruby>大<rt>おお</rt></ruby>きくて	<ruby>綺麗<rt>きれい</rt></ruby>で
形容詞く形	<ruby>大<rt>おお</rt></ruby>きく	×
形容詞假定形	<ruby>大<rt>おお</rt></ruby>きければ	<ruby>綺麗<rt>きれい</rt></ruby>なら（ば）
形容詞普通形	<ruby>大<rt>おお</rt></ruby>きい <ruby>大<rt>おお</rt></ruby>きくない <ruby>大<rt>おお</rt></ruby>きかった <ruby>大<rt>おお</rt></ruby>きくなかった	<ruby>綺麗<rt>きれい</rt></ruby>だ <ruby>綺麗<rt>きれい</rt></ruby>ではない <ruby>綺麗<rt>きれい</rt></ruby>だった <ruby>綺麗<rt>きれい</rt></ruby>ではなかった
形容詞丁寧形	<ruby>大<rt>おお</rt></ruby>きいです <ruby>大<rt>おお</rt></ruby>きくありません <ruby>大<rt>おお</rt></ruby>きくないです <ruby>大<rt>おお</rt></ruby>きくありませんでした <ruby>大<rt>おお</rt></ruby>きくなかったです	<ruby>綺麗<rt>きれい</rt></ruby>です <ruby>綺麗<rt>きれい</rt></ruby>ではありません <ruby>綺麗<rt>きれい</rt></ruby>でした <ruby>綺麗<rt>きれい</rt></ruby>ではありませんでした

▶ 名詞

活　用	名　詞
名詞普通形	雨_{あめ}だ 雨_{あめ}ではない 雨_{あめ}だった 雨_{あめ}ではなかった
名詞丁寧形	雨_{あめ}です 雨_{あめ}ではありません 雨_{あめ}でした 雨_{あめ}ではありませんでした

▶ 動詞

活　用	五　段	一　段	カ　変	サ　変
動詞基本形（辞書形）	書く	集める	来る	する
動詞詞幹	書	集	0 （無詞幹詞尾區別）	0 （無詞幹詞尾區別）
動詞詞尾	く	める	0	0
動詞否定形	書かない	集めない	来ない	しない
動詞ます形	書きます	集めます	来ます	します
動詞た形	書いた	集めた	来た	した
動詞て形	書いて	集めて	来て	して
動詞命令形	書け	集めろ	来い	しろ
動詞意向形	書こう	集めよう	来よう	しよう
動詞被動形	書かれる	集められる	来られる	される
動詞使役形	書かせる	集めさせる	来させる	させる
動詞使役被動形	書かされる	集めさせられる	来させられる	させられる

動詞可能形	書ける	集められる	来られる	できる
動詞假定形	書けば	集めれば	来れば	すれば
動詞命令形	書け	集めろ	来い	しろ
動詞普通形	行く 行かない 行った 行かなかった	集める 集めない 集めた 集めなかった	来る 来ない 来た 来なかった	する しない した しなかった
動詞丁寧形	行きます 行きません 行きました 行きませんでした	集めます 集めません 集めました 集めませんでした	来ます 来ません 来ました 来ませんでした	します しません しました しませんでした

一、助詞

Track N5 1-01

001

● ～が

➡ {名詞}＋が

　❶【對象】「が」前接對象，表示好惡、需要及想要得到的對象，還有能夠做的事情、明白瞭解的事物，以及擁有的物品，如例(1)～(3)。

　❷【主語】用於表示動作的主語，「が」前接描寫眼睛看得到的、耳朵聽得到的事情等，如例(4)、(5)。

1 あの 人は お金が あります。
　那個人有錢。

➡ 例句

2 お菓子を 作るので 砂糖が いります。

我想製做甜點，因此需要用到砂糖。

3 私は あなたが 好きです。

我喜歡你。

4 風が 吹いて います。

風正在吹。

5 部屋に テレビが あります。

房間裡有電視機。

● 〔疑問詞〕＋が

➡ {疑問詞}＋が

【疑問詞主語】 當問句使用「どれ、いつ、どの人、だれ」等疑問詞作為主語時，主語後面會接「が」。

1 この　絵は　誰が　描きましたか。
這幅畫是誰畫的？

➡ **例句**

2 どの　人が　吉川さんですか。

3 どこが　痛いですか。

4 どれが　人気が　ありますか。

5 何が　食べたいですか。

請問哪一位是吉川先生呢？

哪裡痛呢？

哪一個比較受歡迎呢？

想吃什麼嗎？

N
5

● が（逆接）

但是…

➡ {名詞です（だ）；形容動詞詞幹だ；[形容詞・動詞] 丁寧形（普通形）}＋が

【逆接】 表示連接兩個對立的事物，前句跟後句內容是相對立的。

1 母は　背が　高いですが、父は　低いです。
媽媽身高很高，但是爸爸很矮。

➡ **例句**

2 あの　レストランは、おいしいですが　高いです。

那家餐廳雖然餐點美味，但是價格昂貴。

9

3 日本語は　難しいですが、面白いです。

日語雖然很難學，但是很有趣。

4 作文は　書きましたが、まだ　出して　いません。

作文雖然寫完了，但是還沒交出去。

5 鶏肉は　食べますが、牛肉は　食べません。

我吃雞肉，但不吃牛肉。

004

Track N5
1-04

● が（前置詞）

➡ {句子}＋が

【前置詞】在向對方詢問、請求、命令之前，作為一種開場白使用。

1 失礼ですが、鈴木さんでしょうか。

不好意思，請問是鈴木先生嗎？

➡ 例句

2 もしもし、山本ですが、水下さんは　いますか。

喂，我是山本，請問水下先生在嗎？

3 明日の　パーティーですが、1時からですよね。

關於明天的派對，是從一點開始舉行，對吧？

4 この　前の　話ですが、小島さんにも　言いましたか。

關於上次那件事，也告訴小島先生了嗎？

5 すみませんが、少し　静かに　して　ください。

不好意思，請稍微安靜一點。

005

Track N5
1-05

● 〔目的語〕＋を

➡ {名詞}＋を

【目的】「を」用在他動詞（人為而施加變化的動詞）的前面，表示動作的目的或對象。「を」前面的名詞，是動作所涉及的對象。

1 顔を 洗います。

   洗臉。

➡ 例句

2 パンを 食べます。 ｜ 吃麵包。

3 洗濯を します。 ｜ 洗衣服。

4 日本語の 手紙を 書きます。 ｜ 寫日文書信。

5 テレビを 30分 見ました。 ｜ 看了三十分鐘的電視。

006

Track N5
1-06

● 〔通過・移動〕＋を＋自動詞

➡ {名詞}＋を＋{自動詞}

❶【移動】接表示移動的自動詞，像是「歩く（あるく／走）、飛ぶ（とぶ／飛）、走る（はしる／跑）」等，如例(1)～(3)。

❷【通過】用助詞「を」表示經過或移動的場所，而且「を」後面常接表示通過場所的自動詞，像是「渡る（わたる／越過）、通る（とおる／經過）、曲がる（まがる／轉彎）」等，如例(4)、(5)。

1 学生が 道を 歩いて います。

   學生在路上走著。

➡ 例句

2 飛行機が 空を 飛んで います。 ｜ 飛機在空中飛。

3 週に 3回、うちの 近くを 5キロぐら
い 走ります。　　　　　　　　　　　每星期三次，在我家附近跑
　　　　　　　　　　　　　　　　　五公里左右。

4 車で 橋を 渡ります。　　　　　　　開車過橋。

5 この バスは 映画館の 前を 通ります
か。　　　　　　　　　　　　　　　請問這輛巴士會經過電影院
　　　　　　　　　　　　　　　　　門口嗎？

007　　　　　　　　　　Track N5 1-07

 〔離開點〕＋を

→ {名詞}＋を

【起點】動作離開的場所用「を」。例如，從家裡出來，學校畢業或從車、船及飛機等交通工具下來。

1 7時に 家を 出ます。
七點出門。

→ 例句

2 学校を 卒業します。　　　　　　　從學校畢業。

3 ここで バスを 降ります。　　　　　在這裡下公車。

4 部屋を 出て ください。　　　　　　請離開房間。

5 席を 立ちます。　　　　　　　　　從椅子上站起來。

008　　　　　　　　　　Track N5 1-08

 〔場所〕＋に

1. 在…、有…；2. 在…嗎、有…嗎；3. 有…

12

➡ {名詞}＋に

❶【場所】「に」表示存在的場所。表示存在的動詞有「います、あります」（有、在），「います」用在自己可以動的有生命物體的人或動物的名詞，如例(1)、(2)。

❷〖いますか〗「います＋か」表示疑問，是「有嗎？」、「在嗎？」的意思，如例(3)。

❸〖無生命－あります〗自己無法動的無生命物體名詞用「あります」，如例(4)、(5)。

1 木の 下に 妹が います。
妹妹在樹下。

➡ 例句

2 神戸に 友達が います。　　　｜我有朋友住在神戸。

3 池の 中に 魚は いますか。　　｜池子裡有魚嗎？

4 部屋に テレビが あります。　　｜房間裡有電視機。

5 本棚の 右に 椅子が あります。　｜書架的右邊有椅子。

009

Track NS
1-09

● 〔到達點〕＋に

到…、在…

➡ {名詞}＋に

【到達點】表示動作移動的到達點。

1 お風呂に 入ります。
去洗澡。

➡ 例句

2 今日 成田に 着きます。　　　　｜今天會抵達成田。

3 私は　椅子に　座ります。　　　　　我坐在椅子上。

4 ここで　タクシーに　乗ります。　　　在這裡搭計程車。

5 手を　上に　挙げます。　　　　　　　把手舉起來。

010

● 〔時間〕＋に

在…

➡ {時間詞}＋に

【時間】寒暑假、幾點、星期幾、幾月幾號做什麼事等。表示動作、作用的時間就用「に」。

1 夏休みに　旅行します。

暑假會去旅行。

➡ 例句

2 金曜日に　友達と　会います。　　　　將於星期五和朋友見面。

3 ７月に　日本へ　来ました。　　　　　在七月時來到了日本。

4 ９日に　横浜へ　行きます。　　　　　將於九號去橫濱。

5 今日中に　送ります。　　　　　　　　今天之內會送過去。

011

● 〔目的〕＋に

去…、到…

➡ {動詞ます形；する動詞詞幹}＋に

【目的】表示動作、作用的目的、目標。

1 海へ　泳ぎに　行きます。
去海邊游泳。

➡ 例句

2 図書館へ　勉強に　行きます。
3 東北へ　遊びに　行きます。
4 今から　旅行に　行きます。
5 今度の　土曜日、映画を　見に　行きます。

去圖書館唸書。

將要去東北旅遊。

現在要去旅行。

這個星期六要去看電影。

012

Track N5
1-12

● 〔對象（人）〕＋に

給…、跟…

➡ {名詞}＋に

【對象－人】表示動作、作用的對象。

1 弟に　メールを　出しました。
寄電子郵件給弟弟了。

➡ 例句

2 鎌田さんに　ペンを　渡しました。
3 友達に　電話を　かけます。
4 彼女に　花を　あげました。
5 花屋で　友達に　会いました。

把筆遞給了鎌田先生。

打電話給朋友。

送了花給女朋友。

在花店遇到了朋友。

15

013

● 〔對象（物・場所）〕＋に

…到、對…、在…、給…

➡ {名詞}＋に

【對象－物・場所】「に」的前面接物品或場所，表示施加動作的對象，或是施加動作的場所、地點。

1 家に　電話を　かけます。

打電話回家。

➡ 例句

2 花に　水を　やります。　　給花澆水。

3 紙に　火を　つけます。　　在紙上點火燃燒。

4 ノートに　平仮名を　書きます。　在筆記本上寫平假名。

5 弟に　100円　貸します。　　借給弟弟一百圓。

014

● 〔時間〕＋に＋〔次數〕

…之中、…內

➡ {時間詞}＋に＋{數量詞}

【範圍內次數】表示某一範圍內的數量或次數，「に」前接某時間範圍，後面則為數量或次數。

1 一日に　2時間ぐらい、勉強します。

一天大約唸兩小時書。

➜ 例句

2 この 薬（くすり）は、1日（いちにち）に 3回（さんかい） 飲（の）んで くだ さい。	這種藥請一天吃三次。
3 会社（かいしゃ）は 週（しゅう）に 2日（ふつか） 休（やす）みです。	公司是週休二日。
4 月（つき）に 2回（にかい）、サッカーを します。	每個月踢兩次足球。
5 半年（はんとし）に 一度（いちど）、国（くに）に 帰（かえ）ります。	半年回國一次。

015

● 〔場所〕＋で

在…

➜ {名詞}＋で

【場所】「で」的前項為後項動作進行的場所。不同於「を」表示動作所
經過的場所，「で」表示所有的動作都在那一場所進行。

1 家（うち）で テレビを 見（み）ます。
　在家看電視。

➜ 例句

2 玄関（げんかん）で 靴（くつ）を 脱（ぬ）ぎました。	在玄關脫了鞋子。
3 郵便局（ゆうびんきょく）で 手紙（てがみ）を 出（だ）します。	在郵局寄信。
4 自分（じぶん）の 部屋（へや）で 勉強（べんきょう）します。	在自己的房間裡用功研習。
5 ベッドで 寝（ね）ます。	在床上睡覺。

016

● 〔方法・手段〕＋で

1. 用…；2. 乘坐…

➜ {名詞}＋で

❶【手段】 表示動作的方法、手段，如例(1)～(3)。

❷【交通工具】 是使用的交通工具，如例(4)、(5)。

1 鉛筆で　絵を　描きます。

　用鉛筆畫畫。

➜ **例句**

2 箸で　ご飯を　食べます。　　　　　用筷子吃飯。

3 その　ことは　新聞で　知りました。　我是從報上得知了那件事的。

4 毎日、自転車で　学校へ　行きます。　每天都騎自行車上學。

5 新幹線で　京都へ　行きます。　　　搭新幹線去京都。

017

● 〔材料〕＋で

1. 用…；2. 用什麼

➜ {名詞}＋で

❶【材料】 製作什麼東西時，使用的材料。如例(1)～(4)。

❷〖詢問－何で〗 詢問製作的材料時，前接疑問詞「何＋で」。如例(5)。

1 トマトで　サラダを　作ります。

　用蕃茄做沙拉。

➡ 例句

2 木で　椅子を　作りました。

用木頭做了椅子。

3 砂で　お城を　作ります。

用沙子堆一座城堡。

4 日本の　お酒は　お米で　作ります。

日本酒是以米釀製而成的。

5 この　お酒は　何で　作った　お酒ですか。

這酒是用什麼做的？

018

● 〔狀態・情況〕＋で

Track NS 1-18

在…、以…

➡ {名詞}＋で

【狀態】表示動作主體在某種狀態、情況下做後項的事情，如例(1)、(2)。也表示動作、行為主體在多少數量的狀態下，如例(3)～(5)。

1 笑顔で　写真を　撮ります。

展開笑容拍照。

➡ 例句

←で

2 スカートで　自転車に　乗ります。

穿著裙子騎自行車。

3 一人で　旅行します。

一個人去旅行。

4 みんなで　どこへ　行くのですか。

大家要一起去哪裡呢？

5 １７歳で　大学に　入ります。

在十七歲時進入大學就讀。

● 〔理由〕＋で

因為…

➡ {名詞}＋で

【理由】「で」的前項為後項結果的原因、理由。

1 風で　窓が　開きました。
  窗戶被風吹開了。

➡ 例句

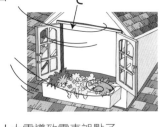

2 雪で　電車が　遅れました。　　　大雪導致電車誤點了。

3 地震で　エレベーターが　止まりました。　電梯由於地震而停下來了。

4 仕事で　疲れました。　　　　　　工作把我累壞了。

5 風邪で　頭が　痛いです。　　　　由於感冒而頭痛。

● 〔數量〕＋で＋〔數量〕

共…

➡ {數量詞}＋で＋{數量詞}

【數量總和】「で」的前後可接數量、金額、時間單位等。

1 たまごは　6個で　300円です。
  雞蛋六個 300 日圓。

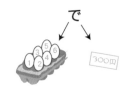

➡ 例句

2 二人で　13個食べました。　　　　| 兩個人吃了十三個。

3 ３本で　100 円です。

4 １時間で　7,000 円です。

5 １日で　７ページ　勉強しました。

三條總共一百日圓。

一個小時收您七千日圓。

一天研讀了七頁。

021

● 〔場所・方向〕へ（に）

往…、去…

→ {名詞}＋へ（に）

❶【方向】前接跟地方有關的名詞，表示動作、行為的方向，也指行為的目的地，如例(1)～(3)。

❷〖可跟に互換〗可跟「に」互換，如例(4)、(5)。

1 電車で　学校へ　来ました。
搭電車來學校。

→ 例句

2 来月　国へ　帰ります。

3 友達と　レストランへ　行きます。

4 友達の　隣に　並びます。

5 家に　帰ります。

下個月回國。

和朋友去餐廳。

我排在朋友的旁邊。

要回家。

022

Track N5 1-22

● 〔場所〕へ／（に）〔目的〕に

到…（做某事）

➡ {名詞}＋へ（に）＋{動詞ます形；する動詞詞幹}＋に

❶〖**サ変→語幹**〗遇到サ行變格動詞（如：散歩します），除了用動詞ます形，也常把「します」拿掉，只用語幹，如例(1)。

❷【**目的**】表示移動的場所用助詞「へ」（に），表示移動的目的用助詞「に」。「に」的前面要用動詞ます形，如例(2)～(5)。

1 公園へ　散歩に　行きます。
　去公園散步。

➡ **例句**

2 図書館へ　本を　返しに　行きます。　　去圖書館還書。

3 日本へ　すしを　食べに　来ました。　　特地來到了日本吃壽司。

4 郵便局へ　切手を　買いに　行きます。　　要去郵局買郵票。

5 来週　大阪へ　旅行に　行きます。　　下星期要去大阪旅行。

023

Track N5 1-23

● 名詞＋と＋名詞

…和…、…與…

➡ {名詞}＋と＋{名詞}

【**名詞的並列**】表示幾個事物的並列。想要敘述的主要東西，全部都明確地列舉出來。「と」大多與名詞相接。

1 公園に　猫と　犬が　います。
　公園裡有貓有狗。

➡ 例句

2 今日の 朝ご飯は パンと 紅茶でした。

今天的早餐是吃麵包和紅茶。

3 いつも 電車と バスに 乗ります。

平常是搭電車跟公車。

4 ケーキと チョコレートが 好きです。

喜歡吃蛋糕和巧克力。

5 京都と 奈良は 近いです。

京都和奈良距離很近。

● 名詞＋と＋おなじ

1. 和…一樣的、和…相同的；2. …和…相同

➡ {名詞}＋と＋おなじ

❶【同樣】表示後項和前項是同樣的人事物，如例(1)～(3)。

❷〖NとNは同じ〗也可以用「名詞＋と＋名詞＋は＋同じ」的形式，如例(4)、(5)。

1 これと 同じ ラジカセを 持って います。

我有和這台一樣的收音機。

➡ 例句

2 私の 背は 母と 同じ くらいです。

我的身高和媽媽差不多。

3 赤組の 点は 白組の 点と 同じです。

紅隊的分數和白隊的分數一樣。

4 私と 陽子さんは 同じ クラスです。

我和陽子同班。

5 私と 妻は 同じ 大学を 出ました。

我和妻子畢業於同一所大學。

025

Track N5
1-25

● 〔對象〕と

1. 跟…一起；2. 跟…（一起）；3. 跟…

➡ {名詞}＋と

❶【對象】「と」前接一起去做某事的對象時，常跟「一緒に」一同使用，如例(1)。

❷〔可省略一緒に〕這個用法的「一緒に」也可省略，如例(2)、(3)。

❸〔對象＋と＋一人不能完成的動作〕「と」前接表示互相進行某動作的對象，後面要接一個人不能完成的動作，如結婚、吵架、或偶然在哪裡碰面等等，如例(4)、(5)。

1 家族(か ぞく)と いっしょに 温泉(おんせん)へ 行(い)きます。
和家人一起去洗溫泉。

と

➡ 例句

2 彼女(かのじょ)と 晩(ばん)ご飯(はん)を 食(た)べました。　　和她一起吃了晚餐。

3 日曜日(にちようび)は 母(はは)と 出(で)かけました。　　星期天和媽媽出門了。

4 私(わたし)と 結婚(けっこん)して ください。　　請和我結婚。

5 土曜日(どようび)は 陳(チン)さんと 会(あ)いました。　　星期六和陳小姐見面了。

026

Track N5
1-26

● 〔引用內容〕と

説…、寫著…

➡ {句子}＋と

【引用內容】「と」接在某人説的話，或寫的事物後面，表示説了什麼、寫了什麼。

1 子供(こども)が 「遊(あそ)びたい」と 言(い)って います。
小孩説：「好想出去玩」。

と

➡ 例句

2 テレビで 「今日は 晴れるでしょう」と 言って いました。	電視的氣象預報説了「今日大致是晴朗的好天氣」。
3 彼女から 「来ない」と 聞きました。	我聽她説「她不來」。
4 山田さんは 「家内と 一緒に 行きました」と 言いました。	山田先生説：「我跟太太一起去過了。」
5 両親に 手紙で 「お金を 送って ください」と 頼みました。	向父母寫了信拜託「請寄錢給我」。

027

● ～から～まで、～まで～から

1. 從…到…；2. 到…從…；3. 從…到…；4. 到…從…

➡ {名詞}＋から＋{名詞}＋まで、{名詞}＋まで＋{名詞}＋から

❶【距離範圍】表示距離的範圍，「から」前面的名詞是起點，「まで」前面的名詞是終點，如例(1)、(2)。

❷〔まで～から〕表示距離的範圍，也可用「～まで～から」，如例(3)。

❸【時間範圍】表示時間的範圍，「から」前面的名詞是開始的時間，「まで」前面的名詞是結束的時間，如例(4)。

❹〔まで～から〕表示時間的範圍，也可用「～まで～から」，如例(5)。

1 駅から 郵便局まで 歩きました。

從車站走到了郵局。

➡ 例句

2 東京から 仙台まで、新幹線は 1万円くらい かかります。	從東京到仙台，搭新幹線列車約需花費一萬日圓。
3 学校まで、うちから 歩いて 30分です。	從我家走到學校是三十分鐘。
4 毎日、朝から 晩まで 忙しいです。	每天從早忙到晚。
5 夕ご飯の 時間まで、今から 少し 寝ます。	現在先睡一下，等吃晚飯的時候再起來。

028

● 〔起點（人）〕から

從…、由…

➡ {名詞}＋から

【起點】表示從某對象借東西、從某對象聽來的消息，或從某對象得到東西等。「から」前面就是這某對象。

1 山田さんから　時計を　借りました。

我向山田先生借了手錶。

➡ 例句

2 私から　電話します。

由我打電話過去。

3 昨日　図書館から　本を　借りました。

昨天跟圖書館借了本書。

4 小野さんから　面白い話を　聞きました。

從小野先生那裏聽來了很有意思的事。

5 友達から　車を　買いました。

向朋友買了車子。

029

● 〜から

因為…

➡ {[形容詞・動詞]普通形}＋から；{名詞；形容動詞詞幹}＋だから

【原因】表示原因、理由。一般用於説話人出於個人主觀理由，進行請求、命令、希望、主張及推測，是種較強烈的意志性表達。

1 忙しいから、新聞を　読みません。

因為很忙，所以不看報紙。

26

➡ 例句

2 今日は 日曜日だから、学校は 休みです。 | 今天是星期日，所以不必上學。

3 もう 遅いから、家へ 帰ります。 | 因為已經很晚了，我要回家了。

4 まずかったから、もう この 店には 来ません。 | 太難吃了，我再也不會來這家店了。

5 雨が 降って いるから、今日は 出かけません。 | 因為正在下雨，所以今天不出門。

030

Track N5
1-30

● 〜ので

因為…

➡ {[形容詞・動詞] 普通形} ＋ので；{名詞；形容動詞詞幹} ＋なので

【原因】表示原因、理由。前句是原因，後句是因此而發生的事。「〜ので」一般用在客觀的自然的因果關係，所以也容易推測出結果。

1 寒いので、コートを 着ます。
因為很冷，所以穿大衣。

ので

➡ 例句

2 雨なので、行きたく ないです。 | 因為下雨，所以不想去。

3 これは 安いので 三つ 買います。 | 因為這個很便宜，所以買三個。

4 うちの 子は 勉強が 嫌いなので 困ります。 | 我家的孩子討厭讀書，真讓人困擾。

5 仕事が あるので、7時に 出かけます。 | 因為有工作，所以七點要出門。

N
5

27

031

Track N5
1-31

● ～や～

…和…

➡ {名詞}＋や＋{名詞}

【列舉】表示在幾個事物中，列舉出二、三個來做為代表，其他的事物就被省略下來，沒有全部說完。

1 赤や　黄色の　花が　咲いて　います。
開著或紅或黃的花。

➡ 例句

2 りんごや　みかんを　買いました。
買了蘋果和橘子。

3 家や　車は　高いです。
房子和車子都很貴。

4 机の　上に　本や　辞書が　あります。
書桌上有書和字典。

5 京都や　奈良は　古い　町です。
京都和奈良都是古老的城市。

032

Track N5
1-32

● ～や～など

和…等

➡ {名詞}＋や＋{名詞}＋など

【列舉】這也是表示舉出幾項，但是沒有全部說完。這些沒有全部說完的部分用「など」（等等）來加以強調。「など」常跟「や」前後呼應使用。這裡雖然多加了「など」，但意思跟「～や～」基本上是一樣的。

1 机に　ペンや　ノートなどが　あります。
書桌上有筆和筆記本等等。

➡ 例句

2 近くに 駅や 花屋などが あります。	附近有車站和花店等等。
3 公園で テニスや 野球などを します。	在公園打網球和棒球等等。
4 数学や 物理などは 難しいです。	數學或物理之類的都很難。
5 休みの 日は 掃除や 洗濯などを します。	假日通常會做打掃和洗衣服之類的家事。

033

● 名詞＋の＋名詞

…的…

➡ {名詞}＋の＋{名詞}

【所屬】用於修飾名詞，表示該名詞的所有者、內容説明、作成者、數量、材料、時間及位置等等。

1 これは 私の 本です。
這是我的書。

の

➡ 例句

2 彼は 日本語の 先生です。	他是日文老師。
3 明日は 8時18分の 電車に 乗ります。	明天要搭八點十八分的電車。
4 5月5日は 子どもの 日です。	五月五日是兒童節。
5 私の 父は、隣の 町の 銀行に 勤めています。	家父在鄰鎮的銀行工作。

日語文法・句型詳解

034

● 名詞＋の

…的

➡ ｛名詞｝＋の

【省略名詞】準體助詞「の」後面可省略前面出現過，或無須説明大家都能理解的名詞，不需要再重複，或替代該名詞。

1 その 車は 私のです。

　那輛車是我的。

➡ 例句

2 この 本は 図書館のです。 | 這本書是圖書館的。

3 その 雑誌は 先月のです。 | 那本雜誌是上個月的。

4 私の 傘は 一番 左のです。 | 我的傘是最左邊那支。

5 この 時計は 誰のですか。 | 這支錶是誰的？

035

● 名詞＋の

…的…

➡ ｛名詞｝＋の

【名詞修飾主語】在「私（わたし）が 作（つく）った 歌（うた）」這種修飾名詞（「歌」）句節裡，可以用「の」代替「が」，成為「私の 作った 歌」。那是因為這種修飾名詞的句節中的「の」，跟「私の 歌」中的「の」有著類似的性質。

1 あれは 兄の 描いた 絵です。

　那是哥哥畫的畫。

➡ 例句

2	姉の 作った 料理です。	這是姊姊做的料理。
3	友達の 撮った 写真です。	這是朋友照的相片。
4	私の 生まれた 所は 熊本県です。	我的出生地是熊本縣。
5	あれは 父の 出た 学校です。	那是家父的母校。

● ～は～です

…是…

➡ {名詞}＋は＋{敘述的內容或判斷的對象}＋です

❶【提示】助詞「は」表示主題。所謂主題就是後面要敘述的對象，或判斷的對象，而這個敘述的內容或判斷的對象，只限於「は」所提示的範圍。用在句尾的「です」表示對主題的斷定或是說明，如例(1)～(4)。

❷〖省略私は〗為了避免過度強調自我，用這個句型自我介紹時，常將「私は」省略，如例(5)。

1 花子は きれいです。
花子很漂亮。

➡ 例句

2	遠藤君は 学生です。	遠藤是大學生。
3	こちらは、妻の 小夜子です。	這一位是內人小夜子。
4	冬は 寒いです。	冬天很冷。
5	(私は) 山田です。	我是山田。

N5 日語文法・句型詳解

● ～は～ません

1. 不…；2. 不…

➜ {名詞}＋は＋{否定的表達形式}

❶【動詞的否定句】表示動詞的否定句，後面接否定「ません」，表示「は」前面的名詞或代名詞是動作、行為否定的主體，如例(1)、(2)。

❷【名詞的否定句】表示名詞的否定句，用「～は～ではありません」的形式，表示「は」前面的主題，不屬於「ではありません」前面的名詞，如例(3)～(5)。

1 太郎は　肉を　食べません。
太郎不吃肉。

は→

➜ **例句**

2 彼女は　スカートを　はきません。　｜她不穿裙子。

3 花子は　学生では　ありません。　｜花子不是學生。

4 僕は　ばかでは　ありません。　｜我不是傻瓜。

5 私は　園田さんを　嫌いでは　ありません。｜我並不討厭園田小姐。

● ～は～が

➜ {名詞}＋は＋{名詞}＋が

【話題】「が」前面接名詞，可以表示該名詞是後續謂語所表示的狀態的對象。

1 京都は、寺が　多いです。
京都有很多寺院。

が

➡ 例句

2 今日_{きょう}は、月_{つき}が　大_{おお}きいです。　今天的月亮很大。

3 その　町_{まち}は、空気_{くうき}が　きれいですか。　那城鎮空氣好嗎？

4 東京_{とうきょう}は、交通_{こうつう}が　便利_{べんり}です。　東京交通便利。

5 田中_{たなか}さんは、字_じが　上手_{じょうず}です。　田中的字寫得很漂亮。

● ～は～が、～は～

但是…

➡ {名詞}＋は＋{名詞です（だ）; [形容詞・動詞] 丁寧形（普通形）}＋が、{名詞}＋は

【對比】「は」除了提示主題以外，也可以用來區別、比較兩個對立的事物，也就是對照地提示兩種事物。

1 猫_{ねこ}は　外_{そと}で　遊_{あそ}びますが、犬_{いぬ}は　遊_{あそ}びません。
貓咪會在外頭玩，但是狗狗不會。

➡ 例句

2 息子_{むすこ}は　小学生_{しょうがくせい}ですが、娘_{むすめ}は　まだ　幼稚_{ようち}園_{えん}です。　小兒已經是小學生，但是小女還在上幼稚園。

3 日本語_{にほんご}は　できますが、英語_{えいご}は　できません。　雖然會日文，但是不會英文。

4 兄_{あに}は　いますが、姉_{あね}は　いません。　我有哥哥，但是沒有姊姊。

5 平仮名_{ひらがな}は　覚_{おぼ}えましたが、片仮名_{かたかな}は　まだです。　雖然學會平假名了，但是還看不懂片假名。

040

Track N5
1-40

～も～

1. 也…也…、都是…；2. 也、又；3. 也和…也和…

➡ ❶【並列】{名詞}＋も＋{名詞}＋も。表示同性質的東西並列或列舉，如例(1)、(2)。

❷【累加】{名詞}＋も。可用於再累加上同一類型的事物，如例(3)。

❸【重覆】{名詞}＋とも＋{名詞}＋とも。重覆、附加或累加同類時，可用「とも…とも」，如例(4)。

❹〔格助詞＋も〕{名詞}＋{助詞}＋も。表示累加、重複時，「も」除了接在名詞後面，也有接在「名詞＋助詞」之後的用法，如例(5)。

1 猫も　犬も　黒いです。
貓跟狗都是黑色的。

も

➡ **例句**

2 私は　肉も　魚も　食べません。

我既不吃肉，也不吃魚。

3 村田さんは　医者です。鈴木さんも　医者です。

村田先生是醫生。鈴木先生也是醫生。

4 沙織ちゃんとも　明日香ちゃんとも　遊びたくありません。

我既不想和沙織玩，也不想和明日香玩。

5 来週、東京に　行きます。横浜にも　行きます。

下星期要去東京，也會去橫濱。

041

Track N5
1-41

～も～

竟、也

➡ {數量詞}＋も

【強調數量】「も」前面接數量詞，表示數量比一般想像的還多，有強調多的作用。含有意外的語意。

1 ご飯を 3杯も 食べました。
飯吃了 3 碗之多。

➡ 例句

2 10 時間も 寝ました。
睡了十個小時之多。

3 ビールを 10本も 飲みました。
竟喝了十罐之多的啤酒。

4 この 服は 8万円も します。
這件衣服索價高達八萬日圓。

5 お金は 8,000 万円も あります。
擁有多達八千萬日圓的錢。

042

Track N5
1-42

● 疑問詞＋も＋否定（完全否定）

1. 也（不）…；2. 無論…都…

➡ {疑問詞}＋も＋〜ません

❶【全面否定】「も」上接疑問詞，下接否定語，表示全面的否定，如例(1)〜(3)。

❷【全面肯定】若想表示全面肯定，則以「疑問詞＋も＋肯定」形式，為「無論…都…」之意，如例(4)、(5)。

1 机の 上には 何も ありません。
桌上什麼東西都沒有。

➡ 例句

2「どうか しましたか。」「どうも しません。」
「怎麼了嗎？」「沒怎樣。」

3 お酒は いつも 飲みません。
我向來不喝酒。

4 この 絵と あの 絵、どちらも 好きです。
這張圖和那幅畫，我兩件都喜歡。

5 ちょうど お昼ご飯の 時間なので、お店は どこも 混んで います。
正好遇上午餐時段，店裡擠滿了客人。

日語文法・句型詳解

● 〜には、へは、とは

➡ {名詞}＋には、へは、とは

【強調】格助詞「に、へ、と」後接「は」，有特別提出格助詞前面的名詞的作用。

1 この　川<small>かわ</small>には　魚<small>さかな</small>が　多<small>おお</small>いです。
這條河裡魚很多。

➡ **例句**

← には

2 うちには　娘<small>むすめ</small>しか　いません。	我家只有女兒。
3 あの　子<small>こ</small>は　公園<small>こうえん</small>へは　来<small>き</small>ません。	那個孩子不會來公園。
4 今日<small>きょう</small>は　会社<small>かいしゃ</small>へは　行<small>い</small>きませんでした。	今天並沒去公司。
5 太郎<small>たろう</small>とは　話<small>はな</small>したく　ありません。	我才不想和太郎說話。

● 〜にも、からも、でも

➡ {名詞}＋にも、からも、でも

【強調】格助詞「に、から、で」後接「も」，表示不只是格助詞前面的名詞以外的人事物。

1 テストは　私<small>わたし</small>にも　難<small>むずか</small>しいです。
考試對我而言也很難。

← にも

➡ 例句

2 学校<ruby>学校<rt>がっこう</rt></ruby>には　冷房<ruby>冷房<rt>れいぼう</rt></ruby>が　ありません。うちにも　ありません。

學校裡沒裝冷氣，家裡也沒裝。

3 そこからも　バスが　来<ruby>来<rt>き</rt></ruby>ます。

公車也會從那邊過來。

4 これは　珍<ruby>珍<rt>めずら</rt></ruby>しい　果物<ruby>果物<rt>くだもの</rt></ruby>です。デパートでも　売<ruby>売<rt>う</rt></ruby>って　いません。

這是很少見的水果，百貨公司也沒有販售。

5 これは　どこでも　売<ruby>売<rt>う</rt></ruby>って　います。

這東西到處都在賣。

045

Track N5 1-45

～ぐらい、くらい

1.大約、左右、上下；2.大約、左右；3.和…一樣…

➡ {數量詞}＋ぐらい、くらい

❶【時間】用於對某段時間長度的推測、估計，如例(1)、(2)。

❷【數量】一般用在無法預估正確的數量，或是數量不明確的時候，如例(3)、(4)。

❸〔程度相同〕可表示兩者的程度相同，常搭配「と同じ」，如例(5)。

1 昨日<ruby>昨日<rt>きのう</rt></ruby>は　6時間<ruby>6時間<rt>ろくじかん</rt></ruby>ぐらい　寝<ruby>寝<rt>ね</rt></ruby>ました。

昨天睡了6小時左右。

➡ 例句

2 お正月<ruby>正月<rt>しょうがつ</rt></ruby>には　1週間<ruby>1週間<rt>いっしゅうかん</rt></ruby>ぐらい　休<ruby>休<rt>やす</rt></ruby>みます。

過年期間大約休假一個禮拜。

3 チョコレートを　10個<ruby>10個<rt>じゅっこ</rt></ruby>くらい　食<ruby>食<rt>た</rt></ruby>べました。

吃了大約十顆巧克力。

4 コンサートには　1万人<ruby>1万人<rt>いちまんにん</rt></ruby>ぐらい　来<ruby>来<rt>き</rt></ruby>ました。

演唱會來了大約一萬人。

5 呉<ruby>呉<rt>ゴ</rt></ruby>さんは　日本人<ruby>日本人<rt>にほんじん</rt></ruby>と　同<ruby>同<rt>おな</rt></ruby>じくらい　日本語<ruby>日本語<rt>にほんご</rt></ruby>が　できます。

吳先生的日語說得和日本人一樣流利。

046

● だけ

只、僅僅

➡ {名詞（＋助詞)}＋だけ；{名詞；形容動詞詞幹な}＋だけ；{[形容詞・動詞]普通形}＋だけ

【限定】表示只限於某範圍，除此以外沒有別的了。

1 お弁当は 一つだけ 買います。
　只買一個便當。

だけ
↓

➡ 例句

2 野菜は 嫌いなので 肉だけ 食べます。
不喜歡吃蔬菜，所以光只吃肉。

3 あの 人は、顔が きれいなだけです。
那個人的優點就只有長得漂亮。

4 お金が あるだけでは、結婚できません。
光是有錢並不能結婚。

5 漢字は 少しだけ 分かります。
漢字算是懂一點點。

047

● じゃ

1.是⋯；2.那麼、那

➡ {名詞；形容動詞詞幹}＋じゃ

❶【では→じゃ】「じゃ」是「では」的縮略形式，也就是縮短音節的形式，一般是用在口語上。多用在跟自己比較親密的人，輕鬆交談的時候，如例(1)〜(3)。

❷【轉換話題】「じゃ」「じゃあ」「では」在文章的開頭時（或逗號的後面），表示「それでは」（那麼，那就）的意思。用在承接對方說的話，自己也說了一些話，或表示告了一個段落，如例(4)、(5)。

1 そんなに　たくさん　飲んじゃ　だめだ。
喝這麼多可不行喔！

じゃ

→ 例句

2 私は　日本人じゃない。　　　　　　我不是日本人。

3 私は　字が　上手じゃ　ありません。　我的字寫得不好看。

4 じゃ、今日は　これで　帰ります。　那，我今天就先回去了。

5 うん、じゃあ、また　明日ね。　　　嗯，那，明天見囉。

048

Track N5 1-48

N 5

● しか＋〔否定〕

只、僅僅

→ {名詞（＋助詞）}＋しか～ない

❶ 【限定】「しか」下接否定，表示限定，如例(1)、(2)。
❷ 〔可惜〕常帶有因不足而感到可惜、後悔或困擾的心情，如例(3)～(5)。

1 私には　あなたしか　いません。
你是我的唯一。

しか

→ 例句

2 5,000円しか　ありません。　　　　　僅有五千日圓。

3 お弁当は　一つしか　売って　いませんで　便當只賣了一個。
した。

4 今年は　海に　1回しか　行きませんでした。　今年只去過一次海邊。

5 その　本は　まだ　半分しか　読んで　い　那本書我才讀到一半而已。
ません。

049

● ずつ

每、各

➡ {數量詞}＋ずつ

【等量均攤】接在數量詞後面，表示平均分配的數量。

1 みんなで 100円ずつ 出します。
大家各出 100 日圓。

ずつ

➡ **例句**

2 お菓子は 一人 1個ずつです。

點心一人一個。

3 この 薬は、一度に 二つずつ 飲んで
ください。

這種藥請每次服用兩粒。

4 一人ずつ 話して ください。

請每個人輪流說話。

5 高い お菓子なので、少しずつ 食べます。

這是昂貴的糕餅，所以要一點一點慢慢享用。

050

● ～か～

或者…

➡ {名詞}＋か＋{名詞}

【選擇】表示在幾個當中，任選其中一個。

1 ビールか お酒を 飲みます。
喝啤酒或是清酒。

か

⊃ 例句

2 ペンか 鉛筆で 書きます。	用原子筆或鉛筆寫。
3 新幹線か 飛行機に 乗ります。	搭新幹線或是搭飛機。
4 仙台か 松島に 泊まります。	會住在仙台或是松島。
5 この 紙は、お父さんか お母さんに 見せて ください。	請將這張紙拿去給爸爸或媽媽看。

051

...

● ～か～か～

1. …或是…；2.…呢？還是…呢

⊃ {名詞}＋か＋{名詞}＋か；

{形容詞普通形}＋か＋{形容詞普通形}＋か；

{形容動詞詞幹}＋か＋{形容動詞詞幹}＋か；

{動詞普通形}＋か＋{動詞普通形}＋か

❶【選擇】「か」也可以接在最後的選擇項目的後面。跟「～か～」一樣，表示在幾個當中，任選其中一個，如例(1)～(4)。

❷【疑問】「～か＋疑問詞＋か」中的「～」是舉出疑問詞所要問的其中一個例子，如例(5)。

1 暑いか 寒いか 分かりません。
不知道是熱還是冷。

か　　か

⊃ 例句

| 2 古沢さんか 清水さんか、どちらかが やります。 | 會由古澤小姐或清水小姐其中一位來做。 |

41

3 好きか 嫌いか 知りません。

不知道喜歡還是討厭（表示「不知道」時，一般用「分かりません」，如果用「知りません」，就有「不關我的事」的語感）。

4 辺見さんが 結婚して いるか いないか、知って いますか。

你知道邊見小姐結婚了或是還沒呢？

5 お茶か 何か、飲みますか。

要不要喝茶還是其他飲料呢？

052

Track N5
1-52

● 〔疑問詞〕＋か

➡ {疑問詞}＋か

【不明確】「か」前接「なに、いつ、いくつ、いくら、どれ」等疑問詞後面，表示不明確、不肯定，或沒必要説明的事物。

1 いつか 一緒に 行きましょう。

找一天一起去吧。

➡ 例句

2 大学に 入るには、いくらか お金が かかります。

想要上大學，就得花一些錢。

3 お皿と コップを いくつか 買いました。

我買了幾只盤子和杯子。

4 何か 食べましたか。

有吃了什麼了嗎？

5 どれか 好きなのを 一つ 選んで ください。

請從中挑選一件你喜歡的。

● 〔句子〕＋か

嗎、呢

➡ {句子}＋か

【疑問句】 接於句末，表示問別人自己想知道的事。

1 あなたは　学生ですか。

你是學生嗎？

←か

➡ 例句

2 映画は　面白いですか。　　　　　電影好看嗎？

3 木村さんは　真面目ですか。　　　木村先生工作認真嗎？

4 今晩　勉強しますか。　　　　　　今晚會唸書嗎？

5 あなたは　横田さんでは　ありませんか。　您不是橫田先生嗎？

● 〔句子〕＋か、〔句子〕＋か

是…，還是…

➡ {句子}＋か、{句子}＋か

【選擇性的疑問句】 表示讓聽話人從不確定的兩個事物中，選出一樣來。

1 アリさんは　インド人ですか、アメリカ人
ですか。

阿里先生是印度人？還是美國人？

か　　　か

N
5

➔ **例句**

2 それは　ペンですか、鉛筆(えんぴつ)ですか。 | 那是原子筆？還是鉛筆？

3 この　傘(かさ)は　伊藤(いとう)さんのですか、鈴木(すずき)さんのですか。 | 這把傘是伊藤先生的？還是鈴木先生的？

4 お父(とう)さんは　優(やさ)しいですか、怖(こわ)いですか。 | 你爸爸待人和藹嗎？還是嚴厲呢？

5 その　アパートは　きれいですか、汚(きたな)いですか。 | 那棟公寓乾淨嗎？還是骯髒呢？

055

Track N5
1-55

● 〔句子〕＋ね

…喔、…呀、…呢；…啊；…吧；…啊

➔ {句子}＋ね

【感嘆等】 表示輕微的感嘆，或話中帶有徵求對方認同的語氣。基本上使用在説話人認為對方也知道的事物，也表示跟對方做確認的語氣。

1 今日(きょう)は　とても　暑(あつ)いですね。
今天好熱呀！

ね→

➔ **例句**

2 雨(あめ)ですね。傘(かさ)を　持(も)って　いますか。 | 在下雨呢！你有帶傘嗎？

3 この　ケーキは　おいしいですね。 | 這蛋糕真好吃呢！

4 その　スカートは　きれいですね。 | 那件裙子真漂亮呀！

5 高橋(たかはし)さんも　パーティーに　行(い)きますよね。 | 高橋小姐妳也會去參加派對吧？

Track N5
1-56

● 〔句子〕＋よ

…喲；…喔、…喲、…啊

➔ {句子}＋よ

【注意等】請對方注意，或使對方接受自己的意見時，用來加強語氣。基本上使用在說話人認為對方不知道的事物，想引起對方注意。

1 あ、危ない！車が 来ますよ！

啊！危險！車子來了喔！

➔ **例句**

2 今日は 土曜日ですよ。

今天是星期六喔。

3 高田さんは とても 頭の よい 人ですよ。

高田先生是一位頭腦聰明的人喔。

4 あの 映画は 面白いですよ。

那部電影很好看喔！

5 兄は もう 結婚しましたよ。

哥哥已經結婚了喲！

N 5

二、接尾詞

Track N5
1-57

001

● じゅう、ちゅう

1. 全…、…期間；2.…內、整整

➡ {名詞}＋じゅう、ちゅう

❶【時間】日語中有自己不能單獨使用，只能跟別的詞接在一起的詞，接在詞前的叫接頭語，接在詞尾的叫接尾語。「中（じゅう）/（ちゅう）」是接尾詞。雖然原本讀作「ちゅう」，但也讀作「じゅう」。至於讀哪一個音？那就要看前接哪個單字的發音習慣來決定了，如例(1)～(3)。

❷【空間】可用「空間＋中」的形式，如例(4)、(5)。

1 あの 山^{やま}には 一年中^{いちねんじゅう} 雪^{ゆき}が あります。
那座山終年有雪。

➡ **例句**

2 午前中^{ごぜんちゅう}、忙^{いそが}しかったです。

上午時段非常忙碌。

3 夏休^{なつやす}み中^{じゅう}に、Ｎ５の 単語^{たんご}を 全部^{ぜんぶ} 覚^{おぼ}えるつもりです。

我打算在暑假期間把 N5 的單字全部背起來。

4 彼^{かれ}は 有名^{ゆうめい}で、町中^{まちじゅう}の 人^{ひと}が 知^しって います。

他名氣很大，全鎮的人都認識他。

5 部屋中^{へやじゅう}、散^ちらかって います。

房間裡亂成一團。

002

● ちゅう

…中、正在…、…期間

➡ {動作性名詞}＋ちゅう

【正在繼續】「中」接在動作性名詞後面，表示此時此刻正在做某件事情。

1 沼田さんは　ギターの　練習中です。
沼田先生現在正在練習彈吉他。

➡ 例句

2 林さんは　電話中です。

林先生現在在電話中。

3 津田先生は　授業中です。

津田老師正在上課。

4 中村さんは　仕事中です。

中村先生現在在工作。

5 うちの　娘は　ヨーロッパを　旅行中です。

我女兒正在歐洲旅行。

003

● たち、がた、かた

…們

➡ {名詞}＋たち、がた、かた

❶ 【人的複數】接尾詞「たち」接在「私」、「あなた」等人稱代名詞的後面，表示人的複數。但注意有「私たち」、「あなたたち」、「彼女たち」但無「彼たち」。如例(1)。

❷ 〔更有禮貌－がた〕接尾詞「方（がた）」也是表示人的複數的敬稱，説法更有禮貌，如例(2)、(3)。

❸ 〔人→方〕「方（かた）」是對「人」表示敬意的説法，如例(4)。

❹ 〔人們→方々〕「方々（かたがた）」是對「人たち」（人們）表示敬意的説法，如例(5)。

1 私たちは 台湾人です。
  我們是台灣人。

→ 例句

2 あなた方は 中国人ですか。
3 先生方は、会議中です。
4 あの 方は どなたですか。
5 素敵な 方々に 出会いました。

你們是中國人嗎？

老師們正在開會。

那位是哪位呢？

遇見了很棒的人們。

004

Track N5
1-60

● ごろ

左右

→ {名詞}＋ごろ

【時間】表示大概的時間點，一般只接在年、月、日，和鐘點的詞後面。

2005年

1 2005 年ごろから 北京に いました。
  我從 2005 年左右就待在北京。

→ 例句

2 6月ごろは 雨が よく 降ります。
3 明日は お昼ごろから 出かけます。
4 8日ごろに 電話しました。
5 11 月ごろから 寒く なります。

六月前後經常會下雨。

明天大概在中午的時候出門。

在八號左右打過電話了。

從十一月左右開始變冷。

○ すぎ、まえ

1. 過…；2. …多；3. 差…、…前；4. 未満…

→ {時間名詞}＋すぎ、まえ

❶【時間】接尾詞「すぎ」，接在表示時間名詞後面，表示比那時間稍後，如例(1)。

❷【年齡】接尾詞「すぎ」，也可用在年齡，表示比那年齡稍長，如例(2)。

❸【時間】接尾詞「まえ」，接在表示時間名詞後面，表示那段時間之前，如例(3)、(4)。

❹【年齡】接尾詞「まえ」，也可用在年齡，表示還未到那年齡，如例(5)。

1 10時 過ぎに バスが 来ました。

過了十點後，公車來了。(十點多時公車來了)

→ **例句**

2 父は もう 70 過ぎです。

家父已經年過七旬了。

3 今 8時 15分 前です。

現在還有十五分鐘就八點了。

4 1年前に 子どもが 生まれました。

小孩誕生於一年前。

5 まだ 20歳前ですから、お酒は 飲みません。

還沒滿二十歲，所以不能喝酒。

○ かた

…法、…樣子

→ {動詞ます形}＋かた

【方法】表示方法、手段、程度跟情況。

1 てんぷらの 作り方は 難しいです。

天婦羅不好作。

➡ 例句

2 鉛筆の 持ち方が 悪いです。　｜ 鉛筆的握法不好。

3 この 野菜は いろいろな 食べ方が あ　｜ 這種蔬菜有很多種食用的方
ります。　　　　　　　　　　　　　　　 式。

4 この 住所への 行き方を 教えて くだ　｜ 請告訴我該如何到這個地址。
さい。

5 小説は、終わりの 書き方が 難しい。　｜ 小説結尾的寫法最難。

三、疑問詞

001
Track N5
1-63

● なに、なん

什麼

➡ なに、なん＋ {助詞}

❶【問事物】「何（なに）／（なん）」代替名稱或情況不瞭解的事物，或用在詢問數字時。一般而言，表示「どんな（もの）」（什麼東西）時，讀作「なに」，如例(1)、(2)。

❷〔唸作なん〕表示「いくつ」（多少）時讀作「なん」。但是，「何だ」、「何の」一般要讀作「なん」。詢問理由時「何で」也讀作「なん」，如例(3)～(5)。

❸〔唸作なに〕詢問道具時的「何で」跟「何に」、「何と」、「何か」兩種讀法都可以，但是「なに」語感較為鄭重，而「なん」語感較為粗魯。

1 あした　何を　しますか。

明天要做什麼呢？

➡ 例句

2 これは　何と　何で　作りましたか。 ｜ 這是用什麼和什麼做成的呢？

3 ご家族は　何人ですか。 ｜ 請問你家人總共有幾位？

4 いま　何時ですか。 ｜ 現在幾點呢？

5 あしたは　何曜日ですか。 ｜ 明天是星期幾呢？

002

● だれ、どなた

1. 誰；2. 哪位…

➡ だれ、どなた＋{助詞}

❶【問人】「だれ」不定稱是詢問人的詞。它相對於第一人稱，第二人稱和第三人稱，如例(1)～(3)。

❷〖客氣－どなた〗「どなた」和「だれ」一樣是不定稱，但是比「だれ」說法還要客氣，如例(4)、(5)。

1 あの 人<ruby>人<rt>ひと</rt></ruby>は 誰<ruby>誰<rt>だれ</rt></ruby>ですか。

那個人是誰？

➡ 例句

だれ→

2 誰<ruby>誰<rt>だれ</rt></ruby>が 買<ruby>買<rt>か</rt></ruby>い物<ruby>物<rt>もの</rt></ruby>に 行<ruby>行<rt>い</rt></ruby>きますか。	誰要去買東西呢？
3 2月14日<ruby>2月<rt>にがつ</rt></ruby><ruby>14日<rt>じゅうよっか</rt></ruby>、チョコを 誰<ruby>誰<rt>だれ</rt></ruby>に あげますか。	二月十四日那天，妳要把巧克力送給誰呢？
4 これは どなたの カメラですか。	這是哪位的相機呢？
5「ごめん ください」「はーい。どなたですか」	「打擾一下！」「來了，請問是哪一位？」

003

● いつ

何時、幾時

➡ いつ＋{疑問的表達方式}

【問時間】表示不肯定的時間或疑問。

1 いつ 仕事<ruby>仕事<rt>しごと</rt></ruby>が 終<ruby>終<rt>お</rt></ruby>わりますか。

工作什麼時候結束呢？

➔ 例句

2 いつ 国へ 帰りますか。	何時回國呢？
3 いつ 家に 着きますか。	什麼時候到家呢？
4 いつから そこに いましたか。	你從什麼時候就一直待在那裏了？
5 夏休みは いつまでですか。	暑假到什麼時候結束呢？

004

Track N5
1-66

● いくつ

1. 幾個、多少；2. 幾歲

➔ {名詞（＋助詞）}＋いくつ

❶【問個數】表示不確定的個數，只用在問小東西的時候，如例(1)～(3)。
❷【問年齡】也可以詢問年齡，如例(4)。
❸〖お＋いくつ〗「おいくつ」的「お」是敬語的接頭詞，如例(5)。

1 りんごは いくつ ありますか。
有幾個蘋果？

➔ 例句

2 いちごを いくつ 食べましたか。	吃了幾顆草莓呢？
3 小学校 1年生では、漢字を いくつ 習いますか。	請問小學一年級生需要學習多少個漢字呢？
4 「りんちゃん、年は いくつ？」「四つ。」	「小凜，妳現在幾歲？」「四歲。」
5 おいくつですか。	請問您幾歲？

005

● いくら

1. 多少；2. 多少

➡ {名詞（＋助詞）}＋いくら

　❶【問價格】表示不明確的數量，一般較常用在價格上，如例(1)、(2)。
　❷【問數量】表示不明確的數量、程度、工資、時間、距離等，如例(3)～(5)。

1　この　本は　いくらですか。
　ほん

　這本書多少錢？

➡ 例句

2　お金は　いくら　かかりますか。
　かね

3　長さは　いくら　ありますか。
　なが

4　生まれたとき、身長は　いくらでしたか。
　う　　　　　　　しんちょう

5　時間は　いくら　かかりますか。
　じかん

請問要花多少錢呢？

長度有多長呢？

請問出生的時候，身高是多少呢？

要花多久時間呢？

006

● どう、いかが

1. 怎樣；2. 如何

➡ {名詞}＋はどう（いかが）ですか

　❶【問狀況】「どう」詢問對方的想法及對方的健康狀況，還有不知道情
　　況是如何或該怎麼做等，也用在勸誘時。如例(1)～(3)。
　❷【勸誘】「いかが」跟「どう」一樣，只是説法更有禮貌，也用在勸誘
　　時。如例(4)、(5)。

1　テストは　どうでしたか。

　考試考得怎樣？

➡ 例句

2 日本語は　どうですか。	日文怎麼樣呢？
3 これは　どう　やって　作ったんですか。	請問這個是怎麼做出來的呢？
4 九州旅行は　いかがでしたか。	九州之旅好玩嗎？
5 お茶を　いかがですか。	要不要來杯茶？

007

Track N5 1-69

● どんな

什麼樣的

➡ どんな＋{名詞}

【問事物内容】「どんな」後接名詞，用在詢問事物的種類、内容。

1 どんな　車が　ほしいですか。
你想要什麼樣的車子？

➡ 例句

2 どんな　本を　読みますか。	你看什麼樣的書？
3 どんな　色が　好きですか。	你喜歡什麼顏色？
4 どんな　人と　結婚したいですか。	您想和什麼樣的人結婚呢？
5 大学で　どんな　ことを　勉強しましたか。	在大學裡學到了哪些東西呢？

008

Track N5 1-70

● どのぐらい、どれぐらい

多（久）…

N
5

➡️ どのぐらい、どれぐらい＋｛詢問的內容｝

【問多久】表示「多久」之意。但是也可以視句子的內容，翻譯成「多少、多少錢、多長、多遠」等。「ぐらい」也可換成「くらい」。

1 春休みは どのぐらい ありますか。
春假有多長呢？

➡️ 例句

2 あと どのくらいで 終わりますか。 | 請問大概還要多久才會結束呢？

3 どれぐらい 勉強しましたか。 | 你唸了多久的書？

4 私の ことが どれくらい 好きですか。 | 你有多麼喜歡我呢？

5 日本に 来て から どれくらいに なりますか。 | 請問您來日本大約多久了呢？

009

Track N5
1-71

● **なぜ、どうして**

1. 原因是…；3. 為什麼

➡️ なぜ、どうして＋｛詢問的內容｝

❶ **【問理由】**「なぜ」跟「どうして」一樣，都是詢問理由的疑問詞，如例(1)、(2)。

❷ 〖**口語－なんで**〗口語常用「なんで」，如例(3)。

❸ **【問理由】**「どうして」表示詢問理由的疑問詞，如例(4)。

❹ 〖**後接のだ**〗由於是詢問理由的副詞，因此常跟請求說明的「のだ／のです」一起使用，如例(5)。

1 なぜ 食べませんか。
為什麼不吃呢？

➡ 例句

2 日本に 来たのは なぜですか。 | 請問您為什麼想來日本呢？

3 なんで 会社を やめたんですか。 | 請問您為什麼要辭去工作呢？

4 どうして おなかが 痛いんですか。 | 為什麼肚子會痛呢？

5 どうして 元気が ないのですか。 | 為什麼提不起精神呢？

010

● なにか、だれか、どこか

1.某些、什麼；2.某人；3.去某地方

➡ なにか、だれか、どこか＋{不確定事物}

❶【不確定】具有不確定，沒辦法具體説清楚之意的「か」，接在疑問詞「なに」的後面，表示不確定，如例(1)、(2)。

❷【不確定是誰】接在「だれ」的後面表示不確定是誰，如例(3)、(4)。

❸【不確定是何處】接在「どこ」的後面表示不肯定的某處，如例(5)。

1 暑いから、何か 飲みましょう。
好熱喔，去喝點什麼吧！

➡ 例句

2 その 話は、何かが おかしいです。 | 那件事聽起來有點奇怪。

3 誰か 窓を しめて ください。 | 誰來關一下窗戶吧！

4 お風呂に 入って いるとき、誰かから 電話が 来ました。 | 進浴室洗澡的時候，有人打電話來了。

5 どこかで 食事しましょう。 | 找個地方吃飯吧！

日語文法・句型詳解

● **なにも、だれも、どこへも**

也（不）…、都（不）…

➡ なにも、だれも、どこへも＋｛否定表達方式｝

【全面否定】「も」上接「なに、だれ、どこへ」等疑問詞，下接否定語，表示全面的否定。

1 今日は　何も　食べませんでした。
今天什麼也沒吃。

➡ **例句**

2 何も　したく　ありません。 ｜ 什麼也不想做。

3 昨日は　誰も　来ませんでした。 ｜ 昨天沒有任何人來。

4 何かの　音が　しましたが、誰も　いませんでした。 ｜ 好像有聽到什麼聲音，可是一個人也不在。

5 日曜日は、どこへも　行きませんでした。 ｜ 星期日哪兒都沒去。

四、指示詞

001

● これ、それ、あれ、どれ

Track N5 2-01

1. 這個；2. 那個；3. 那個；4. 哪個

➡ ❶【事物－近稱】這一組是事物指示代名詞。「これ」（這個）指離説話者近的事物，如例(1)。

❷【事物－中稱】「それ」（那個）指離聽話者近的事物，如例(2)、(3)。

❸【事物－遠稱】「あれ」（那個）指説話者、聽話者範圍以外的事物，如例(4)。

❹【事物－不定稱】「どれ」（哪個）表示事物的不確定和疑問，如例(5)。

1 これは 何ですか。

這是什麼？

➡ 例句

2 それは 山田さんの パソコンです。

3 それに 名前を 書いて ください。

4 私の うちは あれです。

5 どれが あなたの 本ですか。

那是山田先生的電腦。

請把名字寫在那上面。

我家就是那一戶。

哪一本是你的書呢？

002

● この、その、あの、どの

1. 這…；2. 那…；3. 那…；4. 哪…

➡ この、その、あの、どの＋{名詞}

❶【連體詞－近稱】這一組是指示連體詞。連體詞跟事物指示代名詞的不同在，後面必須接名詞。「この」（這…）指離説話者近的事物，如例(1)、(2)。

❷【連體詞－中稱】「その」（那…）指離聽話者近的事物，如例(3)。

❸【連體詞－遠稱】「あの」(那…)指説話者及聽話者範圍以外的事物,如例(4)。

❹【連體詞－不定稱】「どの」（哪…）表示事物的疑問和不確定,如例(5)。

1 この 家は とても きれいです。
這個家非常漂亮。

➡ **例句**

2 この 本は おもしろいです。 | 這本書很有趣。

3 その 人に 会いたいです。 | 我想和那個人見面。

4 あの 建物は 大使館です。 | 那棟建築物是大使館。

5 どの 人が 田中さんですか。 | 哪一個人是田中先生呢？

003

● ここ、そこ、あそこ、どこ

1. 這裡；2. 那裡；3. 那裡；4. 哪裡

➡ ❶【場所－近稱】這一組是場所指示代名詞。「ここ」（這裡）指離説話者近的場所，如例(1)。

❷【場所－中稱】「そこ」（那裡）指離聽話者近的場所，如例(2)。

❸【場所－遠稱】「あそこ」(那裡)指説話者和聽話者都遠的場所,如例(3)。

❹【場所－不定稱】「どこ」（哪裡）表示場所的疑問和不確定,如例(4)、(5)。

1 ここを 左へ 曲がります。
在這裡左轉。

⇒ 例句

2 そこで 花_{はな}を 買_かいます。	在那邊買花。
3 あそこに 座_{すわ}りましょう。	我們去那邊坐吧！
4 どこへ 行_いくのですか。	你要去哪裡？
5 花子_{はなこ}さんは どこですか。	花子小姐在哪裡呢？

004

Track N5
2-04

● こちら、そちら、あちら、どちら

1.這邊、這位；2.那邊、那位；3.那邊、那位；4.哪邊、哪位

⇒ ❶ 【方向－近稱】這一組是方向指示代名詞。「こちら」（這邊）指離說話者近的方向。也可以用來指人，指「這位」。也可以說成「こっち」，只是前面說法比較有禮貌。如例(1)、(2)。

❷ 【方向－中稱】「そちら」（那邊）指離聽話者近的方向。也可以用來指人，指「那位」。也可以說成「そっち」，只是前面說法比較有禮貌。如例(3)。

❸ 【方向－遠稱】「あちら」（那邊）指離說話者和聽話者都遠的方向。也可以用來指人，指「那位」。也可以說成「あっち」，只是前面說法比較有禮貌。如例(4)。

❹ 【方向－不定稱】「どちら」（哪邊）表示方向的不確定和疑問。也可以用來指人，指「哪位」。也可以說成「どっち」，只是前面說法比較有禮貌。如例(5)。

1 こちらは 山田先生_{やまだせんせい}です。

這一位是山田老師。

⇒ 例句

2 こちらへ どうぞ。	請往這邊移駕。
3 そちらの 方_{かた}は どなたですか。	那一位是誰呢？

N
5

61

4 お手洗いは　あちらです。

洗手間在那邊。

5 あなたの　お国は　どちらですか。

您的國家是哪裡？

五、形容詞

001

Track N5
2-05

● 形容詞（現在肯定／現在否定）

→ ❶【現在肯定】｛形容詞詞幹｝＋い。形容詞是説明客觀事物的性質、狀態或主觀感情、感覺的詞。形容詞的詞尾是「い」，「い」的前面是詞幹，因此又稱作「い形容詞」。形容詞現在肯定形，表事物目前性質、狀態等，如例(1)、(2)。

❷【現在否定】｛形容詞詞幹｝＋く＋ない（ありません）。形容詞的否定形，是將詞尾「い」轉變成「く」，然後再加上「ない（です）」或「ありません」，如例(3)～(5)。

❸【未來】現在形也含有未來的意思，例如：明日は暑くなるでしょう。（明天有可能會變熱。）

1 この　料理は　辛いです。

這道料理很辣。

→ ● 例句

2 今日は　空が　青いです。	今天的天空是湛藍的。
3 おばあちゃんの　うちは　新しく　ないです。	奶奶家並不是新房子。
4 日本語は　難しく　ないです。	日文並不難。
5 新聞は　つまらなく　ありません。	報紙並不無聊。

日語文法・句型詳解

002

● 形容詞（過去肯定／過去否定）

➡ ❶【過去肯定】{形容詞詞幹}＋かっ＋た。形容詞的過去形，表示説明過去的客觀事物的性質、状態，以及過去的感覺、感情。形容詞的過去肯定，是將詞尾「い」改成「かっ」再加上「た」，用敬體時「かった」後面要再接「です」，如例(1)、(2)。

❷【過去否定】{形容詞詞幹}＋く＋ありませんでした。形容詞的過去否定，是將詞尾「い」改成「く」，再加上「ありませんでした」，如例(3)、(4)。

❸〖～くなかった〗{形容詞詞幹}＋く＋なかっ＋た。也可以將現在否定式的「ない」改成「なかっ」，然後加上「た」，如例(5)。

1 テストは　やさしかったです。
考試很簡單。

➡ 例句

2 今朝は　涼しかったです。 ｜ 今天早晨很涼爽。

3 おなかが　痛くて、何も　おいしく　ありませんでした。 ｜ 肚子很痛，不管吃什麼都索然無味。

4 昨日は　暑く　ありませんでした。 ｜ 昨天並不熱。

5 元気が　出なくて、テレビも　面白く　なかったです。 ｜ 提不起精神，連電視節目都覺得很乏味。

003

● 形容詞く＋て

1. …然後；又…又…；2. 因為…

➡ {形容詞詞幹}＋く＋て

❶【停頓、並列】形容詞詞尾「い」改成「く」，再接上「て」，表示句子還沒説完到此暫時停頓或屬性的並列（連接形容詞或形容動詞

時），如例(1)～(3)。

❷【原因】表示理由、原因之意，但其因果關係比「～から」、「～ので」還弱，如例(4)、(5)。

1 教室は 明るくて きれいです。
教室又明亮又乾淨。

➡ 例句

2 この 本は 薄くて 軽いです。 | 這本書又薄又輕。

3 古くて 小さい 車を 買いました。 | 買了一輛又舊又小的車子。

4 明日は やることが 多くて 忙しいです。 | 明天有很多事要忙。

5 この コーヒーは 薄くて おいしく ないです。 | 這杯咖啡很淡，不好喝。

004

Track N5
2-08

● 形容詞く＋動詞

➡ {形容詞詞幹}＋く＋{動詞}

【修飾動詞】形容詞詞尾「い」改成「く」，可以修飾句子裡的動詞。

1 今日は 風が 強く 吹いて います。
今日一直颳著強風。

➡ 例句

2 今日は 早く 寝ます。 | 今天我要早點睡。

3 今朝は 遅く 起きました。 | 今天早上睡到很晚才起床。

4 元気 よく 挨拶します。 | 很有精神地打招呼。

5 壁を 白く 塗ります。 | 把牆壁漆成白色的。

日語文法・句型詳解

● 形容詞＋名詞

1. …的…；2.「這…」等

➔ {形容詞基本形} ＋ {名詞}

❶【修飾名詞】形容詞要修飾名詞，就是把名詞直接放在形容詞後面。注意喔！因為日語形容詞本身就有「…的」之意，所以不要再加「の」了喔，如例(1)～(4)。

❷【連體詞修飾名詞】還有一個修飾名詞的連體詞，可以一起記住，連體詞沒有活用，數量不多。N5程度只要記住「この、その、あの、どの、大きな、小さな」這幾個字就可以了，如例(5)。

1 小さい 家を 買いました。
買了棟小房子。

➔ 例句

2 暖かい コートが ほしいです。
想要一件暖和的外套。

3 汚い トイレは 使いたく ありません。
不想去上骯髒的廁所。

4 これは いい セーターですね。
這真是件好毛衣呢！

5 大きな 家に 住みたいです。
我想住在大房子裡。

● 形容詞＋の

…的

➔ {形容詞基本形} ＋の

【修飾の】形容詞後面接的「の」是一個代替名詞，代替句中前面已出現過，或是無須解釋就明白的名詞。

1 トマトは 赤いのが おいしいです。
蕃茄要紅的才好吃。

➡ 例句

2 小さいのが　いいです。	我要小的。
3 難しいのは　できません。	困難的我做不來。
4 軽いのが　ほしいです。	想要輕的。
5 寒いのは　いやです。	不喜歡寒冷的天氣。

N
5

六、形容動詞

001

● 形容動詞（現在肯定／現在否定）

➡ ❶ 【現在肯定】{形容動詞詞幹}＋だ；{形容動詞詞幹}＋な＋{名詞}。形容動詞是說明事物性質與狀態等的詞。形容動詞的詞尾是「だ」，「だ」前面是語幹。後接名詞時，詞尾會變成「な」，所以形容動詞又稱作「な形容詞」。形容動詞當述語（表示主語狀態等語詞）時，詞尾「だ」改「です」是敬體說法，如例(1)、(2)。

❷ 【疑問】{形容動詞詞幹}＋です＋か。詞尾「です」加上「か」就是疑問詞，如例(3)。

❸ 【現在否定】{形容動詞詞幹}＋で＋は＋ない（ありません）。形容動詞的否定形，是把詞尾「だ」變成「で」，然後中間插入「は」，最後加上「ない」或「ありません」，如例(4)、(5)。

❹ 【未來】現在形也含有未來的意思，例如：鎌倉は夏になると、にぎやかだ。（鎌倉一到夏天就很熱鬧。）

1 花子の 部屋は きれいです。
花子的房間整潔乾淨。

➡ 例句

2 この 時間、公園は 静かです。

這個時段，公園很安靜。

3 おうちの 方たちは お元気ですか。

你家人都安好嗎？

4「シ」と 「ツ」は、同^{おな}じでは ないです。 | 「シ」和「ツ」不是相同的假名。

5 この ホテルは 有名^{ゆうめい}では ありません。 | 這間飯店並不有名。

Track N5
2-12

● 形容動詞（過去肯定／過去否定）

➡ ❶【過去肯定】{形容動詞詞幹}＋だっ＋た。形容動詞的過去形，表示說明過去的客觀事物的性質、狀態，以及過去的感覺、感情。形容動詞的過去形是將現在肯定詞尾「だ」變成「だっ」再加上「た」，敬體是將詞尾「だ」改成「でし」再加上「た」，如例(1)、(2)。

❷【過去否定】{形容動詞詞幹}＋ではありません＋でした。形容動詞過去否定形，是將現在否定的「ではありません」後接「でした」，如例(3)。

❸〖詞幹ではなかった〗{形容動詞詞幹}＋では＋なかっ＋た。也可以將現在否定的「ない」改成「なかっ」，再加上「た」，如例(4)、(5)。

1 彼女^{かのじょ}は 昔^{むかし}から きれいでした。
她以前就很漂亮。

➡ 例句

2 子供^{こども}の ころ、お風呂^{ふろ}に 入^{はい}るのが 嫌^{いや}でした。 | 小時候很討厭洗澡。

3 私^{わたし}は、勉強^{べんきょう}が 好^すきでは ありませんでした。 | 我從前並不喜歡讀書。

4 彼女^{かのじょ}の 家^{いえ}は 立派^{りっぱ}では なかったです。 | 以前她的家並不豪華。

5 小^{ちい}さい ときから、丈夫^{じょうぶ}では なかったです。 | 從小就體弱多病。

Track N5
2-13

● 形容動詞で

1.…然後；又…又…；2.因為…

➡ {形容動詞詞幹}＋で

❶【停頓、並列】形容動詞詞尾「だ」改成「で」，表示句子還沒説完到此暫時停頓，或屬性的並列（連接形容詞或形容動詞時）之意，如例(1)、(2)。

❷【原因】表示理由、原因之意，但其因果關係比「～から」、「～ので」還弱，如例(3)～(5)。

1 彼女は きれいで やさしいです。
かのじょ
她又漂亮又溫柔。

➡ 例句

2 この パソコンは 便利で 安いです。	這台電腦既好用又便宜。
3 お祭りは 賑やかで 楽しかったです。	神社的祭典很熱鬧，玩得很開心。
4 日曜日は、いつも 暇で つまらないです。	星期天總是閒得發慌。
5 ここは 静かで、勉強し やすいです。	這裡很安靜，很適合看書學習！

004

Track N5
2-14

● 形容動詞に＋動詞

…得

➡ {形容動詞詞幹}＋に＋{動詞}

【修飾動詞】形容動詞詞尾「だ」改成「に」，可以修飾句子裡的動詞。

1 庭の 花が きれいに 咲きました。
にわ　はな
院子裡的花開得很漂亮。

➡ 例句

| 2 トイレを きれいに 掃除しました。 | 把廁所打掃得乾乾淨淨。 |

3 子供を 大切に 育てます。

細心地養育孩子。

4 真面目に 勉強します。

認真地學習。

5 静かに 歩いて ください。

請放輕腳步走路。

● 形容動詞な＋名詞

…的…

→ {形容動詞詞幹}＋な＋{名詞}

　【修飾名詞】形容動詞要後接名詞，得把詞尾「だ」改成「な」，才可以修飾後面的名詞。

1 きれいな コートですね。
　好漂亮的大衣呢！

→ **例句**

2 下手な 字ですね。

字寫得真難看耶。

3 彼は 有名な 作家です。

他是有名的作家。

4 これは 大切な 本です。

這是很重要的書。

5 いろいろな 花が 咲いて います。

五彩繽紛的花卉盛開綻放。

● 形容動詞な＋の

…的

→ {形容動詞詞幹}＋な＋の

　【修飾の】形容動詞後面接代替句子的某個名詞「の」時，要將詞尾「だ」變成「な」。

1 有名(ゆうめい)なのを 借(か)ります。

我要借有名的（小説）。

➡ **例句**

2 丈夫(じょうぶ)なのを ください。　　　　請給我堅固的。

3 きれいなのが いいです。　　　　　　　　漂亮的比較好。

4 好(す)きなのは どれですか。　　　　　　你喜歡的是哪一個呢？

5 使(つか)い方(かた)が 簡単(かんたん)なのは ありますか。　　請問有沒有容易使用的呢？

MEMO

七、動詞

001

Track N5
2-17

● **動詞（現在肯定／現在否定）**

1. 做…；2. 沒…、不…；3. 將來…

➡ ❶【現在肯定】{動詞ます形}＋ます。表示人或事物的存在、動作、行為和作用的詞叫動詞。動詞現在肯定形敬體用「〜ます」，如例(1)〜(3)。

❷【現在否定】{動詞ます形}＋ません。動詞現在否定形敬體用「〜ません」，如例(4)、(5)。

❸【未來】現在形也含有未來的意思，例如：来週日本に行く。（下週去日本。）；毎日牛乳を飲む。（每天喝牛奶。）

1 帽子を　かぶります。
ぼう し
戴帽子。

➡ **例句**

2 机を　並べます。
つくえ　なら
排桌子。

3 水を　飲みます。
みず　の
喝水。

4 今日は　お風呂に　入りません。
きょう　ふ ろ　はい
今天不洗澡。

5 英語は　できません。
えい ご
不懂英文。

Track N5
2-18

● 動詞（過去肯定／過去否定）

1. …了；2.（過去）不…

➡ ❶【過去肯定】{動詞ます形}＋ました。動詞過去形表示人或事物過去的存在、動作、行為和作用。動詞過去肯定形敬體用「～ました」，如例(1)～(3)。

❷【過去否定】{動詞ます形}＋ませんでした。動詞過去否定形敬體用「～ませんでした」，如例(4)、(5)。

1 今日<ruby>は<rt>きょう</rt></ruby>　たくさん　<ruby>働<rt>はたら</rt></ruby>きました。

今天做了很多工作。

➡ **例句**

2 <ruby>昨日<rt>きのう</rt></ruby>　<ruby>図書館<rt>としょかん</rt></ruby>へ　<ruby>行<rt>い</rt></ruby>きました。｜昨天去了圖書館。

3 <ruby>先週<rt>せんしゅう</rt></ruby>、<ruby>友達<rt>ともだち</rt></ruby>に　<ruby>手紙<rt>てがみ</rt></ruby>を　<ruby>書<rt>か</rt></ruby>きました。｜上星期寫了信給朋友。

4 <ruby>今日<rt>きょう</rt></ruby>、<ruby>松本<rt>まつもと</rt></ruby>さんは　<ruby>学校<rt>がっこう</rt></ruby>に　<ruby>来<rt>き</rt></ruby>ませんでした。｜今天松本同學沒來上學。

5 <ruby>今日<rt>きょう</rt></ruby>の　<ruby>仕事<rt>しごと</rt></ruby>は　<ruby>終<rt>お</rt></ruby>わりませんでした。｜今天的工作並沒有做完。

Track N5
2-19

● 動詞（基本形）

➡ {動詞詞幹}＋動詞詞尾（如：る、く、む、す）

【辭書形】相對於「動詞ます形」，動詞基本形説法比較隨便，一般用在關係跟自己比較親近的人之間。因為辭典上的單字用的都是基本形，所以又叫「辭書形」（又稱為「字典形」）。

1 <ruby>箸<rt>はし</rt></ruby>で　ご<ruby>飯<rt>はん</rt></ruby>を　<ruby>食<rt>た</rt></ruby>べる。

用筷子吃飯。

➡ **例句**

2 <ruby>靴下<rt>くつした</rt></ruby>を　はく。	穿襪子。
3 テレビを　つける。	打開電視。
4 <ruby>毎日<rt>まいにち</rt></ruby>　<ruby>8時間<rt>はちじかん</rt></ruby>　<ruby>働<rt>はたら</rt></ruby>く。	每天工作八小時。
5 まっすぐ　<ruby>家<rt>いえ</rt></ruby>に　<ruby>帰<rt>かえ</rt></ruby>る。	直接回家。

004　Track N5 **2-20**

● **動詞＋名詞**

…的…

➡ {動詞普通形} ＋ {名詞}

【修飾名詞】動詞的普通形，可以直接修飾名詞。

1 <ruby>分<rt>わ</rt></ruby>からない　<ruby>単語<rt>たんご</rt></ruby>が　あります。
　有不懂的單字。

➡ **例句**

2 <ruby>来週<rt>らいしゅう</rt></ruby>　<ruby>登<rt>のぼ</rt></ruby>る　<ruby>山<rt>やま</rt></ruby>は、3,000 メートルも　あります。	下星期要爬的那座山，海拔高達三千公尺。
3 そこは、<ruby>去年<rt>きょねん</rt></ruby>　<ruby>私<rt>わたし</rt></ruby>が　<ruby>行<rt>い</rt></ruby>った　ところです。	那裡是我去年到過的地方。
4 <ruby>私<rt>わたし</rt></ruby>が　<ruby>住<rt>す</rt></ruby>んで　いる　アパートは　<ruby>狭<rt>せま</rt></ruby>いです。	我目前住的公寓很小。
5 <ruby>私<rt>わたし</rt></ruby>の　ケーキを　<ruby>食<rt>た</rt></ruby>べた　<ruby>人<rt>ひと</rt></ruby>は　<ruby>誰<rt>だれ</rt></ruby>ですか。	是誰吃掉了我的蛋糕？

005　Track N5 **2-21**

● **〜が＋自動詞**

➡ {名詞}＋が＋{自動詞}

【無意圖的動作】「自動詞」是因為自然等等的力量，沒有人為的意圖而發生的動作。「自動詞」不需要有目的語，就可以表達一個完整的意思。相較於「他動詞」，「自動詞」無動作的涉及對象。相當於英語的「不及物動詞」。

1 火が　消えました。

　火熄了。

➡ **例句**

2 気温が　上がります。 | 溫度會上升。

3 雨が　降ります。 | 下雨。

4 車が　止まりました。 | 車停了。

5 来月、誕生日が　来ます。 | 下個月就是生日了。

N
5

006

Track N5
2-22

● **〜を＋他動詞**

➡ {名詞}＋を＋{他動詞}

❶ **【有意圖的動作】**名詞後面接「を」來表示動作的目的語，這樣的動詞叫「他動詞」，相當於英語的「及物動詞」。「他動詞」主要是人為的，表示影響、作用直接涉及其他事物的動作，如例(1)〜(3)。

❷ 〖他動詞たい等〗「〜たい」、「〜てください」、「〜てあります」等句型一起使用，如例(4)、(5)。

1 私は　火を　消しました。

　我把火弄熄了。

➡ 例句

2 ドアを 開けます。	打開門。
3 かばんに 財布を 入れます。	把錢包放進提包裡。
4 名前と 電話番号を 教えて くださいませんか。	請問可以告訴我您的姓名和電話嗎？
5 ほかの 人と 結婚して あの 人を 早く 忘れたいです。	我想和其他人結婚，快點忘了那個人。

007

● 動詞＋て

1. 因為；2. 又…又…；3. …然後；4. 用…；5. …而…

➡ {動詞て形}＋て

❶【原因】「動詞＋て」可表示原因，但其因果關係比「～から」、「～ので」還弱，如例(1)。

❷【並列】單純連接前後短句成一個句子，表示並舉了幾個動作或狀態，如例(2)。

❸【動作順序】用於連接行為動作的短句時，表示這些行為動作一個接著一個，按照時間順序進行，如例(3)。

❹【方法】表示行為的方法或手段，如例(4)。

❺【對比】表示對比，如例(5)。

1 宿題を 家に 忘れて、困りました。
忘記帶作業來了，不知道該怎麼辦才好。

➡ 例句

2 夜は お酒を 飲んで、テレビを 見ます。	晚上喝喝酒，看看電視。
3 「いただきます」と 言って ご飯を 食べます。	說完「我開動了」然後吃飯。

4 ストーブを　つけて、部屋を　<ruby>暖<rt>あたた</rt></ruby>かく　し
　ます。 | 打開暖爐讓房間變暖和。

5 <ruby>夏<rt>なつ</rt></ruby>は　<ruby>海<rt>うみ</rt></ruby>で　<ruby>泳<rt>およ</rt></ruby>いで、<ruby>冬<rt>ふゆ</rt></ruby>は　<ruby>山<rt>やま</rt></ruby>で　スキー
　を　します。 | 夏天到海邊游泳，冬天到山裡滑雪。

● 動詞＋ています

正在…

➡ {動詞て形}＋います

【動作的持續】表示動作或事情的持續，也就是動作或事情正在進行中。

1 <ruby>伊藤<rt>いとう</rt></ruby>さんは　<ruby>電話<rt>でんわ</rt></ruby>を　して　います。
　伊藤先生在打電話。

➡ **例句**

2 キムさんは　<ruby>宿題<rt>しゅくだい</rt></ruby>を　やって　います。 | 金同學正在做功課。
3 <ruby>藤本<rt>ふじもと</rt></ruby>さんは　<ruby>本<rt>ほん</rt></ruby>を　<ruby>読<rt>よ</rt></ruby>んで　います。 | 藤本小姐正在看書。
4 お<ruby>父<rt>とう</rt></ruby>さんは　<ruby>今<rt>いま</rt></ruby>　お<ruby>風呂<rt>ふろ</rt></ruby>に　<ruby>入<rt>はい</rt></ruby>って　います。 | 爸爸現在正在洗澡。
5 <ruby>今<rt>いま</rt></ruby>　<ruby>何<rt>なに</rt></ruby>を　して　いますか。 | 現在在做什麼？

● 動詞＋ています

都…

➡ {動詞て形}＋います

【動作的反覆】跟表示頻率的「<ruby>毎日<rt>まいにち</rt></ruby>、いつも、よく、<ruby>時々<rt>ときどき</rt></ruby>」等單詞使用，就有習慣做同一動作的意思。

N
5

1 毎日 6時に 起きて います。
我每天6點起床。

➡ **例句**

2 毎朝 いつも 紅茶を 飲んで います。　｜ 每天早上習慣喝紅茶。

3 彼女は いつも お金に 困って います。　｜ 她總是為錢煩惱。

4 よく 高校の 友人と 会って います。　｜ 我常和高中的朋友見面。

5 ときどき スポーツを して います。　｜ 偶爾會做做運動。

010

Track N5
2-26

● **動詞＋ています**

做…、是…

➡ {動詞て形}＋います

【工作】接在職業名詞後面，表示現在在做什麼職業。也表示某一動作持續到現在，也就是説話的當時。

1 兄は アメリカで 仕事を して います。
哥哥在美國工作。

➡ **例句**

2 貿易会社で 働いて います。　｜ 我在貿易公司上班。

3 姉は 今年から 銀行に 勤めて います。　｜ 姊姊今年起在銀行服務。

4 李さんは 日本語を 教えて います。　｜ 李小姐在教日文。

5 村山さんは マンガを 描いて います。　｜ 村山先生以畫漫畫維生。

● 動詞＋ています

已…了

➡ {動詞て形}＋います

【狀態的結果】表示某一動作後的結果或狀態還持續到現在，也就是說話的當時。

1 机の 下に 財布が 落ちて います。
錢包掉在桌子下面。

➡ **例句**

2 クーラーが ついて います。　　　　有開冷氣。

3 窓が 閉まって います。　　　　　　窗戶是關著的。

4 壁に 絵が かかって います。　　　牆壁上掛著畫。

5 パクさんは 今日 帽子を かぶって います。　朴先生今天戴著帽子。

● 動詞ないで

1.沒…就…；2.沒…反而…、不做…，而做…

➡ {動詞否定形}＋ないで

❶ **【附帶】**表示附帶的狀況，也就是同一個動作主體的行為「在不做…的狀態下，做…」的意思，如例(1)～(4)。

❷ **【對比】**用於對比述說兩個事情，表示不是做前項的事，卻是做後項的事，或是發生了後項的事，如例(5)。

1 りんごを 洗わないで 食べました。
蘋果沒洗就吃了。

➔ 例句

2 <ruby>勉強<rt>べんきょう</rt></ruby>しないで テストを <ruby>受<rt>う</rt></ruby>けました。

沒有讀書就去考試了。

3 <ruby>財布<rt>さいふ</rt></ruby>を <ruby>持<rt>も</rt></ruby>たないで <ruby>買<rt>か</rt></ruby>い<ruby>物<rt>もの</rt></ruby>に <ruby>行<rt>い</rt></ruby>きました。

沒帶錢包就去買東西了。

4 ゆうべは <ruby>歯<rt>は</rt></ruby>を <ruby>磨<rt>みが</rt></ruby>かないで <ruby>寝<rt>ね</rt></ruby>ました。

昨天晚上沒有刷牙就睡覺了。

5 いつも <ruby>朝<rt>あさ</rt></ruby>は ご<ruby>飯<rt>はん</rt></ruby>ですが、<ruby>今朝<rt>けさ</rt></ruby>は ご<ruby>飯<rt>はん</rt></ruby>を <ruby>食<rt>た</rt></ruby>べないで パンを <ruby>食<rt>た</rt></ruby>べました。

平常早餐都吃飯，但今天早上吃的不是飯而是麵包。

013

Track N5 2-29

● 動詞なくて

因為沒有…、不…所以…

➔ {動詞否定形}＋なくて

【原因】表示因果關係。由於無法達成、實現前項的動作，導致後項的發生。

1 <ruby>前<rt>まえ</rt></ruby>に <ruby>日本語<rt>にほんご</rt></ruby>を <ruby>勉強<rt>べんきょう</rt></ruby>しましたが、<ruby>使<rt>つか</rt></ruby>わなくて <ruby>忘<rt>わす</rt></ruby>れました。

之前有學過日語，但是沒有用就忘了。

➔ 例句

2 <ruby>宿題<rt>しゅくだい</rt></ruby>が <ruby>終<rt>お</rt></ruby>わらなくて、まだ <ruby>起<rt>お</rt></ruby>きて います。

功課寫不完，所以我還沒睡。

3 <ruby>子<rt>こ</rt></ruby>どもが できなくて、<ruby>医者<rt>いしゃ</rt></ruby>に <ruby>行<rt>い</rt></ruby>って います。

一直都無法懷孕，所以去看醫生。

4 <ruby>雨<rt>あめ</rt></ruby>が <ruby>降<rt>ふ</rt></ruby>らなくて、<ruby>庭<rt>にわ</rt></ruby>の <ruby>花<rt>はな</rt></ruby>が <ruby>枯<rt>か</rt></ruby>れました。

遲遲沒有下雨，院子裡的花都枯了。

5 バスが <ruby>来<rt>こ</rt></ruby>なくて、<ruby>学校<rt>がっこう</rt></ruby>に <ruby>遅<rt>おく</rt></ruby>れました。

巴士一直沒來，結果上學遲到了。

● 自動詞＋ています

…著、已…了

➡ ｛自動詞て形｝＋います

【動作的結果－無意圖】表示跟目的、意圖無關的某個動作結果或狀態，還持續到現在。相較於「他動詞＋てあります」強調人為有意圖做某動作，其結果或狀態持續著，「自動詞＋ています」強調自然、非人為的動作，所產生的結果或狀態持續著。

1 空に 月が 出て います。
夜空高掛著月亮。

➡ **例句**

2 部屋に 電気が ついて います。　　房間裡電燈開著。

3 本が 落ちて います。　　書掉了。

4 時計が 遅れて います。　　時鐘慢了。

5 花が 咲いて います。　　花朵綻放著。

● 他動詞＋てあります

…著、已…了

➡ ｛他動詞て形｝＋あります

【動作的結果－有意圖】表示抱著某個目的、有意圖地去執行，當動作結束之後，那一動作的結果還存在的狀態。相較於「～ておきます」（事先…）強調為了某目的，先做某動作，「～てあります」強調已完成動作的狀態持續到現在。

1 お弁当は もう 作って あります。
便當已經作好了。

⊝ **例句**

2 砂糖は 買って あります。   有買砂糖。

3 肉と 野菜は 切って あります。   肉和蔬菜已經切好了。

4 「二階の 窓を 閉めて きて ください。」   「請去把二樓的窗戶關上。」
　「もう 閉めて あります。」   「已經關好了。」

5 果物は 冷蔵庫に 入れて あります。   水果已經放在冰箱裡了。

八、句型

Track N5 2-32

001

名詞をください

1. 我要…、給我…；2. 給我（數量）…

➔ {名詞}＋をください

❶【請求－物品】表示想要什麼的時候，跟某人要求某事物，如例(1)～ (3)。

❷〖～を數量ください〗要加上數量用「名詞＋を＋數量＋ください」 的形式，外國人在語順上經常會説成「數量＋の＋名詞＋をくださ い」，雖然不能説是錯的，但日本人一般不這麼説，如例(4)、(5)。

1 ジュースを　ください。
我要果汁。

➔ **例句**

2 赤い　りんごを　ください。 ｜ 請給我紅蘋果。

3 すみません、お箸を　ください。 ｜ 不好意思，請給我筷子。

4 紙を　1枚　ください。 ｜ 請給我一張紙。

5 水を　少し　ください。 ｜ 請給我一點水。

002

Track N5 2-33

● 動詞てください

請…

➡ {動詞て形}＋ください

【請求－動作】表示請求、指示或命令某人做某事。一般常用在老師對學生、上司對部屬、醫生對病人等指示、命令的時候。

1 口を　大きく　開けて　ください。
請把嘴巴張大。

➡ 例句

2 この　問題が　分かりません。教えて　く
ださい。

這道題目我不知道該怎麼解，麻煩教我。

3 本屋で　雑誌を　買って　きて　ください。
請到書店買一本雜誌回來。

4 食事の　前に　手を　洗って　ください。
用餐前請先洗手。

5 大きな　声で　読んで　ください。
請大聲朗讀。

003

Track N5 2-34

● 動詞ないでください

1. 請不要…；2. 請您不要…

➡ ❶【請求不要】{動詞否定形}＋ないでください。表示否定的請求命令，請求對方不要做某事，如例(1)～(3)。
❷【婉轉請求】{動詞否定形}＋ないでくださいませんか。為更委婉的説法，表示婉轉請求對方不要做某事，如例(4)、(5)。

1 写真を　撮らないで　ください。
請不要拍照。

⇒ 例句

2 授業中は　しゃべらないで　ください。 | 上課時請不要講話。

3 大人は　乗らないで　ください。 | 成年人請勿騎乘。

4 電気を　消さないで　くださいませんか。 | 可以麻煩不要關燈嗎？

5 大きな　声を　出さないで　くださいませんか。 | 可以麻煩不要發出很大的聲音嗎？

004

Track N5
2-35

● 動詞てくださいませんか

能不能請您…

⇒ ｛動詞て形｝＋くださいませんか

【客氣請求】跟「〜てください」一樣表示請求，但説法更有禮貌。由於請求的內容給對方負擔較大，因此有婉轉地詢問對方是否願意的語氣。也使用於向長輩等上位者請託的時候。

1 お名前を　教えて　くださいませんか。
　能不能告訴我您的尊姓大名？

⇒ 例句

2 しょう油を　取って　くださいませんか。 | 可以把醬油遞給我嗎？

3 電話番号を　書いて　くださいませんか。 | 能否請您寫下電話號碼？

4 東京へ　一緒に　来て　くださいませんか。 | 能否請您一起去東京？

5 ちょっと　荷物を　見て　いて　くださいませんか。 | 可以幫我看一下行李嗎？

日語文法・句型詳解

● **動詞ましょう**

1. 做…吧；2. 就那麼辦吧；3. …吧

➡ {動詞ます形}＋ましょう

❶【勸誘】表示勸誘對方跟自己一起做某事。一般用在做那一行為、動作，事先已經規定好，或已經成為習慣的情況，如例(1)～(3)。

❷【主張】也用在回答時，表示贊同對方的提議，如例(4)。

❸【倡導】請注意例(5)，實質上是在下命令，但以勸誘的方式，讓語感較為婉轉。不用在說話人身上。

1 ちょっと 休みましょう。

休息一下吧！

➡ **例句**

2 9時半に 会いましょう。 就約九點半見面吧！

3 今度 一緒に 飲みましょう。 下回一起小酌幾杯吧！

4 ええ、そうしましょう。 好的，就這麼做吧。

5 右と 左を よく 見て から 道を 渡りましょう。 請注意左右來車之後再過馬路喔！

● **動詞ましょうか**

1. 我來（為你）…吧；2. 我們（一起）…吧

➡ {動詞ます形}＋ましょうか

❶【提議】這個句型有兩個意思，一個是表示提議，想為對方做某件事情並徵求對方同意，如例(1)、(2)。

❷【邀約】另一個是表示邀請，相當於「ましょう」，但是是站在對方的立場著想才進行邀約，如例(3)～(5)。

1 大きな 荷物ですね。持ちましょうか。
好大件的行李啊，我來幫你提吧？

→ 例句

2 大変ですね。手伝いましょうか。

3 もう 6時ですね。帰りましょうか。

4 公園で お弁当を 食べましょうか。

5 ここに 座りましょうか。

真是辛苦啊！我來幫你吧！

已經六點了呢，我們回家吧？

我們在公園吃便當吧？

我們坐在這裡吧！

007

Track N5
2-38

● 動詞ませんか

要不要…吧

→ {動詞ます形}＋ませんか

【勧誘】表示行為、動作是否要做，在尊敬對方抉擇的情況下，有禮貌地勸誘對方，跟自己一起做某事。

1 週末、遊園地へ 行きませんか。
週末要不要一起去遊樂園玩？

→ 例句

2 タクシーで 帰りませんか。

3 今晩、食事に 行きませんか。

4 明日、一緒に 映画を 見ませんか。

5 ちょっと 散歩しませんか。

要不要搭計程車回去呢？

今晚要不要一起去吃飯？

明天要不要一起去看電影？

要不要去散散步呢？

日語文法・句型詳解

● **名詞がほしい**

1.…想要…；2.不想要…

➡ {名詞}＋が＋ほしい

❶【希望－物品】表示説話人（第一人稱）想要把什麼東西弄到手，想要把什麼東西變成自己的，希望得到某物的句型。「ほしい」是表示感情的形容詞。希望得到的東西，用「が」來表示。疑問句時表示聽話者的希望，如例(1)～(3)。

❷〔否定－は〕否定的時候較常使用「は」，如例(4)、(5)。

1 私は 自分の 部屋が ほしいです。
我想要有自己的房間。

➡ **例句**

2 新しい 洋服が ほしいです。 | 我想要新的洋裝。

3 もっと 時間が ほしいです。 | 我想要多一點的時間。

4 車は ほしく ないです。 | 不想買車。

5 子供は ほしく ありません。 | 不想生小孩。

● **動詞たい**

1.想要…；3.想要…呢？；4.不想…

➡ {動詞ます形}＋たい

❶【希望－行為】表示説話人（第一人稱）內心希望某一行為能實現，或是強烈的願望，如例(1)。

❷〔～が他動詞たい〕使用他動詞時，常將原本搭配的助詞「を」，改成助詞「が」，如例(2)。

❸〔疑問句〕用於疑問句時，表示聽話者的願望，如例(3)。

❹〔否定－たくない〕否定時用「たくない」、「たくありません」，如例(4)、(5)。

1 私は 医者に なりたいです。
　　我想當醫生。

● 例句

2 果物が 食べたいです。 | 我想要吃水果。

3 何が 飲みたいですか。 | 想喝什麼呢？

4 お酒は 飲みたく ないです。 | 不想喝酒。

5 疲れて いるので 出かけたく ありません。 | 覺得很累，所以不想出門。

010
Track N5 2-41

● ～とき

1. …的時候；2. 時候；3. 時、時候

● ❶【同時】{名詞＋の；形容動詞＋な；[形容詞・動詞]普通形}＋とき。表示與此同時並行發生其他的事情，如例(1)～(3)。

❷【時間點－之後】{動詞過去形＋とき＋動詞現在形句子}。「とき」前後的動詞時態也可能不同，表示實現前者後，後者才成立，如例(4)。

❸【時間點－之前】{動詞現在形＋とき＋動詞過去形句子}。強調後者比前者早發生，如例(5)。

1 休みの とき、よく デパートに 行きます。
　　休假的時候，我經常去逛百貨公司。

● 例句

2 10歳の とき、入院しました。 | 十歲的時候住院了。

3 暇なとき、公園へ 散歩に 行きます。 | 有空時會去公園散步。

4 新幹線に 乗ったとき、いつも 駅弁を 食べます。

每次搭新幹線列車的時候，總是會吃火車便當。

5 昨日も、新幹線に 乗るとき、ホームで 駅弁を 買いました。

昨天搭新幹線列車時，也在月台買了火車便當。

011

動詞ながら

1. 一邊⋯一邊⋯；2. 一面⋯一面⋯

➡ {動詞ます形}＋ながら

❶【同時】表示同一主體同時進行兩個動作，此時後面的動作是主要的動作，前面的動作為伴隨的次要動作，如例(1)～(3)。

❷〔長期的狀態〕也可使用於長時間狀態下，所同時進行的動作，如例(4)、(5)。

1 音楽を 聞きながら ご飯を 作りました。
一面聽音樂一面做了飯。

➡ 例句

2 歌を 歌いながら 歩きました。

一面唱歌一面走路了。

3 トイレに 入りながら 新聞を 読みます。

一邊上廁所一邊看報紙。

4 中学を 出て から、昼間は 働きながら 夜 高校に 通って 卒業しました。

從中學畢業以後，一面白天工作一面上高中夜校，靠半工半讀畢業了。

5 銀行に 勤めながら、小説も 書いて います。

一方面在銀行工作，同時也從事小說寫作。

Track N5
2-43

動詞てから

1. 先做…，然後再做…；2. 從…

→ {動詞て形}＋から

❶【動作順序】結合兩個句子，表示動作順序，強調先做前項的動作或前項事態成立，再進行後句的動作，如例(1)～(3)。

❷【起點】表示某動作、持續狀態的起點，如例(4)、(5)。

1 お風呂に 入って から、晩ご飯を 食べます。

洗完澡後吃晚飯。

→ 例句

2 宿題を やって から 遊びます。

做完作業之後才可以玩。

3 夜、歯を 磨いて から 寝ます。

晚上刷完牙以後才睡覺。

4 今月に 入って から、毎日 とても 暑いです。

這個月以來，每天都非常炎熱。

5 日本語の 勉強を 始めて から、まだ ３ヶ月です。

自從開始學日語到現在，也才三個月而已。

N
5

Track N5
2-44

動詞たあとで、動詞たあと

1. …以後…；2. …以後

→ {動詞た形}＋あとで；{動詞た形}＋あと

❶【前後關係】表示前項的動作做完後，做後項的動作。是一種按照時間順序，客觀敘述事情發生經過的表現，而前後兩項動作相隔一定的時間發生，如例(1)、(2)。

❷〔繼續狀態〕後項如果是前項發生後，而繼續的行為或狀態時，就用「あと」，如例(3)～(5)。

1 子どもが 寝た あとで、本を 読みます。

等孩子睡了以後會看看書。

➡ 例句

2 掃除した あとで、出かけます。	打掃後出門去。
3 授業が 始まった あと、おなかが 痛く なりました。	開始上課以後，肚子忽然痛了起來。
4 弟は、宿題を した あと、テレビを 見て います。	弟弟做完作業以後才看電視。
5 お母さんは、お風呂に 入った あと、ビールを 飲んで います。	媽媽洗完澡以後會喝啤酒。

014

● 名詞＋の＋あとで、名詞＋の＋あと

1. …後；2. …後、…以後

➡ {名詞}＋の＋あとで；{名詞}＋の＋あと

❶【前後關係】表示完成前項事情之後，進行後項行為，如例(1)～(3)。
❷【順序】只單純表示順序的時候，後面接不接「で」都可以。後接「で」有強調「不是其他時間，而是現在這個時刻」的語感，如例(4)、(5)。

1 トイレの あとで おふろに 入ります。

上完廁所後洗澡。

➡ 例句

2 宿題の　あとで　遊びます。	做完功課後玩耍。
3 テレビの　あとで　寝ます。	看完電視後睡覺。
4 ご飯の　あと、お茶を　飲みます。	吃完飯以後喝茶。
5 今日、仕事の　あと、飲みに　行きませんか。	今天工作結束後，要不要一起去喝一杯呢？

015

Track N5
2-46

● 動詞まえに

…之前，先…

➡ {動詞辭書形}＋まえに

❶【前後關係】表示動作的順序，也就是做前項動作之前，先做後項的動作，如例(1)～(3)。

❷〖辭書形前に〜過去形〗即使句尾動詞是過去形，「まえに」前面還是要接動詞辭書形，如例(4)、(5)。

1 私は　いつも、寝る　前に　歯を　磨きます。
我都是睡前刷牙。

➡ 例句

2 暗く　なる　前に　うちに　帰ります。	要在天黑前回家。
3 Ｎ５の　テストを　受ける　前に、勉強します。	在接受 N5 測驗之前用功研讀。
4 友達の　うちへ　行く　前に、電話を　かけました。	去朋友家前，先打了電話。
5 テレビを　見る　前に、晩ご飯を　食べました。	在看電視之前吃了晚餐。

N
5

N5 日語文法・句型詳解

Track N5
2-47

● 名詞＋の＋まえに

…前、…的前面

➡ {名詞}＋の＋まえに

【前後關係】表示空間上的前面，或做某事之前先進行後項行為。

1 仕事の 前に コーヒーを 飲みます。
工作前先喝杯咖啡。

➡ 例句

2 食事の 前に 手を 洗います。　　吃飯前先洗手。

3 勉強の 前に テレビを 見ます。　　讀書前先看電視。

4 掃除の 前に 洗濯を します。　　在打掃之前先洗衣服。

5 買い物の 前に 銀行へ 行きます。　在買東西之前先去銀行。

Track N5
2-48

● ～でしょう

1.也許…、可能…；2.大概…吧；3.…對吧

➡ {名詞；形容動詞詞幹；[形容詞・動詞]普通形}＋でしょう

❶【推測】伴隨降調，表示說話者的推測，說話者不是很確定，不像「です」那麼肯定，如例(1)、(2)。

❷〖たぶん～でしょう〗常跟「たぶん」一起使用，如例(3)。

❸【確認】表示向對方確認某件事情，或是徵詢對方的同意，如例(4)、(5)。

1 明日は 風が 強いでしょう。
明天風很強吧！

➔ 例句

2 「この 仕事、明日までに できますか」「は
い、大丈夫でしょう」

「這件工作在明天之前有辦法
完成嗎？」「可以，應該沒問
題吧！」

3 坂本さんは たぶん 来ないでしょう。

坂本先生大概不會來吧！

4 それは 違うでしょう。

那樣不對吧？

5 この 作文、お父さんか お母さんが 書
いたでしょう。

這篇作文，是由爸爸或媽媽
寫的吧？

018

Track N5
2-49

● 動詞たり～動詞たりします

1.又是…，又是…；3.一會兒…，一會兒…；4.有時…，有時…

➔ ｛動詞た形｝＋り＋｛動詞た形｝＋り＋する

❶【列舉】可表示動作並列，意指從幾個動作之中，例舉出２、３個有
代表性的，並暗示還有其他的，如例(1)、(2)。

❷〖動詞たり〗表並列用法時，「動詞たり」有時只會出現一次，如例
(3)，但基本上「動詞たり」還是會連用兩次。

❸【反覆】表示動作的反覆實行，如例(4)。

❹【對比】用於說明兩種對比的情況，如例(5)。

1 休みの 日は、掃除を したり 洗濯を
したり する。

假日又是打掃、又是洗衣服等等。

➔ 例句

2 ゆうべの パーティーでは、飲んだり 食べた
り 歌ったり しました。

在昨晚那場派對上吃吃喝喝
又唱了歌。

3 今度の 台湾旅行では、台湾茶の お店に 行ったりしたいです。

下回去台灣旅遊的時候，希望能去販賣台灣茶的茶行。

4 さっきから 銀行の 前を 行ったり 来たりして いる 人が いる。

有個人從剛才就一直在銀行前面走來走去的。（請注意不可使用「来たり行ったり」）

5 病気で 体温が 上がったり 下がったりして います。

因為生病而體溫忽高忽低的。

019

● 形容詞く＋なります

1. 變…；2. 變得…

➡ {形容詞詞幹}＋く＋なります

❶【變化】形容詞後面接「なります」，要把詞尾的「い」變成「く」。表示事物本身產生的自然變化，這種變化並非人為意圖性的施加作用，如例(1)～(3)。

❷〖人為〗即使變化是人為造成的，若重點不在「誰改變的」，也可用此文法，如例(4)、(5)。

1 西の 空が 赤く なりました。

西邊的天空變紅了。

➡ 例句

2 春が 来て、暖かく なりました。

春天到來，天氣變暖和了。

3 子どもは すぐに 大きく なります。

小孩子一轉眼就長大了。

4 夕方は 魚が 安く なります。

到了傍晚，魚價會變得比較便宜。

5 来月から 牛乳が 高く なります。

從下個月起牛奶要漲價。

形容動詞に＋なります

變成…

➡ {形容動詞詞幹}＋に＋なります

【變化】表示事物的變化。如上一單元說的，「なります」的變化不是
人為有意圖性的，是在無意識中物體本身產生的自然變化。而即使變化
是人為造成的，如果重點不在「誰改變的」，也可用此文法。形容動詞
後面接「なります」，要把語尾的「だ」變成「に」。

1 彼女は 最近 きれいに なりました。
　她最近變漂亮了。

➡ 例句

2 体が 丈夫に なりました。　｜　身體變強壯了。

3 浦田さんの ことが 好きに なりました。　｜　喜歡上浦田小姐了。

4 この 街は 賑やかに なりました。　｜　這條街變熱鬧了。

5 バスが 増えて 便利に なりました。　｜　巴士班次增加以後變得方便
　　　　　　　　　　　　　　　　　　　　　多了。

名詞に＋なります

1. 變成…；2. 成為…

➡ {名詞}＋に＋なります

❶【變化】表示在無意識中，事態本身產生的自然變化，這種變化並非
人為有意圖性的，如例(1)〜(3)。

❷〖人為〗即使變化是人為造成的，若重點不在「誰改變的」，也可用
此文法，如例(4)、(5)。

N
5

1 もう　夏に　なりました。
已經是夏天了。

⊃ 例句

2 今日は　３９度に　なりました。
今天的氣溫是三十九度。

3 早く　大人に　なって、お酒を　飲みたいです。
我希望趕快變成大人，這樣就能喝酒了。

4 娘は、４月から　小学生に　なります。
小女從四月起就要上小學。

5 あそこは　前は　喫茶店でしたが、すし屋に　なりました。
那裡以前開了家咖啡廳，後來改成壽司料理店了。

022

Track N5
2-53

● 形容詞く＋します

使變成…

⊃ {形容詞詞幹}＋く＋します

【變化】表示事物的變化。跟「なります」比較，「なります」的變化不是人為有意圖性的，是在無意識中物體本身產生的自然變化；而「します」是表示人為的有意圖性的施加作用，而產生變化。形容詞後面接「します」，要把詞尾的「い」變成「く」。

1 部屋を　暖かく　しました。
房間弄暖和。

⊃ 例句

2 壁を　白く　します。
把牆壁弄白。

3 音を　小さく　します。
把音量壓小。

4 この　料理は　冷たく　して　食べます。
這道菜請放涼後再吃。

5 カーテンを 開けて 部屋を 明るく し
ます。

打開窗簾讓房間變亮。

023
Track N5
2-54

● 形容動詞に＋します

1. 使變成…；2. 讓它變成…

➡ {形容動詞詞幹}＋に＋します

❶【變化】表示事物的變化。如前一單元所說的，「します」是表示人
為有意圖性的施加作用，而產生變化。形容動詞後面接「します」，
要把詞尾的「だ」變成「に」，如例(1)～(4)。
❷【命令】如為命令語氣為「にしてください」，如例(5)。

1 運動して、体を 丈夫に します。
去運動讓身體變強壯。

➡ 例句

2 この 町を きれいに しました。

把這個市鎮變乾淨了。

3 音楽を 流して、賑やかに します。

放音樂讓氣氛變熱鬧。

4 娘を テレビに 出して、有名に したい
です。

我希望讓女兒上電視成名。

5 静かに して ください。

請保持安靜。

024
Track N5
2-55

● 名詞に＋します

1. 讓…變成…、使其成為…；2. 請使其成為…

N
5

➡ {名詞}＋に＋します

❶【變化】表示人為有意圖性的施加作用，而產生變化，如例(1)～(4)。
❷【請求】請求時用「にしてください」，如例(5)。

1 子供を 医者に します。
我要讓孩子當醫生。

➡ 例句

2 バナナを 半分に しました。	我把香蕉分成一半了。
3 玄関を 北に します。	把玄關建在北邊。
4 にんじんを ジュースに します。	把紅蘿蔔打成果汁。
5 私を 妻に して ください。	請娶我為妻。

025

Track N5
2-56

● のだ

1.（因為）是…；3. …是…的

➡ ❶【說明】{[形容詞・動詞]普通形}＋のだ；{名詞；形容動詞詞幹}＋なのだ。表示客觀地對話題的對象、狀況進行說明，或請求對方針對某些理由說明情況，一般用在發生了不尋常的情況，而說話人對此進行說明，或提出問題，如例(1)。
❷〔口語－んだ〕{[形容詞・動詞]普通形}＋んだ；{名詞；形容動詞詞幹}＋なんだ。尊敬的說法是「のです」，口語的說法常將「の」換成「ん」，如例(2)～(4)。
❸【主張】用於表示說話者強調個人的主張或決心，如例(5)。

1 きっと、事故が あったのだ。
一定是發生事故了！

➡ 例句

2 あとで やります。今、忙しいんです。	等一下再做。現在正在忙。
3 「きれいな お庭ですね」「花が 好きなんです」	「您家的院子好美喔!」「因為我喜歡花。」
4 あっ、私の 花瓶が!誰が 壊したんですか。	啊,我的花瓶!是誰摔破的?
5 ずいぶん 迷いましたが、これで よかったんです。	雖然猶豫了很久,還是選這個好。

026

Track N5 2-57

● もう+肯定

已經…了

➡ もう+{動詞た形;形容動詞詞幹だ}

【完了】和動詞句一起使用,表示行為、事情到某個時間已經完了。用在疑問句的時候,表示詢問完或沒完。

1 病気は もう 治りました。
病已經治好了。

➡ 例句

2 もう お風呂に 入りました。	已經洗過澡了。
3 妹は もう 出かけました。	妹妹已經出門了。
4 コンサートは もう 始まって います。	音樂會已經開始了。
5 あなたの ことは、もう 嫌いです。	我已經不喜歡你了!

027

● もう＋否定

已經不…了

➡ もう＋{否定表達方式}

【否定的狀態】「否定」後接否定的表達方式，表示不能繼續某種狀態了。一般多用於感情方面達到相當程度。

1 もう　飲みたく　ありません。
我已經不想喝了。

➡ 例句

2 もう　痛く　ありません。| 已經不痛了。

3 もう　高山さんに　お金は　貸しません。| 再也不會借錢給高山先生了！

4 紙は　もう　ありません。| 已經沒紙了。

5 大学生ですから、もう　子供では　ないです。| 都已經是大學生了，再也不是小孩了！

028

● まだ＋肯定

1. 還…；2. 還有…

➡ まだ＋{肯定表達方式}

❶**【繼續】**表示同樣的狀態，從過去到現在一直持續著，如例(1)～(4)。
❷**【存在】**表示還留有某些時間或東西，如例(5)。

1 お茶は　まだ　熱いです。
茶還很熱。

➡ 例句

2 まだ　電話中ですか。 | 還是通話中嗎？

3 別れた　恋人の　ことが　まだ　好きです。 | 依然對已經分手的情人戀戀不忘。

4 空は　まだ　明るいです。 | 天色還很亮。

5 まだ　時間が　あります。 | 還有時間。

029

Track N5
2-60

● まだ＋否定

還（沒有）…

➡ まだ＋{否定表達方式}

【未完】表示預定的事情或狀態，到現在都還沒進行，或沒有完成。

1 宿題が　まだ　終わりません。
功課還沒做完。

➡ 例句

2 そこは　まだ　安全では　ないです。 | 那裡還不安全。

3 晩ご飯は　まだ　ほしく　ありません。 | 晚飯還不想吃。

4 日本語は　まだ　よく　できません。 | 日文還不太好。

5 まだ　何も　食べて　いません。 | 什麼都還沒吃。

030

Track N5
2-61

● ～という名詞

1. 叫做…；2. 叫…、叫做…

➡ {名詞}＋という＋{名詞}

❶【介紹名稱】表示説明後面這個事物、人或場所的名字。一般是説話人或聽話人一方，或者雙方都不熟悉的事物。詢問「什麼」的時候可以用「何と」，如例(1)、(2)。

❷〖確認〗如果是做確認時，「という」前接確認的內容，如例(3)～(5)。

1 その 店は 何と いう 名前ですか。
那家店叫什麼名字？

➡ **例句**

2 これは 何と いう 果物ですか。　　這是什麼水果？

3 あれは チワワと いう 犬ですか。　　那是叫做吉娃娃的狗嗎？

4 湯川秀樹と いう 人を 知って いますか。　你知道一個名叫湯川秀樹的人嗎？

5 北海道の 富良野と いう ところに 遊びに 行って きました。　我去了北海道一處叫富良野的地方旅遊。

031

Track N5
2-62

● **つもり**

1.打算、準備；2.不打算；3.有什麼打算呢

➡ ❶【意志】{動詞辭書形}＋つもり。表示打算作某行為的意志。這是事前決定的，不是臨時決定的，而且想做的意志相當堅定，如例(1)、(2)。

❷〖否定〗{動詞否定形}＋つもり。相反地，表示不打算作某行為的意志，如例(3)、(4)。

❸〖どうするつもり〗「どうする」＋つもり。詢問對方有何打算的時候，如例(5)。

1 今年は 車を 買う つもりです。
我今年準備買車。

➡ 例句

2 夏休みには　日本へ　行く　つもりです。 | 暑假打算去日本。

3 今年は　海外旅行しない　つもりです。 | 今年不打算出國旅行。

4 近藤さんは、大学には　行かない　つもりです。 | 近藤同學並不打算上大學。

5 米田さんは、どうする　つもりですか。 | 米田先生你有什麼打算呢？

032
● ～をもらいます
Track N5 2-63

取得、要、得到

➡ {名詞}＋をもらいます

【授受】表示從某人那裡得到某物。「を」前面是得到的東西。給的人一般用「から」或「に」表示。

1 彼から　花を　もらいました。
　我從他那裡收到了花。

➡ 例句

2 友人から　お土産を　もらいました。 | 從朋友那裡拿到了名產。

3 彼から　婚約指輪を　もらいました。 | 我從他那裡收到了求婚戒指。

4 隣の　人に　みかんを　もらいました。 | 隔壁的人給了橘子。

5 お姉ちゃんから　いらなく　なった　服を　もらいました。 | 接收了姐姐不要的衣服。

日語文法・句型詳解

● ～に～があります／います

…有…

➔ {名詞}＋に＋{名詞}＋があります／います

❶【存在】表某處存在某物或人，也就是無生命事物，及有生命的人或動物的存在場所，用「（場所）に（物）があります、（人）がいます」。表示事物存在的動詞有「あります／います」，無生命的事物或自己無法動的植物用「あります」，如例(1)、(2)。

❷〖有生命－います〗「います」用在有生命的，自己可以動作的人或動物，如例(3)～(5)。

1 箱の 中に お菓子が あります。
箱子裡有甜點。

➔ 例句

2 あそこに 交番が あります。　　　那裡有派出所。

3 部屋に 姉が います。　　　　　　房間裡有姊姊。

4 北海道に 兄が います。　　　　　北海道那邊有哥哥。

5 向こうに 滝本さんが います。　　那邊有瀧本小姐。

● ～は～にあります／います

…在…

➔ {名詞}＋は＋{名詞}＋にあります／います

【存在】表示某物或人，存在某場所用「（物）は（場所）にあります／（人）は（場所）にいます」。

1 トイレは あちらに あります。
廁所在那邊。

➡ 例句

2 レジは どこに ありますか。	請問收銀台在哪裡呢？
3 姉は 部屋に います。	姊姊在房間。
4 彼は 外国に います。	他在國外。
5 私は ここに います。	我就在這裡。

035

● 〜は〜より

…比…

➡ {名詞}＋は＋{名詞}＋より

【比較】 表示對兩件性質相同的事物進行比較後，選擇前者。「より」後接的是性質或狀態。如果兩件事物的差距很大，可以在「より」後面接「ずっと」來表示程度很大。

1 飛行機は 船より 速いです。
飛機比船還快。

➡ 例句

2 私は 妹より 字が 下手です。	我的字寫得比妹妹難看。
3 兄は 母より 背が 高いです。	哥哥個子比媽媽高。
4 地理は 歴史より 面白いです。	地理比歷史有趣。
5 今年の 夏は 去年より 暑い。	今年夏天比去年熱。

036

Track N5
2-67

● ～より～ほう

…比…、比起…，更…

➡ {名詞;[形容詞・動詞]普通形}＋より（も、は）＋{名詞の;[形容詞・動詞]普通形;形容動詞詞幹な}＋ほう

【比較】表示對兩件事物進行比較後，選擇後者。「ほう」是方面之意，在對兩件事物進行比較後，選擇了「こっちのほう」（這一方）的意思。被選上的用「が」表示。

1 勉強より　遊びの　ほうが　楽しいです。
玩耍比讀書愉快。

➡ 例句

2 テニスより　水泳の　ほうが　好きです。	喜歡游泳勝過網球。
3 暇よりは　忙しい　方が　いいです。	比起空閒，更喜歡忙碌。
4 暑いより　寒い　方が　嫌です。	比起熱，更討厭冷。
5 乗り物に　乗るより、歩く　ほうが　いいです。	走路比搭車好。

037

Track N5
2-68

● ～ほうがいい

1. 我建議最好…、我建議還是…為好；2. …比較好；3. 最好不要…

➡ {名詞の;形容詞辭書形;形容動詞詞幹な;動詞た形}＋ほうがいい

❶【勸告】用在向對方提出建議、忠告。有時候前接的動詞雖然是「た形」，但指的卻是以後要做的事，如例(1)、(2)。

❷【提出】也用在陳述自己的意見、喜好的時候，如例(3)、(4)。

❸〖否定形－ないほうがいい〗否定形為「～ないほうがいい」，如例(5)。

1 もう　寝た　方が　いいですよ。

這時間該睡了喔！

➡ 例句

2 熱が　ありますよ。医者に　行った　方が　いいですね。

發燒了吧？去給醫師看比較好喔！

3 柔らかい　布団の　ほうが　いい。

柔軟的棉被比較好。

4 住む　ところは　駅に　近い　ほうが　いいです。

住的地方離車站近一點比較好。

5 塩分を　取りすぎない　ほうが　いい。

最好不要攝取過多的鹽分。

N 5

九、副詞

● あまり～ない

1. 不太…；3. 完全不…

➡ あまり（あんまり）＋｛[形容詞・形容動・動詞] 否定形｝＋～ない

❶【程度】「あまり」下接否定的形式，表示程度不特別高，數量不特別多，如例(1)～(3)。

❷〖口語－あんまり〗在口語中常説成「あんまり」，如例(4)。

❸〖全面否定－ぜんぜん～ない〗若想表示全面否定可用「全然（ぜんぜん）～ない」，如例(5)。這種用法否定意味較為強烈。

1 あの 店は あまり おいしく ありませんでした。

那家店的餐點不太好吃。

➡ 例句

2 小さいころ、あまり 体が 丈夫では ありませんでした。 | 小時候身體不太好。

3 「を」と「に」の 使い方が あまり 分かりません。 | 我不太懂「を」和「に」的用法有何不同。

4 あんまり 行きたく ありません。 | 不大想去。

5 今日の テストは 全然 できませんでした。 | 今天的考試統統答不出來。

112

MEMO

一、詞類的活用（1）

N4

● こんな

1. 這樣的、這麼的、如此的；2. 這樣地

➡ こんな＋{名詞}

❶【程度】間接地在講人事物的狀態或程度，而這個事物是靠近說話人的，也可能是剛提及的話題或剛發生的事，如例(1)～(4)。

❷〖こんなに〗「こんなに」為指示程度，是「這麼，這樣地；如此」的意思，如例(5)。

1 こんな大きな木は見たことがない。

沒看過如此大的樹木。

➡ 例句

2 こんな車がほしいです。

想要一輛像這樣的車子。

3 こんな洋服は、いかがですか。

這樣的洋裝如何？

4 こんな山の上まで、家が建っている。

連在這麼深山的地方都座落著房屋。

5 こんなにいい人はめったにない。

這麼好的人，實在是少有的。

● そんな

1.那樣的；2.那樣地

➔ そんな＋{名詞}

❶【程度】間接的在説人或事物的狀態或程度。而這個事物是靠近聽話人的或聽話人之前説過的。有時也含有輕視和否定對方的意味，如例(1)～(4)。

❷〖そんなに〗「そんなに」為指示程度，是「那麼，那樣地」的意思，如例(5)。

1 そんなことばかり言わないで、元気を出して。

別淨説那些話，打起精神來。

➔ 例句

2 そんな失礼なことは言えない。

3 そんなことをしたらだめです。

4 久保田さんは、そんな人ではありません。

5 そんなに寒くない。

我説不出那樣沒禮貌的話。	
不可以那樣做。	
久保田先生不是那樣的人。	
沒那麼冷。	

● あんな

1.那樣的；2.那樣地

➔ あんな＋{名詞}

❶【程度】間接地説人或事物的狀態或程度。而這是指説話人和聽話人以外的事物，或是雙方都理解的事物，如例(1)～(4)。

❷〖あんなに〗「あんなに」為指示程度，是「那麼，那樣地」的意思，如例(5)。

1 私は、あんな女性と結婚したいです。

我想和那樣的女性結婚。

2 私はあんな色が好きです。

我喜歡那種顏色。

3 私もあんな家に住みたいです。

我也想住那樣的房子。

4 あんなやり方ではだめだ。

那種作法是行不通的。

5 彼女があんなに優しい人だとは知りませんでした。

我不知道她是那麼貼心的人。

004

● こう

1. 這樣、這麼；2. 這樣

➡ こう＋{動詞}

❶【方法】表示方式或方法，如例(1)〜(4)。
❷【限定】表示眼前或近處的事物的樣子、現象，如例(5)。

1 アメリカでは、こう握手して挨拶します。
在美國都像這樣握手寒暄。

➡ 例句

2 お箸はこう持ちます。

像這樣拿筷子。

3 「ちょっとここを押さえていてください。」
「こうですか。」

「麻煩幫忙壓一下這邊。」
「像這樣壓住嗎？」

4 こうすれば、簡単に窓がきれいになります。

只要這樣做，很容易就能讓窗戶變乾淨。

5 こう毎日雨だと、洗濯物が全然乾かなくて困ります。

像這樣每天下雨，衣服根本晾不乾，真傷腦筋。

Track N4
1-05

● そう

1. 那樣；2. 那樣

➔ そう＋｛動詞｝

　❶【方法】表示方式或方法，如例(1)～(3)。
　❷【限定】表示眼前或近處的事物的樣子、現象，如例(4)、(5)。

1 そうしたら、君も東大に合格できるのだ。

那樣一來，你也能考上東京大學的！

➔ 例句

2「タクシーで行こうよ」「うん、そうしよう」	「我們搭計程車去嘛！」「嗯，就這麼辦吧。」
3 父には、そう説明するつもりです。	打算跟父親那樣説明。
4 私もそういうふうになりたいです。	我也想變成那樣。
5 息子は野球が好きだ。僕も子供のころそうだった。	兒子喜歡棒球，我小時候也一樣。

Track N4
1-06

● ああ

1. 那樣；2. 那樣

➔ ああ＋｛動詞｝

　❶【限定】表示眼前或近處的事物的樣子、現象，如例(1)～(4)。
　❷【方法】表示方式或方法，如例(5)。

1 ああ太っていると、苦しいでしょうね。

那麼胖一定很痛苦吧！

➔ 例句

2 彼は怒るといつもああだ。	他一生起氣來一向都是那樣子。
3 ああ壊れていると、直せないでしょう。	毀損到那種地步，大概沒辦法修好了吧。
4 僕には、ああはできません。	我才沒辦法像那樣。
5 ああしろこうしろとうるさい。	一下叫我那樣，一下叫我這樣煩死人了！

007　Track N4 1-07

● ちゃ、ちゃう

➔ ｛動詞て形｝＋ちゃ、ちゃう

❶【縮略形】「ちゃ」是「ては」的縮略形式，也就是縮短音節的形式，一般是用在口語上。多用在跟自己比較親密的人，輕鬆交談的時候，如例(1)～(4)。

❷〖てしまう→ちゃう〗「ちゃう」是「てしまう」，「じゃう」是「でしまう」的縮略形式，如例(5)。

❸〖では→じゃ〗其他如「じゃ」是「では」的縮略形式，「なくちゃ」是「なくては」的縮略形式。

1 飲み過ぎちゃって、立てないよ。

喝太多了，站不起來嘛！

➔ 例句

2 まだ、火をつけちゃいけません。	還不可以點火。
3 宿題は、もうやっちゃったよ。	作業已經寫完了呀！
4 動物にえさをやっちゃだめです。	不可以餵食動物。
5 8時だ。会社に遅れちゃう！	八點了！上班要遲到啦！

Track N4
1-08

● ～が

● {名詞}＋が

【動作或狀態主體】接在名詞的後面，表示後面的動作或狀態的主體。

1 子どもが、泣きながら走ってきた。
小孩邊哭邊跑了過來。

● 例句

2 雨が降っています。

正在下雨。

3 台風で、窓が壊れました。

颱風導致窗戶壞了。

4 新しい番組が始まりました。

新節目已經開始了。

5 あるところに、おじいさんとおばあさんが
いました。

在某個地方，曾經有一對老
爺爺和老奶奶。

Track N4
1-09

● ～までに

1.在…之前、到…時候為止；2.到…為止

● {名詞；動詞辭書形}＋までに

❶ **【期限】**接在表示時間的名詞後面，表示動作或事情的截止日期或期
限，如例(1)～(3)。

❷ 〖範圍－まで〗不同於「までに」，用「まで」表示某事件或動作，
直在某時間點前都持續著，如例(4)、(5)。

1 この車、金曜日までに直りますか。
請問這輛車在星期五之前可以修好嗎？

➡️ 例句

2 これ、何時までにやればいいですか。 | 這件事，在幾點之前完成就可以了呢？

3 先生が来るまでに返すから、宿題を写させてよ。 | 老師進來之前一定會還給你的，習題借我抄嘛！

4 昨日は日曜日で、お昼まで寝ていました。 | 昨天是星期日，所以睡到了中午。

5 仕事が終わるまで、携帯電話に出られません。 | 直到工作結束之前都無法接聽手機。

010

● 數量詞 ＋ も

1. 多達…；2. 好…

➡️ {數量詞}＋も

❶【強調】前面接數量詞，用在強調數量很多、程度很高的時候，由於因人物、場合等條件而異，所以前接的數量詞並不一定數量大，但還是表示「很多、多達」之意，如例(1)～(3)。

❷【數量多】用「何＋助數詞＋も」，像是「何回も」（好幾回）、「何度も」（好幾次）等，表示實際的數量或次數並不明確，但說話者感覺很多，如例(4)、(5)。

1 彼女はビールを5本も飲んだ。
她喝了多達5瓶的啤酒。

➡️ 例句

2 ゆうべはワインを2本も飲みました。 | 昨晚喝了多達兩瓶紅酒。

3 私はもう30年も小学校の先生をしています。 | 我已經擔任小學教師長達三十年了。

4 何回も電話したけれど、いつも留守だ。

已經打過了好多通電話，可是總是沒人接。

5 ディズニーランドは何度も行きましたよ。

我去過迪士尼樂園好幾次了喔！

～ばかり

1. 淨…、光…；2. 總是…、老是…

➡ ❶【強調】{名詞}＋ばかり。表示數量、次數非常多，如例(1)～(3)。
　　❷【重複】{動詞て形}＋ばかり。表示説話人對不斷重複一樣的事，或一直都是同樣的狀態，有負面的評價，如例(4)、(5)。

1 アルバイトばかりしていないで、勉強もしなさい。

別光打工，也要唸書！

➡ **例句**

2 漫画ばかりで、本は全然読みません。

光看漫畫，完全不看書。

3 うちの子はお菓子ばかり食べています。

我家小孩總是只吃餅乾糖果。

4 寝てばかりいないで、手伝ってよ。

別老是睡懶覺，過來幫忙啦！

5 お父さんはお酒を飲んでばかりいます。

爸爸老是在喝酒。

～でも

1. …之類的；2. 就連…也

➡ {名詞}＋でも

❶【舉列】用於舉例。表示雖然含有其他的選擇，但還是舉出一個具代表性的例子，如例(1)～(3)。

❷【極端的例子】先舉出一個極端的例子，再表示其他情況當然是一樣的，如例(4)、(5)。

1 お帰りなさい。お茶でも飲みますか。
你回來了。要不要喝杯茶？

➡ 例句

2 映画でも行きませんか。

要不要去看部電影呢？

3 子どもにピアノでも習わせたい。

至少想讓孩子學個鋼琴之類的樂器。

4 日本人でも読めない漢字があります。

就連日本人，也都會有不會唸的漢字。

5 このことは、小学生でも知っているでしょう。

這種事連小學生都知道吧！

013

● 疑問詞＋でも

無論、不論、不拘

➡ {疑問詞}＋でも

【全面肯定或否定】「でも」前接疑問詞時，表示全面肯定或否定，也就是沒有例外，全部都是。句尾大都是可能或容許等表現。

1 なんでも相談してください。
什麼都可以找我商量。

➡ 例句

2 これは誰でも作れます。

這種事誰都會做。

3 いつでも手伝ってあげます。

隨時都樂於幫你忙的。

4 お茶とコーヒーと、どちらでもいいです。

茶或咖啡，哪一種都可以。

5 どこでも、仕事を見つけることができませんでした。

哪裡都找不到工作。

● 疑問詞＋〜か

…呢

➡ {疑問詞}＋{名詞；形容動詞詞幹；[形容詞・動詞] 普通形}＋か

【不確定】當一個完整的句子中，包含另一個帶有疑問詞的疑問句時，則表示事態的不明確性。此時的疑問句在句中扮演著相當於名詞的角色，但後面的助詞經常被省略。

1 外<small>そと</small>に誰<small>だれ</small>がいるか見<small>み</small>て来<small>き</small>てください。

　請去看看誰在外面。

➡ **例句**

2 映画<small>えいが</small>は何時<small>なんじ</small>から始<small>はじ</small>まるか教<small>おし</small>えてください。　｜　請告訴我電影幾點放映。

3 何<small>なに</small>をしたか正直<small>しょうじき</small>に言<small>い</small>いなさい。　｜　你到底做了什麼事 從實招來！

4 パーティーに誰<small>だれ</small>が来<small>き</small>たか忘<small>わす</small>れてしまいました。　｜　我已經忘記誰來過派對了。

5 どんな本<small>ほん</small>を読<small>よ</small>めばいいか分<small>わ</small>かりません。　｜　我不知道該讀哪種書才好。

● 〜とか〜とか

…啦…啦、…或…、及…

➡ {名詞；[形容詞・形容動詞・動詞] 辭書形}＋とか＋{名詞；[形容詞・形容動詞・動詞] 辭書形}＋とか

❶**【列舉】**「とか」上接同類型人事物的名詞之後，表示從各種同類的人事物中選出幾個例子來說，或羅列一些事物，暗示還有其它，是口語的說法，如例(1)～(4)。

❷〖只用とか〗有時「〜とか」僅出現一次，如例(5)。

❸〖不正式〗另外，跟「〜や〜（など）」相比，「〜とか〜とか」為較不正式的說法，但前者只能接名詞。

1 赤とか青とか、いろいろな色を塗りました。

或紅或藍，塗上了各種的顏色。

➡ **例句**

2 きれいだとか、かわいいとか、よく言われ ます。

常有人誇獎我真漂亮、真可愛之類的。

3 趣味は、漫画を読むとか、音楽を聞くとか です。

我的興趣是看看漫畫啦，還有聽聽音樂。

4 疲れたときは、早く寝るとか、甘いものを 食べるとかするといいよ。

疲倦的時候，看是要早點睡覺，還是吃甜食都好喔。

5 ときどき運動したほうがいいよ。テニスとか。

還是偶爾要運動比較好喔，比如打打球網球什麼的。

016

Track N4
1-16

● **～し**

1. 既…又…、不僅…而且…；2. 因為…

➡ {[形容詞・形容動詞・動詞] 普通形}＋し

❶【並列】用在並列陳述性質相同的複數事物，或説話人認為兩事物是有相關連的時候，如例(1)～(3)。

❷【理由】暗示還有其他理由，是一種表示因果關係較委婉的説法，但前因後果的關係沒有「から」跟「ので」那麼緊密，如例(4)、(5)。

1 この町は、工業も盛んだし商業も盛んだ。

這城鎮不僅工業很興盛，就連商業也很繁榮。

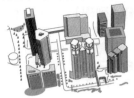

➡️ 例句

2 うちのアパートは、広いし駅にも近い。

我家的公寓不但寬敞，而且離車站又近。

3 三田村は、奥さんはきれいだし子どももよくできる。

三田村先生不但有個漂亮的太太，孩子也很成器。

4 おなかもすいたし、喉も渇いた。

不但肚子餓了，而且喉嚨也渴了。

5 雨が降りそうだし、今日はもう帰ります。

看來也快下雨了，今天就先回家了。

017

～の

…嗎

➡️ {句子}＋の

【疑問】用在句尾，以升調表示發問，一般是用在對兒童，或關係比較親密的人，為口語用法。

1 行ってらっしゃい。何時に帰るの？

路上小心。什麼時候回來？

➡️ 例句

2 どうしたの？具合悪いの？

怎麼了？身體不舒服嗎？

3 ゆうべはあんなにお酒を飲んだのに、どうしてそんなに元気なの？

昨天晚上你明明就喝了那麼多酒，為什麼今天還能那麼精神奕奕呢？

4 お風呂、もう出たの？

已經洗完澡了嗎？

5 あなた。この背広の口紅は何なの？

老公！這件西裝上的口紅印是怎麼回事？

018

 Track N4 1-18

● ～だい

…呢、…呀

➡ {句子}＋だい

【疑問】接在疑問詞或含有疑問詞的句子後面，表示向對方詢問的語氣。有時也含有責備或責問的口氣。男性用言，用在口語，說法較為老氣。

1 田舎のおかあさんの調子はどうだい？
郷下母親的狀況怎麼樣？

➡ 例句

2 これ、どうやって作ったんだい？

3 誰がそんなことを言ったんだい？

4 入学式の会場はどこだい？

5 君の趣味は何だい？

這是怎樣做出來的哩？

是誰說那種話的呀？

開學典禮會場在哪裡？

你的嗜好是啥？

019

 Track N4 1-19

● ～かい

…嗎

➡ {句子}＋かい

【疑問】放在句尾，表示親暱的疑問。

1 花見は楽しかったかい？
賞花有趣嗎？

➔ 例句

2 君、出身は東北かい？

你來自東北嗎？

3 体の具合はもういいのかい？

身體狀況已經恢復了嗎？

4 その辞書は役に立つかい？

那字典對你有幫助嗎？

5 財布は見つかったかい？

錢包找到了嗎？

020

● ～な（禁止）

不准…、不要…

➔ {動詞辭書形}＋な

【禁止】表示禁止。命令對方不要做某事的説法。由於説法比較粗魯，所以大都是直接面對當事人説。一般用在對孩子、兄弟姊妹或親友時。也用在遇到緊急狀況或吵架的時候。

1 病気のときは、無理をするな。

生病時不要太勉強了！

➔ 例句

2 こら、授業中に寝るな。

喂，上課時不准睡覺！

3 がんばれよ。ぜったい負けるなよ。

加油點，千萬別輸了！

4 ここに荷物を置くな。じゃまだ。

不要把行李放在這裡！很礙路。

5 （看板）この先危険！入るな！

（警示牌）前方危險，禁止進入！

  Track N4 1-21

● ～さ

…度、…之大

➡ {[形容詞・形容動詞] 詞幹}＋さ

【程度】接在形容詞、形容動詞的詞幹後面等構成名詞，表示程度或狀態。也接跟尺度有關的如「長さ（長度）、深さ（深度）、高さ（高度）」等，這時候一般是跟長度、形狀等大小有關的形容詞。

1 北国の冬の厳しさに驚きました。

北方地帶冬季的嚴寒令我大為震撼。

➡ **例句**

2 彼女の美しさにひかれました。 | 我為她的美麗而傾倒。

3 彼の心の優しさに、感動しました。 | 為他的溫柔體貼而感動。

4 この店は、おいしさと安さで評判です。 | 這家店以美味與便宜而聞名。

5 仕事の丁寧さは、仕事の遅さにつながることもある。 | 工作時的仔細，有時候會導致工作的延遲。

  Track N4 1-22

● ～らしい

1.好像…、似乎…；2.説是…、好像…；3.像…樣子、有…風度

➡ {名詞；形容動詞詞幹；[形容詞・動詞] 普通形}＋らしい

❶【據所見推測】表示從眼前可觀察的事物等狀況，來進行判斷，如例(1)、(2)。

❷【據傳聞推測】表示從外部來的，是説話人自己聽到的內容為根據，來進行推測。含有推測、責任不在自己的語氣，如例(3)、(4)。

❸【樣子】表示充分反應出該事物的特徵或性質，如例(5)。

1 王さんがせきをしている。風邪を引いているらしい。

王先生在咳嗽。他好像是感冒了。

⮕ **例句**

2 地面が濡れている。夜中に雨が降ったらしい。	地面是濕的。半夜好像有下雨的樣子。
3 みんなの噂では、あの人は本当は男らしい。	大家都在說，那個人似乎其實是位男士。
4 先生がおっしゃるには、今度の試験はとても難しいらしいです。	照老師所說，這次的考試好像會很難的樣子。
5 大石さんは、とても日本人らしい人です。	大石小姐給人感覺很有日本人的風韻。

023

Track N4
1-23

● **〜がる（〜がらない）**

覺得…（不覺得…）、想要…（不想要）

⮕ {[形容詞・形容動詞] 詞幹}＋がる、がらない

❶【感覺】表示某人說了什麼話或做了什麼動作，而給說話人留下這種想法，有這種感覺，想這樣做的印象，「がる」的主體一般是第三人稱，如例(1)〜(3)。

❷〖を＋ほしい〗當動詞為「ほしい」時，搭配的助詞為「を」，而非「が」，如例(4)。

❸〖現在狀態〗表示現在的狀態用「〜ている」形，也就是「がっている」，如例(5)。

1 みんながいやがる仕事を、進んでやる。

大家都不想做的工作，就交給我做吧！

129

➡ 例句

2 （病院で）怖がらなくていいですよ、痛くないですから。

（在醫院裡）不必害怕喔，這不會痛的。

3 子どもがめんどうがって部屋の掃除をしない。

小孩嫌麻煩，不願打掃房間。

4 妻がきれいなドレスをほしがっています。

妻子很想要一件漂亮的洋裝。

5 あなたが来ないので、みんな残念がっています。

因為你不來，大家都覺得非常可惜。

024

● ～たがる（～たがらない）

想…（不想…）

➡ {動詞ます形}＋たがる（たがらない）

❶【希望】是「たい的詞幹」＋「がる」來的。用在表示第三人稱，顯露在外表的願望或希望，也就是從外觀就可看對方的意願，如例(1)、(2)。

❷〖否定－たがらない〗以「たがらない」形式，表示否定，如例(3)。

❸〖現在狀態〗表示現在的狀態用「～ている」形，也就是「たがっている」，如例(4)、(5)。

1 娘が、まだ小さいのに台所の仕事を手伝いたがります。

女兒還很小，卻很想幫忙廚房的工作。

➡ 例句

2 子どもも来たがったんですが、留守番をさせました。

孩子雖然也吵著要來，但是我讓他留在家裡了。

3 子供が歯医者に行きたがらない。

小孩子不願意去看牙醫。

4 息子は犬を飼いたがっています。 | 兒子非常渴望養狗。

5 4歳の娘はサンタさんに会いたがっている。 | 四歳的女兒很希望和聖誕老公公見面。

二、詞類的活用 (2)

Track N4
1-25

001

● （ら）れる（被動）

1. 被…；2. 在…；3. 被…

➡ {［一段動詞・力變動詞］被動形}＋られる；{五段動詞被動形；サ變動詞被動形さ}＋れる

❶【直接被動】表示某人直接承受到別人的動作，如例(1)、(2)。
❷【客觀說明】表示社會活動等普遍為大家知道的事，是種客觀的事實描述，如例(3)。
❸【間接被動】由於某人的行為或天氣等自然現象的作用，而間接受到麻煩，如例(4)、(5)。

1 弟が犬にかまれました。

弟弟被狗咬了。

➡ 例句

2 先生にはほめられたけれど、クラスのみんなには嫌われた。

雖然得到了老師的稱讚，卻被班上的同學討厭了。

3 試験は 2 月に行われます。

考試將在二月舉行。

4 電車で痴漢にお尻を触られた。

在電車上被色狼摸了臀部。

5 学校に行く途中で、雨に降られました。

去學校途中，被雨淋濕了。

お〜になる、ご〜になる

➡ お＋{動詞ます形}＋になる；ご＋{サ變動詞詞幹}＋になる

❶【尊敬】動詞尊敬語的形式，比「（ら）れる」的尊敬程度要高。表示對對方或話題中提到的人物的尊敬，這是為了表示敬意而抬高對方行為的表現方式，所以「お〜になる」中間接的就是對方的動作，如例(1)〜(3)。

❷〖ご＋サ変動詞＋になる〗當動詞為サ行變格動詞時，用「ご〜になる」的形式，如例(4)、(5)。

1 先生がお書きになった小説を読みたいです。
   我想看老師所寫的小說。

➡ 例句

2 ゆうべはよくお休みになれましたか。　｜ 昨天晚上您睡得好嗎？

3 先生の奥さんがお倒れになったそうです。 ｜ 聽說師母病倒了。

4 部長はもうご出発になりました。 ｜ 經理已經出發了。

5 ６５歳以上の方は、半額でご利用になれます。 ｜ 超過六十五歲的人士可用半價搭乘。

（ら）れる（尊敬）

➡ {[一段動詞・カ變動詞] 被動形}＋られる；{五段動詞被動形；サ變動詞被動形さ}＋れる

【尊敬】表示對對方或話題人物的尊敬，就是在表敬意之對象的動作上用尊敬助動詞。尊敬程度低於「お〜になる」。

1 もう具合はよくなられましたか。
   您身體有好一些了嗎？

➡ **例句**

2 社長は明日パリへ行かれます。 | 社長明天將要前往巴黎。
しゃちょう あした い

3 何を研究されていますか。 | 您在做什麼研究？
なに けんきゅう

4 古沢さんがこんなに料理をされるとは知りません | 我不知道原來古澤小姐這麼
ふるさわ りょうり し でした。 | 擅長做菜。

5 金沢に来られたのは初めてですか。 | 您是第一次來到金澤嗎？
かなざわ こ はじ

004

● **お＋名詞、ご＋名詞**

您…、貴…

➡ お＋{名詞}；ご＋{名詞}

❶ 【尊敬】後接名詞（跟對方有關的行為、狀態或所有物），表示尊敬、鄭重、親愛，另外，還有習慣用法等意思。基本上，名詞如果是日本原有的和語就接「お」，如「お仕事（您的工作）、お名前（您的姓名）」，如例(1)、(2)。

❷ 〖ご＋中國漢語〗如果是中國漢語則接「ご」如「ご住所（您的住址）、ご兄弟（您的兄弟姊妹）」，如例(3)。

❸ 〖例外〗但是接中國漢語也有例外情況，如例(4)、(5)。

1 息子さんのお名前を教えてください。
むすこ なまえ おし

請教令郎大名。

➡ **例句**

2 お体を大切になさってください。 | 敬請保重玉體。
からだ たいせつ

3 つまらない物ですが、ご結婚のお祝いです。 | 這是結婚的賀禮，只不過是
もの けっこん いわ | 一點小小的心意。

4 もうすぐお正月ですね。 | 馬上就要新年了。
しょうがつ

5 お菓子を召し上がりませんか。　　　｜ 要不要吃一些點心呢？

005

● お〜する、ご〜する

我為您（們）做…

➡ お＋{動詞ます形}＋する；ご＋{サ變動詞詞幹}＋する

❶【謙讓】表示動詞的謙讓形式。對要表示尊敬的人，透過降低自己或自己這一邊的人，以提高對方地位，來向對方表示尊敬，如例(1)～(3)。

❷〖ご＋サ変動詞＋する〗當動詞為サ行變格動詞時，用「ご〜する」的形式，如例(4)、(5)。

1 2、3日中に電話でお知らせします。
這兩三天之內會以電話通知您。

➡ 例句

2 お手洗いをお借りしてもいいですか。｜ 可以借用一下洗手間嗎？

3 この前お話しした件ですが、考えていただけましたか。
｜ 關於上回提到的那件事，請問您考慮得怎麼樣了？

4 それはこちらでご用意します。｜ 那部分將由我們為您準備。

5 先生にご相談してから決めようと思います。
｜ 我打算和律師商討之後再做決定。（補充：日本的醫生、律師、教師等均能尊稱為「先生」）

006

● お〜いたす、ご〜いたす

我為您（們）做…

➡ お＋{動詞ます形}＋いたす；ご＋{サ變動詞詞幹}＋いたす

❶【謙讓】這是比「お〜する」語氣上更謙和的謙讓形式。對要表示尊敬的人，透過降低自己或自己這一邊的人的說法，以提高對方地位，來向對方表示尊敬，如例(1)～(3)。

❷〖ご＋サ変動詞＋いたす〗當動詞為サ行變格動詞時，用「ご〜いたす」的形式，如例(4)、(5)。

N
4

135

1 資料は私が来週の月曜日にお届けいたします。

我下週一會將資料送達。

➡ 例句

2 ただいまお茶をお出しいたします。

我馬上就端茶出來。

3 順番にお呼びいたしますので、番号札を引いてお待ちください。

會按照順序依次叫號，所以請抽號碼牌等候。

4 会議室へご案内いたします。

請隨我到會議室。

5 それについては私からご説明いたしましょう。

關於那一點由我來為您說明吧。

007

Track N4
1-31

● 〜ておく

1. 先…、暫且…；2. …著

➡ {動詞て形}＋おく

❶【準備】表示為將來做準備，也就是為了以後的某一目的，事先採取某種行為，如例(1)～(3)。

❷【結果持續】表示考慮目前的情況，採取應變措施，將某種行為的結果保持下去或放置不管。「…著」的意思，如例(4)。

❸〖口語－とく〗「ておく」口語縮略形式為「とく」，「でおく」的縮略形式是「どく」。例如：「言っておく（話先講在前頭）」縮略為「言っとく」，如例(5)。

1 結婚する前に料理を習っておきます。

結婚前先學會做菜。

➡ 例句

2 レストランを予約しておきます。

我會事先預約餐廳。

3 お客さんが来るから、掃除をしておこう。

有客人要來，所以先打掃吧。

4 暑いから、窓を開けておきます。　　　　因為很熱，所以把開窗打開著。

5 お帰り。晩ご飯の支度、やっといてあげたよ。　回來了呀。晚餐已經先幫你
　　　　　　　　　　　　　　　　　　　　準備好囉。

008

名詞＋でございます

是…

➡ {名詞}＋でございます

❶【斷定】「です」是「だ」的鄭重語，而「でございます」是比「です」更鄭重的表達方式。日語除了尊敬語跟謙讓語之外，還有一種叫鄭重語。鄭重語用於和長輩或不熟的對象交談時，也可用在車站、百貨公司等公共場合。相較於尊敬語用於對動作的行為者表示尊敬，鄭重語則是對聽話人表示尊敬，如例(1)～(3)。

❷〔あります的鄭重表現〕除了是「です」的鄭重表達方式之外，也是「あります」的鄭重表達方式，如例(4)、(5)。

1 こちらが、会社の事務所でございます。
　這裡是公司的辦公室。

➡ 例句

2 高橋でございます。　　　　　　　　　敝姓高橋。

3 こんなにおいしいものを食べたのは、生ま　這是我有生以來第一次吃到
　れて初めてでございます。　　　　　　那麼好吃的美食！

4 お手洗いは地下１階にございます。　　洗手間位於地下一樓。

5 私にいい考えがございます。　　　　　我有個好主意。

009

Track N4
1-33

● （さ）せる

1. 讓…、叫…、令…；2. 把…給；3. 讓…、隨…、請允許…

➔ {[一段動詞・カ變動詞] 使役形；サ變動詞詞幹}＋させる；{五段動詞使役形}＋せる

❶【強制】表示某人強迫他人做某事，由於具有強迫性，只適用於長輩對晚輩或同輩之間，如例(1)～(3)。

❷【誘發】表示某人用言行促使他人自然地做某種行為，常搭配「泣く（哭）、笑う（笑）、怒る（生氣）」等當事人難以控制的情緒動詞，如例(4)。

❸【許可】以「～させておく」形式，表示允許或放任，如例(5)。

1 親が子どもに部屋を掃除させた。
父母叫小孩整理房間。

➔ **例句**

2 娘がおなかを壊したので薬を飲ませた。 | 由於女兒鬧肚子了，所以讓她吃了藥。

3 子供にもっと勉強させるため、塾に行かせることにした。 | 為了讓孩子多讀一點書，我讓他去上補習班了。

4 聞いたよ。ほかの女と旅行して奥さんを泣かせたそうだね。 | 我聽說囉！你帶別的女人去旅行，把太太給氣哭了喔。

5 奥さんを悲しませておいて、何をいうんだ。よく謝れよ。 | 你讓太太那麼傷心，還講這種話！要誠心誠意向她道歉啦！

Track N4
1-34

010

● ～（さ）せられる

被迫…、不得已…

➡️ {動詞使役形}＋（さ）せられる

【被迫】表示被迫。被某人或某事物強迫做某動作，且不得不做。含有不情願、感到受害的心情。這是從使役句的「XがYにNをV-させる」變成為「YがXにNをV-させられる」來的，表示Y被X強迫做某動作。

1 社長に、難しい仕事をさせられた。
社長讓我做困難的工作。

➡️ 例句

2 公園でごみを拾わせられた。

被迫在公園撿垃圾。

3 若い二人は、両親に別れさせられた。

兩位年輕人被父母強迫分開。

4 納豆は嫌いなのに、栄養があるからと食べさせられた。

雖然他討厭納豆，但是因為有營養，所以還是讓他吃了。

5 何も悪いことをしていないのに、会社を辞めさせられた。

分明沒有犯下任何錯誤，卻被逼迫向公司辭職了。

011

Track N4
1-35

● 〜ず（に）

不…地、沒…地

➡️ {動詞否定形（去ない）}＋ず（に）

❶【否定】「ず」雖是文言，但「ず（に）」現在使用得也很普遍。表示以否定的狀態或方式來做後項的動作，或產生後項的結果，語氣較生硬，相當於「〜ない（で）」，如例(1)〜(3)。

❷〔せずに〕當動詞為サ行變格動詞時，要用「せずに」，如例(4)、(5)。

1 切手を貼らずに手紙を出しました。
沒有貼郵票就把信寄出了。

⇒ 例句

2 ゆうべは疲れて何も食べずに寝ました。 / 昨天晚上累得什麼都沒吃就睡了。

3 今年は台風が一度も来ずに秋が来た。おかしい。 / 今年（夏天）連一場颱風也沒有，結果直到秋天才來，好詭異。

4 連絡せずに、仕事を休みました。 / 沒有聯絡就請假了。

5 太郎は勉強せずに遊んでばかりいる。 / 太郎不讀書都在玩。

012

Track N4 1-36

● 命令形

給我…、不要…

⇒ （句子）＋{動詞命令形}＋（句子）

❶【命令】表示命令。一般用在命令對方的時候，由於給人有粗魯的感覺，所以大都是直接面對當事人說。一般用在對孩子、兄弟姊妹或親友時，如例(1)、(2)。

❷〖教育宣導等〗也用在遇到緊急狀況、吵架、運動比賽或交通號誌等的時候，如例(3)～(5)。

1 うるさいなあ。静かにしろ！
  很吵耶，安靜一點！

⇒ 例句

2 いつまで寝ているんだ。早く起きろ。 / 你到底要睡到什麼時候？快點起床！

3 僕のおもちゃだ、返せ！ / 那是我的玩具耶！還來！

4 赤組！がんばれー！ / 紅隊！加油！

5 （看板）スピード落とせ！ / （警示牌）請減速慢行

～の（は／が／を）

的是…

→ ❶【強調】以「短句＋のは」的形式表示強調，而想強調句子裡的某一部分，就放在「の」的後面，如例(1)、(2)。

❷【名詞化】{名詞修飾短語}＋の（は／が／を）。 用於前接短句，使其名詞化，成為句子的主語或目的語，如例(3)～(5)。

1 昨日ビールを飲んだのは花子です。

昨天喝啤酒的是花子。

→ **例句**

2 花子がビールを飲んだのは昨日です。

花子喝啤酒是昨天的事了。

3 妻は何も言いませんが、目を見れば怒っているのが分かります。

我太太雖然什麼都沒説，可是只要看她的眼神就知道她在生氣。

4 妻が、私がほかの女と旅行に行ったのを怒っています。

我太太在生氣我和別的女人出去旅行的事。

5 ほかの女と旅行に行ったのは１回だけなのに、怒りすぎだと思います。

我只不過帶其他女人出去旅行一次而已，她氣成這樣未免太小題大作了。

～こと

→ {名詞の；形容動詞詞幹な；[形容詞・動詞]普通形}＋こと

【名詞化】做各種形式名詞用法。前接名詞修飾短句，使其名詞化，成為後面的句子的主語或目的語。「こと」跟「の」有時可以互換。但只能用「こと」的有：表達「話す（説）、伝える（傳達）、命ずる（命令）、要求する（要求）」等動詞的內容，後接的是「です、だ、である」、固定的表達方式「ことができる」等。

1 みんなに会えることを楽しみにしています。
　很期待與大家見面。

➡ 例句

2 生きることは本当にすばらしいです。

3 日本人には英語を話すことは難しい。

4 言いたいことがあるなら、言えよ。

5 会社を辞めたことを、まだ家族に話していない。

人活著這件事真是太好了！

對日本人而言，開口說英文很困難。

如果有話想講，就講啊！

還沒有告訴家人已經向公司辭職的事。

015

Track N4
1-39

● ～ということだ

聽說…、據說…

➡ {簡體句}＋ということだ

【傳聞】表示傳聞，直接引用的語感強。一定要加上「という」。

1 田中さんは、大学入試を受けるということだ。
　聽說田中先生要考大學。

➡ 例句

2 来週から暑くなるということだから、扇風機を出しておこう。

3 部長は、来年帰国するということだ。

4 来月は物価がさらに上がるということだ。

聽說下星期會變熱，那就先把電風扇拿出來吧。

聽說部長明年會回國。

據說物價下個月會再往上漲。

5 先月聞いた話では、福田さんは入院したとい
うことでした。 | 依照我上個月聽到的消息，
福田先生住院了。

016

Track N4
1-40

～ていく

1.…去；；2.…起來；3.…下去

→ {動詞て形}＋いく

❶【方向－由近到遠】保留「行く」的本意，也就是某動作由近而遠，
從説話人的位置、時間點離開，如例(1)、(2)。
❷【繼續】表示動作或狀態，越來越遠地移動，或動作的繼續、順序，多
指從現在向將來，如例(3)～(4)。
❸【變化】表示動作或狀態的變化，如例（5）。

1 太郎は朝早く出て行きました。
太郎一大早就出門了。

→ 例句

2 電車がどんどん遠へ離れていく。 | 電車漸漸遠離而去。

3 ますます技術が発展していくでしょう。 | 技術會愈來愈進步吧！

4 今後も、真面目に勉強していきます。 | 今後也會繼續用功讀書的。

5 これから、天気はどんどん暖かくなってい
くでしょう。 | 今後天氣會漸漸回暖吧！

017

Track N4
1-41

～てくる

1.…來；2.…起來、…過來；3.…（然後再）來…；4.…起來

→ {動詞て形}＋くる

❶【方向－由遠到近】保留「来る」的本意，也就是由遠而近，向説話
人的位置、時間點靠近，如例(1)、(2)。

143

❷【繼續】表示動作從過去到現在的變化、推移，或從過去一直繼續到現在，如例(3)、(4)。

❸【去了又回】表示在其他場所做了某事之後，又回到原來的場所，如例(5)。

❹【變化】表示變化的開始，例如「風が吹いてきた／颳起風了」。

1 電車の音が聞こえてきました。

聽到電車越來越近的聲音了。

➡ **例句**

2 大きな石ががけから落ちてきた。

巨石從懸崖掉了下來。

3 この川は、町の人たちに愛されてきた。

這條河向來深受當地居民的喜愛。

4 貧乏な家に生まれて、今まで必死に生きてきた。

出生於貧困的家庭，從小到現在一直為生活而拼命奮鬥。

5 父がケーキを買ってきてくれました。

爸爸買了蛋糕回來給我。

018

Track N4
1-42

● **〜てみる**

試著（做）…

➡ {動詞て形}＋みる

【嘗試】「みる」是由「見る」延伸而來的抽象用法，常用平假名書寫。表示嘗試著做前接的事項，是一種試探性的行為或動作，一般是肯定的說法。

1 このおでんを食べてみてください。

請嚐看看這個關東煮。

➡ **例句**

2 最近話題になっている本を読んでみました。

我看了最近熱門話題的書。

3 姉に、知っているかどうか聞いてみた。

我問了姊姊她到底知不知道那件事。

4 まだ無理だろうと思ったが、Ｎ４を受けて みた。

儘管心想應該還沒辦法通過，還是試著去考了日檢N4測驗。

5 仕事で困ったことが起こり、高崎さんに 相談してみた。

工作上發生了麻煩事，找了高崎女士商量。

～てしまう

1. …完；2. …了

→ {動詞て形}＋しまう

❶【完成】表示動作或狀態的完成，常接「すっかり（全部）、全部（全部）」等副詞、數量詞，如果是動作繼續的動詞，就表示積極地實行並完成其動作，如例(1)～(3)。

❷【感慨】表示出現了說話人不願意看到的結果，含有遺憾、惋惜、後悔等語氣，這時候一般接的是無意志的動詞，如例(4)、(5)。

❸〖口語－ちゃう〗若是口語縮約形的話，「てしまう」是「ちゃう」，「でしまう」是「じゃう」。

1 部屋はすっかり片付けてしまいました。

房間全部整理好了。

→ 例句

2 小説は一晩で全部読んでしまった。

小說一個晚上就全看完了。

3 宿題は１時間でやってしまった。

作業一個小時就把它完成了。

4 失敗してしまって、悲しいです。

失敗了很傷心。

5 母が、まだ５８歳なのにがんで死んでしまった。

家母才五十八歲就得癌症過世了。

三、句型 (1)

001 Track N4 2-01

～（よ）うとおもう

1. 我打算…；2. 我要…；3. 我不打算…

→ {動詞意向形}＋（よ）うとおもう

❶【意志】表示説話人告訴聽話人，説話當時自己的想法、打算或意圖，比起不管實現可能性是高或低都可使用的「～たいとおもう」，「（よ）うとおもう」更具有採取某種行動的意志，且動作實現的可能性很高，如例(1)、(2)。

❷〖某一段時間〗用「（よ）うとおもっている」，表示説話人在某一段時間持有的打算，如例(3)、(4)。

❸〖強烈否定〗「（よ）うとはおもわない」表示強烈否定，如例(5)。

1 お正月は北海道へスキーに行こうと思います。
年節期間打算去北海道滑雪。

→ 例句

2 今度は彼氏と来ようと思う。

下回想和男友一起來。

3 柔道を習おうと思っている。

我想學柔道。

4 今年、Ｎ４の試験を受けようと思っていたが、やっぱり来年にする。

我原本打算今年參加日檢 N4 的測驗，想想還是明年再考好了。

5 動詞の活用が難しいので、これ以上日本語を勉強しようとは思いません。

動詞的活用非常困難，所以我不打算再繼續學日文了。

● 〜（よ）う

…吧

➔ {動詞意向形}＋（よ）う

【意志】表示説話者的個人意志行為，準備做某件事情，或是用來提議、邀請別人一起做某件事情。「ましょう」是較有禮貌的説法。

1 雨が降りそうだから、早く帰ろう。

好像快下雨了，所以快點回家吧！

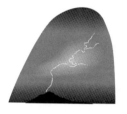

➔ **例句**

2 今年こそ、たばこをやめよう。

今年一定要戒菸。

3 もう少しだから、がんばろう。

只剩一點點了，一起加油吧！

4 結婚しようよ。一緒に幸せになろう。

我們結婚吧！一起過著幸福的日子！

5 久美、今度私の彼氏の友達紹介しようか。

久美，下次要不要介紹我男友的朋友給妳呢？

● 〜つもりだ

1. 打算…、準備…；2. 不打算…；3. 不打算…；4. 並非有意要…

➔ {動詞辭書形}＋つもりだ

❶【意志】表示説話人的意志、預定、計畫等，也可以表示第三人稱的意志。有説話人的打算是從之前就有，且意志堅定的語氣，如例(1)、(2)。

❷〖否定形〗「〜ないつもりだ」為否定形，如例(3)。

N
4

147

❸〔強烈否定形〕「～つもりはない」表「不打算…」之意，否定意味比「～ないつもりだ」還要強，如例(4)。

❹〔並非有意〕「～つもりではない」表「並非有意要…」之意，如例(5)。

1 しばらく<ruby>会社<rt>かいしゃ</rt></ruby>を<ruby>休<rt>やす</rt></ruby>むつもりです。

打算暫時向公司請假。

➡ 例句

2 <ruby>卒業<rt>そつぎょう</rt></ruby>しても、<ruby>日本語<rt>にほんご</rt></ruby>の<ruby>勉強<rt>べんきょう</rt></ruby>を<ruby>続<rt>つづ</rt></ruby>けていくつもりだ。

即使畢業了，我也打算繼續學習日文。

3 <ruby>子供<rt>こども</rt></ruby>を<ruby>生<rt>う</rt></ruby>んでも、<ruby>仕事<rt>しごと</rt></ruby>はやめないつもりだ。

就算生下孩子以後，我也不打算辭職。

4 <ruby>自慢<rt>じまん</rt></ruby>するつもりはないが、7か<ruby>国語<rt>こくご</rt></ruby><ruby>話<rt>はな</rt></ruby>せる。

我雖然無意炫耀，但是會說七國語言。

5 <ruby>殺<rt>ころ</rt></ruby>すつもりではなかったんです。

我原本沒打算殺他。

004

Track N4
2-04

○ ～（よ）うとする

1. 想…、打算…；2. 才…；3. 不想…、不打算…

➡ {動詞意向形} ＋（よ）うとする

❶【意志】表示動作主體的意志、意圖。主語不受人稱的限制。表示努力地去實行某動作，如例(1)、(2)。

❷【將要】表示某動作還在嘗試但還沒達成的狀態，或某動作實現之前，如例(3)、(4)。

❸〔否定形〕否定形「（よ）うとしない」是「不想…、不打算…」的意思，不能用在第一人稱上，如例(5)。

1 <ruby>赤<rt>あか</rt></ruby>ん<ruby>坊<rt>ぼう</rt></ruby>が<ruby>歩<rt>ある</rt></ruby>こうとしている。

嬰兒正嘗試著走路。

➡ 例句

2 そのことを忘れ<ruby>忘<rt>わす</rt></ruby>れようとしましたが、忘<ruby>忘<rt>わす</rt></ruby>れられません。	我想把那件事給忘了，但卻無法忘記。
3 車<ruby>車<rt>くるま</rt></ruby>を運転<ruby>運転<rt>うんてん</rt></ruby>しようとしたら、かぎがなかった。	正想開車才發現沒有鑰匙。
4 転<ruby>転<rt>ころ</rt></ruby>んですぐに立<ruby>立<rt>た</rt></ruby>とうとしたが、痛<ruby>痛<rt>いた</rt></ruby>くて立<ruby>立<rt>た</rt></ruby>てなかった。	那時摔倒以後雖然想立刻站起來，卻痛得站不起來。
5 もう夜遅<ruby>夜遅<rt>よるおそ</rt></ruby>いのに、5歳<ruby>歳<rt>ごさい</rt></ruby>の娘<ruby>娘<rt>むすめ</rt></ruby>が寝<ruby>寝<rt>ね</rt></ruby>ようとしない。	都已經夜深了，五歲的女兒卻還不肯睡覺。

005

Track N4
2-05

● 〜ことにする

1.決定…；2.已決定…；3.習慣…

➡ {動詞辭書形；動詞否定形}＋ことにする

❶【決定】表示説話人以自己的意志，主觀地對將來的行為做出某種決定、決心，如例(1)、(2)。

❷『已經決定』用過去式「ことにした」表示決定已經形成，大都用在跟對方報告自己決定的事，如例(3)。

❸【習慣】用「〜ことにしている」的形式，則表示因某決定，而養成了習慣或形成了規矩，如例(4)、(5)。

1 うん、そうすることにしよう。
嗯，就這麼做吧。

➡ 例句

2 あっ、ゴキブリ！……見<ruby>見<rt>み</rt></ruby>なかったことにしよう。	啊，蟑螂！……當作沒看到算了。
3 もっと便利<ruby>便利<rt>べんり</rt></ruby>なところへ引<ruby>引<rt>ひ</rt></ruby>っ越<ruby>越<rt>こ</rt></ruby>すことにした。	搬到了交通更方便的地方。

4 肉は食べないことにしています。 | 我現在都不吃肉了。

5 毎朝ジョギングすることにしています。 | 我習慣每天早上都要慢跑。

006 Track N4 2-06

● ～にする

1. 我要…、我叫…；2. 決定…

➡ {名詞；副助詞}＋にする

❶【決定】常用於購物或點餐時，決定買某樣商品，如例(1)、(2)。
❷【選擇】表示抉擇，決定、選定某事物，如例(3)～(5)。

1「何にする？」「私、天ぷらうどん」

「你要吃什麼？」「我要炸蝦烏龍麵。」

➡ 例句

2 この黒いオーバーにします。 | 我要這件黑大衣。

3 女の子が生まれたら、名前は桜子にしよう。 | 如果生的是女孩，名字就叫櫻子吧！

4 今までの生活は終わりにして、新しい人生を始めようと思う。 | 我打算結束目前的生活，展開另一段全新的人生。

5 今は仕事が楽しいし、結婚するのはもう少ししてからにします。 | 我現在還在享受工作的樂趣，結婚的事等過一陣子再說吧。

007 Track N4 2-07

● お～ください、ご～ください

請…

➡ お＋{動詞ます形}＋ください；ご＋{サ變動詞詞幹}＋ください

❶【尊敬】尊敬程度比「～てください」要高。「ください」是「くださる」的命令形「くだされ」演變而來的。用在對客人、屬下對上司的請求，表示敬意而抬高對方行為的表現方式，如例(1)～(4)。

❷〖ご＋サ変変動詞＋ください〗當動詞為サ行變格動詞時，用「ご～ください」的形式，如例(5)。

❸〖無法使用〗「する（上面無接漢字，單獨使用的時候）」跟「来る」無法使用這個文法。

1 山田様、どうぞお入りください。
山田先生，請進。

➡ 例句

2 お待たせしました。どうぞお座りください。　久等了，請坐。

3 まだ準備中ですので、もう少しお待ちください。　現在還在做開店的準備工作，請再稍等一下。

4 折原さんの電話番号をご存じでしたらお教えください。　您如果知道折原先生的電話號碼麻煩告訴我。

5 こちらを全てご記入ください。　這邊請全部填寫。

008

Track N4
2-08

● ～（さ）せてください

請允許…、請讓…做…

➡ {動詞使役形；サ變動詞詞幹} ＋（さ）せてください

【謙讓－請求允許】表示「我請對方允許我做前項」之意，是客氣地請求對方允許、承認的說法。用在當說話人想做某事，而那一動作一般跟對方有關的時候。

1 あなたの作品をぜひ読ませてください。
請務必讓我拜讀您的作品。

➡ 例句

2 それはぜひ私にやらせてください。	那件工作請務必交給我做！
3 お礼を言わせてください。	請讓我致謝。
4 工場で働かせてください。	請讓我在工廠工作。
5 祭りを見物させてください。	請讓我看祭典。

009

● ～という

叫做…

➡ {名詞；普通形}＋という

❶【介紹名稱】前面接名詞，表示後項的人名、地名等名稱，如例(1)～(3)。
❷【說明】用於針對傳聞、評價、報導、事件等內容加以描述或說明，如例(4)、(5)。

1 今朝、半沢という人から電話がかかって来ました。
　今天早上，有個叫半澤的人打了電話來。

➡ 例句

2 最近、堺照之という俳優は人気があります。	最近有位名叫堺照之的演員很受歡迎。
3 天野さんの生まれた町は、岩手県の久慈市というところでした。	天野小姐的出身地是在岩手縣一個叫作久慈市的地方。
4 アメリカで大きな地震があったというニュースを見た。	看到美國發生了大地震的新聞。
5 うちの会社は経営がうまくいっていないという噂だ。	傳出我們公司目前經營不善的流言。

～はじめる

開始…

➡ {動詞ます形}＋はじめる

【起點】表示前接動詞的動作、作用的開始。前面可以接他動詞，也可以接自動詞。

1 台風が近づいて、風が強くなり始めた。

颱風接近，風勢開始變強了。

➡ 例句

2 突然、彼女が泣き始めた。

她突然哭了起來。

3 みんなは子どものように元気に走り始めた。

大家像孩子般地，精神飽滿地跑了起來。

4 試験の前の晩になって、やっと勉強し始めた。

直到考試的前一晚，才總算開始讀書了。

5 このごろ、迷惑メールがたくさん来始めた。

最近開始收到了大量的垃圾郵件。

～だす

…起來、開始…

➡ {動詞ます形}＋だす

❶【起點】表示某動作、狀態的開始，如例(1)～(5)。

❷〖×說話意志〗「～だす」用法幾乎跟「～はじめる」一樣，但表示說話者的意志就不能用「～だす」。例：来年から家計簿をつけ始めるつもりだ。（我打算從明年起開始記錄家庭收支簿。）

1 結婚しない人が増え出した。

不結婚的人多起來了。

⮕ 例句

2 話はまだ半分なのに、もう笑い出した。

事情才説到一半，大家就笑起來了。

3 4月になって、桜の花が咲き出した。

時序進入四月，櫻花開始綻放了。

4 靴もはかないまま、突然走り出した。

沒穿鞋就這樣跑起來了。

5 空が急に暗くなって、雨が降り出した。

天空突然暗下來，開始下起雨來了。

012

Track N4
2-12

● ～すぎる

太…、過於…

⮕ {[形容詞・形容動詞] 詞幹；動詞ます形}＋すぎる

❶【強調程度】表示程度超過限度，超過一般水平，過份的狀態，如例(1)～(3)。

❷〖否定形〗前接「ない」，常用「なさすぎる」的形式，如例(4)。

❸〖よすぎる〗另外，前接「良い（いい／よい）（優良）」，不會用「いすぎる」，必須用「よすぎる」，如例(5)。

1 肉を焼きすぎました。

肉烤過頭了。

⮕ 例句

2 君ははっきり言いすぎる。

你講話太過直白。

3 体を洗いすぎるのもよくありません。

過度清潔身體也不好。

4 君は自分に自信がなさすぎるよ。

你對自己太沒信心了啦！

5 お見合いの相手は頭が良すぎて、話が全然合わなかった。

相親的對象腦筋太聰明，雙方完全沒有共通的話題。

● 〜ことができる

1. 可能、可以；2. 能…、會…

➡ {動詞辭書形}＋ことができる

❶【可能性】表示在外部的狀況、規定等客觀條件允許時可能做，如例 (1)〜(3)。

❷【能力】表示技術上、身體的能力上，是有能力做的，如例(4)、(5)。

❸〖更書面語〗這種説法比「可能形」還要書面語一些。

1 ここから、富士山<ruby>を<rt>ふ じ さん</rt></ruby>ご覧<ruby><rt>らん</rt></ruby>になることができます。

從這裡可以看到富士山。

➡ 例句

2 屋上<ruby><rt>おくじょう</rt></ruby>でサッカーをすることができます。 | 頂樓可以踢足球。

3 明日<ruby><rt>あ す</rt></ruby>の午前<ruby><rt>ご ぜん</rt></ruby>は来<ruby><rt>く</rt></ruby>ることができません。午後<ruby><rt>ご ご</rt></ruby>だったらいいです。 | 明天早上沒辦法過來，如果是下午就可以。

4 車<ruby><rt>くるま</rt></ruby>は、急<ruby><rt>きゅう</rt></ruby>に止<ruby><rt>と</rt></ruby>まることができない。 | 車子無法突然停下。

5 3回目<ruby><rt>さんかい め</rt></ruby>の受験<ruby><rt>じゅけん</rt></ruby>で、やっとＮ４に合格<ruby><rt>ごうかく</rt></ruby>することができた。 | 第三次應考，終於通過了日檢 N4 測驗。

● 〜（ら）れる

1. 會…、能…；3. 可能、可以

➡ {[一段動詞・カ變動詞] 可能形}＋られる；{五段動詞可能形；サ變動詞可能形さ}＋れる

❶【能力】表示可能，跟「ことができる」意思幾乎一樣。只是「可能形」比較口語。表示技術上、身體的能力上，是具有某種能力的，如例(1)〜(3)。

❷〖助詞變化〗日語中，他動詞的對象用「を」表示，但是在使用可能形的句子裡「を」常會改成「が」，如例(1)、(2)。

155

❸【可能性】從周圍的客觀環境條件來看，有可能做某事，如例(4)。

❹〖否定形－（ら）れない〗否定形是「（ら）れない」，為「不會…；不能…」的意思，如例(5)。

1 私はタンゴが踊れます。

我會跳探戈。

➡ 例句

2 マリさんはお箸が使えますか。

瑪麗小姐會用筷子嗎？

3 私は200メートルぐらい泳げます。

我能游兩百公尺左右。

4 誰でもお金持ちになれる。

誰都可以變成有錢人。

5 明日は、午後なら来られるけど、午前は来られない。

明天如果是下午就能來，但若是上午就沒辦法來了。

015

Track N4 2-15

● **～なければならない**

必須…、應該…

➡ {動詞否定形}＋なければならない

❶【義務】表示無論是自己或對方，從社會常識或事情的性質來看，不那樣做就不合理，有義務要那樣做，如例(1)～(3)。

❷〖疑問－なければなりませんか〗表示疑問時，可使用「～なければなりませんか」，如例(4)。

❸〖口語－なきゃ〗「なければ」的口語縮約形為「なきゃ」。有時只說「なきゃ」，並將後面省略掉，如例(5)。

1 医者になるためには国家試験に合格しなければならない。

想當醫生，就必須通過國家考試。

➡ 例句

2 寮_{りょう}には夜_{よる}11時_{じゅういちじ}までに帰_{かえ}らなければならない。 | 必須在晚上十一點以前回到宿舍才行。

3 大人_{おとな}は子_こどもを守_{まも}らなければならないよ。 | 大人應該要保護小孩呀！

4 パスポートの申請_{しんせい}は、本人_{ほんにん}が来_こなければなりませんか。 | 請問申辦護照一定要由本人親自到場辦理嗎？

5 このＤＶＤ_{ディーブイディー}は明日_{あした}までに返_{かえ}さなきゃ。 | 必須在明天以前歸還這個DVD。

016

Track N4
2-16

● 〜なくてはいけない

必須…、不…不可

➡ {動詞否定形（去い）}＋くてはいけない

❶【義務】表示義務和責任，多用在個別的事情，或對某個人，口氣比較強硬，所以一般用在上對下，或同輩之間，如例(1)、(2)。

❷『普遍想法』表示社會上一般人普遍的想法，如例(3)、(4)。

❸『決心』表達說話者自己的決心，如例(5)。

1 子_こどもはもう寝_ねなくてはいけません。

這時間小孩子再不睡就不行了。

➡ 例句

2 来週_{らいしゅう}の水曜日_{すいようび}までに家賃_{やちん}を払_{はら}わなくては。 | 下週三之前非得付房租不可。

3 約束_{やくそく}は守_{まも}らなくてはいけません。 | 答應人家的事一定要遵守才行。

4 車_{くるま}を運転_{うんてん}するときは、周_{まわ}りに十分_{じゅうぶん}気_きをつけなくてはいけない。 | 開車的時候，一定要非常小心四周的狀況才行。

5 今日中_{きょうじゅう}にこれを終_おわらせなくてはいけません。 | 今天以內非得完成這個不可。

017

● ～なくてはならない

必須…、不得不…

→ {動詞否定形（去い）}＋くてはならない

❶【義務】表示根據社會常理來看、受某種規範影響，或是有某種義務，必須去做某件事情，如例(1)～(4)。

❷〔口語－なくちゃ〕「なくては」的口語縮約形為「なくちゃ」，有時只説「なくちゃ」，並將後面省略掉（此時難以明確指出省略的是「いけない」還是「ならない」，但意思大致相同），如例(5)。

1 今日中に日本語の作文を書かなくてはならない。
今天一定要寫日文作文。

→ 例句

2 明日は５時に起きなくてはならない。 | 明天必須五點起床。

3 宿題は自分でやらなくてはならない。 | 作業一定要由自己完成才行。

4 車が走れる道がないから、歩いて来なくてはならなかった。 | 因為沒有供車輛通行的道路，所以只能靠步行前來。

5 明日は試験だから７時に起きなくちゃ。 | 明天要考試，所以要七點起床才行。

018

● ～のに

用於…、為了…

→ {動詞辭書形}＋のに；{名詞}＋に

❶【目的】是表示將前項詞組名詞化的「の」，加上助詞「に」而來的。表示目的、用途，如例(1)～(4)。

❷〔省略の〕後接助詞「は」時，常會省略掉「の」，如例(5)。

1 これはレモンを搾るのに便利です。
用這個來榨檸檬汁很方便。

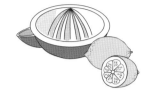

➡ 例句

2 この部屋は静かで勉強するのにいい。

這個房間很安靜，很適合用來讀書。

3 このナイフは、栗をむくのに使います。

這把刀是用來剝栗子的。

4 この小説を書くのに５年かかりました。

花了五年的時間寫這本小說。

5 Ｎ１に受かるには、努力が必要だ。

想要通過日檢Ｎ１測驗就必須努力。

N 4

019

Track N4
2-19

● ～のに

1. 雖然…、可是…；2. 明明…、卻…、但是…

➡ {[名詞・形容動詞] な；[動詞・形容詞] 普通形} ＋のに

❶【逆接】表示逆接，用於後項結果違反前項的期待，含有說話者驚訝、懷疑、不滿、惋惜等語氣，如例(1)～(3)。

❷【對比】表示前項和後項呈現對比的關係，如例(4)、(5)。

1 その服、まだ着られるのに捨てるの。
那件衣服明明就還能穿，你要扔了嗎？

➡ 例句

2 小学１年生なのに、もう新聞が読める。

才小學一年級而已，就已經會看報紙了。

3 眠いのに、羊を100匹まで数えても眠れない。

明明很睏，但是數羊都數到一百隻了，還是睡不著。

159

4 お姉さんはやせているのに妹は太っている。　姊姊很瘦，但是妹妹卻很胖。

5 この店は、おいしくないのに値段は高い。　這家店明明就不好吃卻很貴。

020

● ～けれど（も）、けど

雖然、可是、但…

➡ {[形容詞・形動容詞・動詞] 普通形（丁寧形）}＋けれど（も）、けど

【逆接】逆接用法。表示前項和後項的意思或內容是相反的、對比的。是「が」的口語說法。「けど」語氣上會比「けれど（も）」還來的隨便。

1 病院に行きましたけれども、悪いところは
見つかりませんでした。

我去了醫院一趟，不過沒有發現異狀。

➡ 例句

2 その映画は、悲しいけれども、美しい愛の
物語です。

那部電影雖然是悲劇，卻是一則淒美的愛情故事。

3 平仮名は覚えましたけれど、片仮名はまだ
です。

我背了平假名，但還沒有背片假名。

4 嘘のようだけれども、本当の話です。

聽起來雖然像是編造的，但卻是真實的事件。

5 買い物に行ったけど、ほしかったものはも
うなかった。

我去買東西，但我想要的已經賣完了。

021

● ～てもいい

1. …也行、可以… ; 2. 可以…嗎

➡️ {動詞て形} ＋もいい

❶【許可】表示許可或允許某一行為。如果説的是聽話人的行為，表示允許聽話人某一行為，如例(1)～(3)。

❷【要求】如果説話人用疑問句詢問某一行為，表示請求聽話人允許某行為，如例(4)、(5)。

1 今日はもう帰ってもいいよ。

今天你可以回去囉！

➡️ **例句**

2 この試験では、辞書を見てもいいです。

這次的考試，可以看辭典。

3 宿題が済んだら、遊んでもいいよ。

如果作業寫完了，要玩也可以喔。

4 窓を開けてもいいでしょうか。

可以打開窗戶嗎？

5 先生。お手洗いに行ってもいいですか。

老師，我可以去洗手間嗎？

022

Track N4
2-22

● **～てもかまわない**

即使…也沒關係、…也行

➡️ {[動詞・形容詞] て形} ＋もかまわない；{形容動詞詞幹；名詞}　＋でもかまわない

【讓步】表示讓步關係。雖然不是最好的，或不是最滿意的，但妥協一下，這樣也可以。

1 部屋さえよければ、多少高くてもかまいません。

只要（旅館）房間好，貴一點也沒關係。

➡ 例句

2 狭くてもかまわないから、安いアパートが
いいです。

就算小一點也沒關係，我想找便宜的公寓。

3 このレポートは手書きでもかまいません。

這份報告用手寫也行。

4 靴のまま入ってもかまいません。

直接穿鞋進來也沒關係。

5 この仕事はあとでやってもかまいません。

待會再做這份工作也行。

023

● ～てはいけない

1.不准…、不許…、不要…；2.不可以…、請勿…

➡ {動詞て形}＋はいけない

❶【禁止】表示禁止，基於某種理由、規則，直接跟聽話人表示不能做前項事情，由於說法直接，所以一般限於用在上司對部下、長輩對晚輩，如例(1)～(4)。

❷【申明禁止】常用在交通標誌、禁止標誌或衣服上洗滌表示等，如例(5)。

1 ベルが鳴るまで、テストを始めてはいけません。

在鈴聲響起前不能動筆作答。

➡ 例句

2 人の失敗を笑ってはいけない。

不可以嘲笑別人的失敗。

3 動物を殺してはいけない。

不可以殺害動物。

4 あんな人の言うことを信じてはいけなかった。

早知道就別相信那種人說的話了。

5 ここに駐車してはいけない。

請勿在此停車。

● ～たことがある

1. 曾經…過；2. 曾經…

➡ {動詞過去式}＋たことがある

❶【特別經驗】表示經歷過某個特別的事件，且事件的發生離現在已有一段時間，如例(1)～(3)。

❷【一般經驗】指過去的一般經驗，如例(4)、(5)。

1 うん、僕は U F O を見たことがあるよ。
對，我有看過 UFO 喔。

➡ 例句

2 小さいころ、一度ここに来たことがある。 | 小時候曾經來過這裡一次。

3 名前は聞いたことがあったが、見るのは初めてだった。 | 雖然久聞大名，卻是第一次見到面。

4 パソコンが動かなくなったことがありますか。 | 你的電腦曾經當機過嗎？

5 沖縄の踊りを見たことがありますか。 | 你曾看過沖繩的舞蹈嗎？

● ～つづける

1. 連續…、繼續…；2. 持續…

➡ {動詞ます形}＋つづける

❶【繼續】表示連續做某動作，或還繼續、不斷地處於同樣的狀態，如例(1)～(3)。

❷【意圖行為的開始及結束】表示持續做某動作、習慣，或某作用仍然持續的意思，如例(4)、(5)。

❸『注意時態』現在的事情用「～つづけている」，過去的事情用「～つづけました」。

1 朝からずっと走り続けて、疲れました。
從早上就一直跑，真累。

例句

2 オーロラ姫は 100 年間眠り続けました。

3 傷から血が流れ続けている。

4 あなたこそ、僕が探し続けていた理想の
女性です。

5 風邪が治るまで、この薬を飲み続けてくだ
さい。

睡美人一直沉睡了一百年。

傷口血流不止。

妳正是我長久以來一直在追
尋的完美女人。

這個藥請持續吃到感冒痊癒
為止。

026
やる

給予…、給…

{名詞} + {助詞} + やる

【物品受益－上給下】授受物品的表達方式。表示給予同輩以下的人，
或小孩、動植物有利益的事物。句型是「給予人は（が）接受人に～を
やる」。這時候接受人大多為關係親密，且年齡、地位比給予人低。或
接受人是動植物。

1 応接間の花に水をやってください。

把會客室的花澆一下。

例句

2 私は子どもにお菓子をやる。

3 娘に若いころの服をやった。

4 犬にチョコレートをやってはいけない。

5 小鳥には、何をやったらいいですか。

我給孩子點心。

把年輕時候的衣服給了女兒。

不可以餵狗吃巧克力。

該餵什麼給小鳥吃才好呢？

～てやる

1. 給…（做…）；2. 一定…

→ {動詞て形}＋やる

   ❶【行為受益－上為下】表示以施恩或給予利益的心情，為下級或晚輩（或動、植物）做有益的事，如例(1)～(3)。

   ❷【意志】由於説話人的憤怒、憎恨或不服氣等心情，而做讓對方有些困擾的事，或説話人展現積極意志時使用，如例(4)、(5)。

1 息子の8歳の誕生日に、自転車を買ってやるつもりです。

  我打算在兒子八歲生日的時候，買一輛腳踏車送他。

→ 例句

2 妹が宿題を聞きにきたので、教えてやりました。	因為妹妹來問我作業，所以就教她了。
3 浦島太郎は、いじめられていた亀を助けてやりました。	浦島太郎救了遭到欺負的烏龜。
4 こんなブラック企業、いつでも辞めてやる。	這麼黑心的企業，我隨時都可以辭職走人！
5 見ていろ。今に私が世界を動かしてやる。	你看好了！我會闖出一番主導世界潮流的大事業給你瞧瞧！

あげる

給予…、給…

→ {名詞}＋{助詞}＋あげる

  【物品受益－給同輩】授受物品的表達方式。表示給予人（説話人或説話一方的親友等），給予接受人有利益的事物。句型是「給予人は

N 4

165

N4 日語文法・句型詳解

（が）接受人に～をあげます」。給予人是主語，這時候接受人跟給予人大多是地位、年齡同等的同輩。

1 私は李さんにCDをあげた。

我送了 CD 給李小姐。

➡ 例句

2 私は中山君にチョコをあげた。 | 我給了中山同學巧克力。

3 私の名刺をあげますから、手紙をください。 | 給你我的名片，請寫信給我。

4 友達の誕生日に、何かプレゼントをあげるつもりだ。 | 我打算在朋友生日時送個生日禮物。

5「これ、あげる」「えーっ、いいの？ありがとう！」 | 「這給你。」「哇！真的可以收下嗎？謝謝！」

029

● ～てあげる

（為他人）做…

➡ {動詞て形}＋あげる

【行為受益－為同輩】表示自己或站在一方的人，為他人做前項利益的行為。基本句型是「給予人は（が）接受人に～を動詞てあげる」。這時候接受人跟給予人大多是地位、年齡同等的同輩。是「～てやる」的客氣說法。

1 私は夫に本を1冊買ってあげた。

我給丈夫買了一本書。

➡ 例句

2 私は友達に本を貸してあげました。　｜　我借給了朋友一本書。

3 子供が 100 点を取ってきたので、ほめてあげた。　｜　因為孩子考了一百分，所以稱讚他了。

4 花子、写真を撮ってあげましょうか。　｜　花子，我來替妳拍張照片吧！

5 友達がハンカチをなくしたので、一緒に探してあげた。　｜　因為朋友遺失了手帕，所以幫他一起找了找。

030

🎵 Track N4 2-30

● さしあげる

給予…、給…

➡ ｛名詞｝＋｛助詞｝＋さしあげる

【物品受益－下給上】 授受物品的表達方式。表示下面的人給上面的人物品。句型是「給予人は（が）接受人に〜をさしあげる」。給予人是主語，這時候接受人的地位、年齡、身份比給予人高。是一種謙虛的説法。

1 私は社長に資料をさしあげた。
　我呈上資料給社長。

➡ 例句

2 本田教授に退院のお祝いを差し上げた。　｜　送禮給本田教授以恭喜他出院了。

3 退職する先輩に記念品を差し上げた。　｜　贈送了紀念禮物給即將離職的前輩。

4 私は毎年先生に年賀状をさしあげます。　｜　我每年都寫賀年卡給老師。

5 彼女のお父さんに何をさしあげたのですか。　｜　你送了她父親什麼？

031

Track N4
2-31

● ～てさしあげる

（為他人）做…

➡ ｛動詞て形｝＋さしあげる

【行為受益－下為上】表示自己或站在自己一方的人，為他人做前項有益的行為。基本句型是「給予人は（が）接受人に～を動詞てさしあげる」。給予人是主語。這時候接受人的地位、年齡、身份比給予人高。是「～てあげる」更謙虛的說法。由於有將善意行為強加於人的感覺，所以直接對上面的人說話時，最好改用「お～します」，但不是直接當面說就沒關係。

1 私は部長を空港まで送ってさしあげました。
　我送部長到機場。

➡ **例句**

2 京都を案内してさしあげました。 ｜ 我帶他們去參觀京都。

3 千葉教授を手伝って差し上げた。 ｜ 幫了千葉教授的忙。

4 早く先輩に知らせて差し上げよう。 ｜ 快點知會前輩！

5 私は先生の車を車庫に入れてさしあげました。 ｜ 我幫老師把車停進了車庫。

032

Track N4
2-32

● くれる

給…

➡ ｛名詞｝＋｛助詞｝＋くれる

【物品受益－同輩】表示他人給說話人（或說話一方）物品。這時候接受人跟給予人大多是地位、年齡相當的同輩。句型是「給予人は（が）接受人に～をくれる」。給予人是主語，而接受人是說話人，或說話人一方的人（家人）。給予人也可以是晚輩。

1 友達が私にお祝いの電報をくれた。

朋友給了我一份祝賀的電報。

➡ 例句

2 兄が弟に入学祝いをくれた。

哥哥送了入學賀禮給弟弟。

3 友達が私に面白い本をくれました。

朋友給了我一本有趣的書。

4 娘が私に誕生日プレゼントをくれました。

女兒送給我生日禮物。

5 姉がくれた誕生日プレゼントは、イヤリングでした。

姐姐送給我的生日禮物是耳環。

Track N4
2-33

● ～てくれる

（為我）做…

➡ ｛動詞て形｝＋くれる

❶【行為受益－同輩】表示他人為我，或為我方的人做前項有益的事，用在帶著感謝的心情，接受別人的行為，此時接受人跟給予人大多是地位、年齡同等的同輩，如例(1)～(3)。

❷〖行為受益－晚輩〗給予人也可能是晚輩，如例(4)。

❸〖主語＝給予人；接受方＝說話人〗常用「給予人は（が）接受人に～を動詞てくれる」之句型，此時給予人是主語，而接受人是說話人，或說話人一方的人，如例(5)。

1 同僚がアドバイスをしてくれた。

同事給了我意見。

➡ 例句

2 田中さんが仕事を手伝ってくれました。

田中先生幫了我工作上的忙。

3 佐藤さんは仕事を１日休んで町を案内してくれました。

佐藤小姐向公司請假一天，帶我參觀了這座城鎮。

N4

4 子どもたちも、「お父さん、がんばって」と | 孩子們也對我說了:「爸爸、
言ってくれました。 | 加油喔！」

5 花子は私に傘を貸してくれました。 | 花子借傘給我。

034

くださる

給…、贈…

→ {名詞}＋{助詞}＋くださる

【物品受益－上給下】對上級或長輩給自己（或自己一方）東西的恭敬説法。這時候給予人的身份、地位、年齡要比接受人高。句型是「給予人は（が）接受人に～をくださる」。給予人是主語，而接受人是説話人，或説話人一方的人（家人）。

1 先生が私に時計をくださいました。
老師送給我手錶。

→ 例句

2 先輩は私たちに本をくださいました。 | 學長送書給我。

3 先生はご著書をくださいました。 | 老師送我他的大作。

4 部長がお見舞いに花をくださった。 | 部長來探望我時，還送花給我。

5 村田さんが息子に入学祝いをくださった。 | 村田小姐致贈了入學賀禮給
小兒。

035

～てくださる

（為我）做…

{動詞て形}＋くださる

　❶【行為受益－上為下】是「〜てくれる」的尊敬説法。 表示他人為我，或為我方的人做前項有益的事，用在帶著感謝的心情，接受別人的行為時，此時給予人的身份、地位、年齡要比接受人高，例(1)〜(4)。

　❷〔主語＝給予人；接受方＝説話人〕常用「給予人は（が）接受人に（を・の〜）〜を動詞てくださる」之句型，此時給予人是主語，而接受人是説話人，或説話人一方的人，如例(5)。

1 <ruby>先生<rt>せんせい</rt></ruby>は、<ruby>間違<rt>まちが</rt></ruby>えたところを<ruby>直<rt>なお</rt></ruby>してくださいました。

　老師幫我修正了錯的地方。

➡ 例句

2 <ruby>先生<rt>せんせい</rt></ruby>がいい<ruby>仕事<rt>しごと</rt></ruby>を<ruby>紹介<rt>しょうかい</rt></ruby>してくださった。　｜　老師介紹了一份好工作給我。

3 <ruby>曽根<rt>そね</rt></ruby>さんが<ruby>車<rt>くるま</rt></ruby>で<ruby>駅<rt>えき</rt></ruby>まで<ruby>迎<rt>むか</rt></ruby>えに<ruby>来<rt>き</rt></ruby>てくださった。　｜　曾根先生專程開車到車站來接我。

4 <ruby>部長<rt>ぶちょう</rt></ruby>、その<ruby>資料<rt>しりょう</rt></ruby>を<ruby>貸<rt>か</rt></ruby>してくださいませんか。　｜　部長，您方便借我那份資料嗎？

5 <ruby>先生<rt>せんせい</rt></ruby>が<ruby>私<rt>わたし</rt></ruby>に<ruby>日本語<rt>にほんご</rt></ruby>を<ruby>教<rt>おし</rt></ruby>えてくださいました。　｜　老師教了我日語。

036

Track N4
2-36

● もらう

接受…、取得…、從…那兒得到…

➡ {名詞}＋{助詞}＋もらう

　【物品受益－同輩、晚輩】表示接受別人給的東西。這是以説話人是接受人，且接受人是主語的形式，或説話人是站在接受人的角度來表現。句型是「接受人は（が）給予人に〜をもらう」。這時候接受人跟給予人大多是地位、年齡相當的同輩。或給予人也可以是晚輩。

1 私は友達に木綿の靴下をもらいました。

我收到了朋友給的棉襪。

→ 例句

2 花子は田中さんにチョコをもらった。

花子收到了田中先生給的巧克力。

3 私は次郎さんに花をもらいました。

我收到了次郎給的花。

4 息子がお嫁さんをもらいました。

我兒子娶太太了。

5 あなたは彼女に何をもらったのですか。

你從她那收到了什麼嗎？

037

Track N4
2-37

～てもらう

（我）請（某人為我做）…

→ {動詞て形}＋もらう

【行為受益－同輩、晚輩】表示請求別人做某行為，且對那一行為帶著感謝的心情。也就是接受人由於給予人的行為，而得到恩惠、利益。一般是接受人請求給予人採取某種行為的。這時候接受人跟給予人大多是地位、年齡同等的同輩。句型是「接受人は（が）給予人に（から）～を動詞てもらう」。或給予人也可以是晚輩。

1 田中さんに日本人の友達を紹介してもらった。

我請田中小姐為我介紹日本人朋友。

→ 例句

2 私は友達に助けてもらいました。

我請朋友幫了我的忙。

3 友達にお金を貸してもらった。

向朋友借了錢。

4 高橋さんに安いアパートを教えてもらいました。

我請高橋先生介紹我便宜的公寓。

5 お昼ご飯のとき財布を忘れて、奥村さんに払ってもらった。

吃午飯時忘記帶錢包，由奧村先生幫忙付了錢。

● いただく

承蒙…、拜領…

➡ {名詞}＋{助詞}＋いただく

【物品受益－上給下】表示從地位、年齡高的人那裡得到東西。這是以說話人是接受人，且接受人是主語的形式，或說話人站在接受人的角度來表現。句型是「接受人は（が）給予人に～をいただく」。用在給予人身份、地位、年齡比接受人高的時候。比「もらう」說法更謙虛，是「もらう」的謙讓語。

1 鈴木先生にいただいた皿が、割れてしまいました。

把鈴木老師送的盤子弄破了。

➡ 例句

2 お茶をいただいてもよろしいですか。

可以向您討杯茶水嗎？

3 私は先生の奥さんに絵をいただきました。

我收到了師母給的畫。

4 津田部長から缶詰セットをいただきました。

津田部長送了我罐頭禮盒。

5 浜崎さんからおいしそうなお肉をいただきました。

濱崎小姐送了我看起來非常美味的牛肉。

● ～ていただく

承蒙…

→ {動詞て形}＋いただく

【行為受益－上為下】 表示接受人請求給予人做某行為，且對那一行為帶著感謝的心情。這是以說話人站在接受人的角度來表現。用在給予人身份、地位、年齡都比接受人高的時候。句型是「接受人は（が）給予人に（から）～を動詞ていただく」。這是「～てもらう」的自謙形式。

1 花子は先生に推薦状を書いていただきました。

花子請老師寫了推薦函。

→ 例句

2 私は部長に資料を貸していただきました。 ｜ 我請部長借了資料給我。

3 ぜひ来ていただきたいです。 ｜ 希望您一定要來。

4 お客様に喜んでいただけると、私もうれしいです。 ｜ 能夠讓貴賓高興，我也同樣感到開心。

5 先生に説明していただいて、やっと少し理解できました。 ｜ 經過老師的講解以後，終於比較懂了。

040

● ～てほしい

Track N4
2-40

1. 希望…、想…；2. 希望不要…

→ ❶ **【希望】** {動詞て形}＋ほしい。表示說話者希望對方能做某件事情，或是提出要求，如例(1)～(3)。

❷ 〖否定－ないでほしい〗{動詞否定形}＋でほしい。表示否定，為「希望（對方）不要…」，如例(4)、(5)。

1 旅行に行くなら、お土産を買って来てほしい。

如果你要去旅行，希望你能買名產回來。

➡ 例句

2 妻_{つま}にもっと優_{やさ}しくしてほしい。 | 希望太太能更溫柔一點。

3 夫_{おっと}にもっと子供_{こども}の世話_{せわ}をしてほしい。 | 希望丈夫能多幫忙照顧孩子。

4 怒_{おこ}らないでほしい。 | 我希望你不要生氣。

5 卒業_{そつぎょう}しても、私_{わたし}のことを忘_{わす}れないでほしい。 | 就算畢業了，也希望你不要忘掉我。

041

● ～ば

1. 如果…的話；2. 假如…的話；3. 假如…、如果…就…

➡ {[形容詞・動詞]假定形；[名詞・形容動詞]假定形} ＋ば

❶【一般條件】敘述一般客觀事物的條件關係。如果前項成立，後項就一定會成立，如例(1)、(2)。

❷【限制】後接意志或期望等詞，表示後項受到某種條件的限制，如例(3)。

❸【條件】表示條件。對特定的人或物，表示對未實現的事物，只要前項成立，後項也當然會成立。前項是焦點，敘述需要的是什麼，後項大多是被期待的事，如例(4)。

❹〔諺語〕也用在諺語的表現上，表示一般成立的關係。如例(5)。「よし」為「よい」的古語用法。

1 雨_{あめ}が降_ふれば、空気_{くうき}がきれいになる。
下雨的話，空氣就會變得十分清澄。

➡ 例句

2 もしその話_{はなし}が本当_{ほんとう}ならば、大変_{たいへん}だ。 | 假如你說的是真的，那就糟了！

3 時間_{じかん}が合_あえば、会_あいたいです。 | 如果時間允許，希望能見一面。

4 安_{やす}ければ、買_かいます。 | 便宜的話我就買。

5 （ことわざ）終_おわりよければ全_{すべ}てよし。 | （俗諺）結果好就一切都好。

N
4

日語文法・句型詳解

● ～たら

1. 要是…、如果要是…了、…了的話；2. …之後、…的時候

➡ {[名詞・形容詞・形容動詞・動詞] た形} ＋ら

❶【條件】表示假定條件，當實現前面的情況時，後面的情況就會實現，但前項會不會成立，實際上還不知道，如例(1)〜(3)。

❷【契機】表示確定條件，知道前項一定會成立，以其為契機做後項，如例(4)、(5)。

1 いい天気だったら、富士山が見えます。

要是天氣好，就可以看到富士山。

➡ 例句

2 一億円があったら、マンションを買います。

要是有一億日圓的話，我就買一間公寓房子。

3 雨が降ったら、運動会は1週間延びます。

如果下雨的話，運動會將延後一週舉行。

4 20歳になったら、たばこが吸える。

到了二十歲，就能抽菸了。

5 宿題が終わったら、遊びに行ってもいいですよ。

等到功課寫完了，就可以去玩了喔。

● ～たら～た

原來…、發現…、才知道…

➡ {[名詞・形容詞・形容動詞・動詞] た形} ＋ら～た

【確定條件】表示說話者完成前項動作後，有了新發現，或是發生了後項的事情。

1 仕事が終わったら、もう9時だった。

工作做完，已經是九點了。

➡ 例句

2 朝<ruby>起<rt>お</rt></ruby>きたら、雪<ruby>降<rt>ふ</rt></ruby>っていた。 | 早上起床時，發現正在下雪。

3 お<ruby>風呂<rt>ふ ろ</rt></ruby>に<ruby>入<rt>はい</rt></ruby>ったら、ぬるかった。 | 泡進浴缸後才知道水不熱。

4 <ruby>家<rt>いえ</rt></ruby>に<ruby>帰<rt>かえ</rt></ruby>ったら、<ruby>妻<rt>つま</rt></ruby>が<ruby>倒<rt>たお</rt></ruby>れていた。 | 回到家一看，太太昏倒了。

5 テレビをつけたら、<ruby>臨時<rt>りん じ</rt></ruby>ニュースをやっていた。 | 那時一打開電視，正在播放新聞快報。

● 〜なら

1.如果…就…；2.…的話；3.要是…的話

➡ {名詞；形容動詞詞幹；[動詞・形容詞]辭書形}＋なら

❶【條件】表示接受了對方所説的事情、狀態、情況後，説話人提出了意見、勸告、意志、請求等，如例(1)～(3)。

❷〖先舉例再説明〗可用於舉出一個事物列為話題，再進行説明，如例(4)。

❸〖假定條件－のなら〗以對方發話內容為前提進行發言時，常會在「なら」的前面加「の」，「の」的口語説法為「ん」，如例(5)。

1 <ruby>悪<rt>わる</rt></ruby>かったと<ruby>思<rt>おも</rt></ruby>うなら、<ruby>謝<rt>あやま</rt></ruby>りなさい。
假如覺得自己做錯了，那就道歉！

➡ 例句

2 <ruby>私<rt>わたし</rt></ruby>があなたなら、きっとそうする。 | 假如我是你的話，一定會那樣做的！

3 そんなにおいしいなら、<ruby>私<rt>わたし</rt></ruby>も<ruby>今度<rt>こん ど</rt></ruby>その<ruby>店<rt>みせ</rt></ruby>に<ruby>連<rt>つ</rt></ruby>れていってください。 | 如果真有那麼好吃，下次也請帶我去那家店。

4 <ruby>野球<rt>や きゅう</rt></ruby>なら、あのチームが<ruby>一番強<rt>いちばんつよ</rt></ruby>い。 | 棒球的話，那一隊最強了。

5 そんなに<ruby>痛<rt>いた</rt></ruby>いんなら、なんで<ruby>今<rt>いま</rt></ruby>まで<ruby>言<rt>い</rt></ruby>わなかったの。 | 要是真的那麼痛，為什麼拖到現在才説呢？

N4 日語文法・句型詳解

045

● 〜と

1. 一…就；2. 一…竟…

➡ ❶【條件】{[名詞・形容詞・形容動詞・動詞]普通形（只能用在現在形及否定形）}＋と。表示陳述人和事物的一般條件關係，常用在機械的使用方法、説明路線、自然的現象及反覆的習慣等情況，此時不能使用表示説話人的意志、請求、命令、許可等語句，如例(1)～(4)。
　　❷〔契機〕表示指引道路。也就是以前項的事情為契機，發生了後項的事情，如例(5)。

1 このボタンを押すと、切符が出てきます。
　一按這個按鈕，票就出來了。

➡ **例句**

2 家に帰ると、電気がついていました。

3 雪が溶けると、春になる。

4 台湾に来ると、いつも夜市に行きます。

5 角を曲がると、すぐ彼女の家が見えた。

一回到家，就發現電燈是開著的。	
積雪融化以後就是春天到臨。	
每回來到台灣，總會去逛夜市。	
一過了轉角，馬上就可以看到她家了。	

046

● 〜まま

…著

➡ {名詞の；形容詞辭書形；形容動詞詞幹な；動詞た形}＋まま

　　【附帶狀況】表示附帶狀況，指一個動作或作用的結果，在這個狀態還持續時，進行了後項的動作，或發生後項的事態。

1 靴を履いたままで入らないでください。
　請不要穿著鞋子進來。

178

➡ 例句

2 日本では、トマトは生のまま食べることが多いです。

在日本，通常都是生吃蕃茄。

3 日本酒は冷たいままで飲むのが好きだ。

我喜歡喝冰的日本清酒。

4 新車を買った。きれいなままにしておきたいから、乗らない。

我買了新車。因為想讓車子永遠保持閃亮亮的，所以不開出去。

5 あとは僕がやるから、そのままでいいよ。

剩下的由我做就行，你擺著就好。

047

● 〜おわる

結束、完了、…完

➡ {動詞ます形}＋おわる

【終點】接在動詞ます形後面，表示前接動詞的結束、完了。

1 日記は、もう書き終わった。

日記已經寫好了。

➡ 例句

2 今日やっとレポートを書き終わりました。

今天總算寫完了報告。

3 神田さんは、意見を言い終わると、席に座りました。

神田先生一發表完意見，就立刻在座位上坐了下來。

4 運動し終わったら、道具を片付けてください。

運動完畢後，請將道具收拾好。

5 食べ終わったら、「ごちそうさまでした」と言いなさい。

如果吃完了，要說「我吃飽了／謝謝招待」。

四、句型 (2)

001

Track N4
2-48

● **～ても、でも**

即使…也

➡ {形容詞く形}＋ても；{動詞て形}＋も；{名詞；形容動詞詞幹}＋でも

❶【假定逆接】表示後項的成立，不受前項的約束，是一種假定逆接表現，後項常用各種意志表現的說法，如例(1)～(3)。

❷〖常接副詞〗表示假定的事情時，常跟「たとえ（比如）、どんなに（無論如何）、もし（假如）、万が一（萬一）」等副詞一起使用，如例(4)、(5)。

1 社会が厳しくても、私はがんばります。

即使社會嚴苛我也會努力。

➡ **例句**

2 子供でも、暴力はいけないことくらい分かるはずだ。

即便是小孩子，應該也懂得不可以動手打人這種簡單的道理才對。

3 雨が降ってもやりが降っても、必ず行く。

哪怕是下雨還是下刀子，我都一定會去！

4 たとえ失敗しても後悔はしません。

即使失敗也不後悔。

5 どんなに父が反対しても、彼と結婚します。

無論父親如何反對，我還是要和他結婚。

疑問詞＋ても、でも

1. 不管（誰、什麼、哪兒）…；2. 無論…

➡ {疑問詞}＋{形容詞く形}＋ても；{疑問詞}＋{動詞て形}＋も；{疑問詞}＋{名詞；形容動詞詞幹}＋でも

❶【不論】前面接疑問詞，表示不論什麼場合、什麼條件，都要進行後項，或是都會產生後項的結果，如例(1)～(3)。

❷【全部都是】表示全面肯定或否定，也就是沒有例外，全部都是，如例(4)、(5)。

1 どんなに怖くても、ぜったい泣かない。
再怎麼害怕也絕不哭。

➡ 例句

2 いくら忙しくても、必ず運動します。

我不管再怎麼忙，一定要做運動。

3 いくつになっても、勉強し続けます。

不管活到幾歲，我都會不斷地學習。

4 来週の水曜日なら何時でも OK です。

如果是下星期三，任何時段都 OK。

5 日本人なら誰でも、この人が誰か知っている。

只要是日本人，任何人都知道這個人是誰。

～だろう

…吧

➡ {名詞；形容動詞詞幹；[形容詞・動詞] 普通形}＋だろう

❶【推斷】使用降調，表示説話人對未來或不確定事物的推測，且説話人對自己的推測有相當大的把握，如例(1)、(2)。

❷〖常接副詞〗常跟副詞「たぶん（大概）、きっと（一定）」等一起使用，如例(3)、(4)。

❸〖女性－でしょう〗口語時女性多用「でしょう」，如例(5)。

1 みんなもうずいぶんお酒を飲んでいるだろう。

大家都已經喝了不少酒吧？

➡ 例句

2 彼以外は、みんな来るだろう。

除了他以外，大家都會來吧！

3 試合はきっと面白いだろう。

比賽一定很有趣吧！

4 たぶん、今話しかけると邪魔だろう。

我猜，現在找他説話大概會打擾到他吧。

5 明日は青空が広がるでしょう。

明天應該是晴空萬里吧。

004

Track N4
2-51

● 〜（だろう）とおもう

（我）想…、（我）認為…

➡ {[名詞・形容詞・形容動詞・動詞] 普通形}＋（だろう）とおまう

【推斷】意思幾乎跟「だろう」（…吧）相同，不同的是「とおまう」比「だろう」更清楚地講出推測的內容，只不過是説話人主觀的判斷，或個人的見解。而「だろうとおもう」由於説法比較婉轉，所以讓人感到比較鄭重。

1 彼は独身だろうと思います。

我猜想他是單身。

➡ 例句

2 男に生まれていたらどんなに良かっただろうと思っている。

我一直在想，假如自己生為男兒身，不知道該有多好。

3 その様子から、彼は私のことが嫌いなんだろうと思った。

我原本認為從他的態度來看，他應該討厭我吧。

4 今晩、台風が来るだろうと思います。 | 今晚會有颱風吧！

5 山の上では、星がたくさん見えるだろうと思います。 | 我想山上應該可以看到很多星星吧！

Track N4
2-52

～とおもう

覺得…、認為…、我想…、我記得…

➡ {[名詞・形容詞・形容動詞・動詞]普通形}＋とおもう

【推斷】表示說話者有這樣的想法、感受、意見。「とおもう」只能用在第一人稱。前面接名詞或形容動詞時要加上「だ」。

1 お金を好きなのは悪くないと思います。
我認為愛錢並沒有什麼不對。

➡ **例句**

2 吉村先生の授業は、面白いと思います。 | 我覺得吉村老師的課很有趣。

3 自分には日本語の通訳になるのは無理だと思う。 | 我覺得自己沒有能力成為日語口譯員。

4 自分だけは交通事故を起こしたりしないと思っていた。 | 我原本以為自己無論如何都不可能遇上交通事故。

5 吉田さんは若く見えると思います。 | 我覺得吉田小姐看起來很年輕。

Track N4
2-53

～といい

1. 要是…該多好；2. 要是…就好了

➡ {名詞だ；[形容詞・形動容詞・動詞]辭書形}＋といい

N
4

N4 日語文法・句型詳解

❶【願望】表示説話人希望成為那樣之意。句尾出現「けど、のに、が」時,含有這願望或許難以實現等不安的心情,如例(1)〜(3)。

❷〖近似たらいい等〗意思近似於「〜たらいい(要是…就好了)、〜ばいい(要是…就好了)」,如例(4)、(5)。

1 女房はもっとやさしいといいんだけど。

我老婆要是能再溫柔一點就好了。

➡ 例句

2 夫の給料がもっと多いといいのに。

真希望我先生的薪水能多一些呀!

3 彼はもう少し真面目だといいんだが。

假如他能再認真一點,不知道該有多好。

4 日曜日、いい天気だといいですね。

星期天天氣要能晴朗就好啦!

5 ああ、今度の試験でN4に合格するといいなあ。

唉,要是這次能通過日檢 N4 測驗就好了。

007

Track N4
2-54

● 〜かもしれない

也許…、可能…

➡ {名詞;形容動詞詞幹;[形容詞・動詞]普通形}＋かもしれない

【推斷】表示説話人説話當時的一種不確切的推測。推測某事物的正確性雖低,但是有可能的。肯定跟否定都可以用。跟「〜かもしれない」相比,「〜と思います」、「〜だろう」的説話者,對自己推測都有較大的把握。其順序是:と思います＞だろう＞かもしれない。

1 風が強いですね、台風かもしれませんね。

風真大,也許是颱風吧!

➡ 例句

2 こんな時間<small>じかん</small>に電話<small>でんわ</small>するのは、迷惑<small>めいわく</small>かもしれない。	在這種時段致電，說不定會打擾到對方。
3 夫<small>おっと</small>は、私<small>わたし</small>のことがきらいなのかもしれません。	我先生說不定已經嫌棄我了。
4 すぐ手術<small>しゅじゅつ</small>していたら、死<small>し</small>なずに済<small>す</small>んだかもしれなかった。	假如那時立刻動手術，說不定就不會死了。
5 もしかしたら、1億円当<small>いちおくえんあ</small>たるかもしれない。	或許會中一億日圓。

008

Track N4
2-55

● 〜はずだ

1.（按理說）應該…；2. 怪不得…

➡ {名詞の；形容動詞詞幹な；[形容詞・動詞] 普通形}＋はずだ

❶【推斷】表示說話人根據事實、理論或自己擁有的知識來推測出結果，是主觀色彩強，較有把握的推斷，如例(1)～(3)。

❷【理解】表示說話人對原本不可理解的事物，在得知其充分的理由後，而感到信服，如例(4)、(5)。

1 高橋<small>たかはし</small>さんは必<small>かなら</small>ず来<small>く</small>ると言<small>い</small>っていたから、来<small>く</small>るはずだ。

高橋先生說他會來，就應該會來。

➡ 例句

2 金曜日<small>きんようび</small>の3時<small>さんじ</small>ですか。大丈夫<small>だいじょうぶ</small>なはずです。	星期五的三點嗎？應該沒問題。
3 アリさんはイスラム教徒<small>きょうと</small>だから、豚肉<small>ぶたにく</small>は食<small>た</small>べないはずだ。	因為阿里先生是伊斯蘭教徒，所以應該不吃豬肉。
4 彼<small>かれ</small>は弁護士<small>べんごし</small>だったのか。道理<small>どうり</small>で法律<small>ほうりつ</small>に詳<small>くわ</small>しいはずだ。	他是律師啊。怪不得很懂法律。

N
4

185

5 今日は月曜日だったのか。美術館が休みの | 原來今天是星期一啊！難怪
はずだ。 | 美術館沒有開放。

009

Track N4
2-56

～はずがない

不可能…、不會…、沒有…的道理

➡ {名詞の；形容動詞詞幹な；[形容詞・動詞] 普通形}＋はずが (は) ない

❶【推斷】表示説話人根據事實、理論或自己擁有的知識，來推論某一事
物不可能實現。是主觀色彩強，較有把握的推斷，如例(1)～(4)。
❷〖口語－はずない〗用「はずない」，是較口語的用法，如例(5)。

1 人形の髪が伸びるはずがない。
娃娃的頭髮不可能變長。

➡ 例句

2 うちの子が、頭が悪いはずがない。 | 我家的孩子絕不可能不聰明！

3 そんなところに行って安全なはずがなかった。 | 去那種地方絕不可能安全的！

4 ここから東京タワーが見えるはずがない。 | 從這裡不可能看得見東京鐵塔。

5 花子が知らないはずない。 | 花子不可能不知道。

010
Track N4
2-57

～ようだ

1. 像…一樣的、如…似的；2. 好像…

➡ **❶【比喻】**{名詞の；動詞辭書形；動詞た形}＋ようだ。把事物的狀態、
形狀、性質及動作狀態，比喻成一個不同的其他事物，如例(1)～(3)。
❷【推斷】{名詞の；形容動詞詞幹な；[形容詞・動詞]普通形}＋よう
だ。用在説話人從各種情況，來推測人或事物是後項的情況，通常是
説話人主觀、根據不足的推測，如例(4)、(5)。

❸〖**活用同形容動詞**〗「ようだ」的活用跟形容動詞一樣。

1 まるで盆と正月が一緒に来たような騒ぎで
　 した。

　 簡直像中元和過年兜在一起過一樣，大夥盡情地喧鬧。

➡ 例句

2 ここから見ると、家も車もおもちゃのよう
　 です。

3 白雪姫は、肌が雪のように白く、美しかった。

4 公務員になるのは、難しいようです。

5 後藤さんは、お肉がお好きなようだった。

從這裡看下去，房子和車子都好像玩具一樣。	
白雪公主的肌膚像雪一樣白皙，非常美麗。	
要成為公務員好像很難。	
聽說後藤先生早前喜歡吃肉。	

011

Track N4
2-58

● ～そうだ

聽説…、據説…

➡ {[名詞・形容詞・形動容詞・動詞] 普通形}＋そうだ

❶【**傳聞**】表示傳聞。表示不是自己直接獲得的，而是從別人那裡、報章
　 雜誌或信上等處得到該信息，如例(1)。

❷〖**消息來源**〗表示信息來源的時候，常用「～によると」（根據）或
　 「～の話では」（説是…）等形式，如例(2)～(5)。

❸〖**女性－そうよ**〗説話人為女性時，有時會用「そうよ」，如例(5)。

1 友達の話によると、もう一つ飛行場ができ
　 るそうだ。

　 聽朋友説，要蓋另一座機場。

例句

2 おばあちゃんの話では、おじいちゃんは、若いころはハンサムだったそうだ。

聽説奶奶説，爺爺年輕時很英俊。

3 新聞によると、今度の台風はとても大きいそうだ。

報上説這次的颱風會很強大。

4 ここは昔、5万人もの人が住んでいたそうだ。

據説這地方從前住了多達五萬人。

5 彼の話では、桜子さんは離婚したそうよ。

聽他説櫻子小姐離婚了。

012

● ～やすい

容易…、好…

➡ {動詞ます形}＋やすい

❶【強調程度】 表示該行為、動作很容易做，該事情很容易發生，或容易發生某種變化，亦或是性質上很容易有那樣的傾向，與「～にくい」相對，如例(1)～(4)。

❷〔變化跟い形容詞同〕「やすい」的活用變化跟「い形容詞」一樣，如例(5)。

1 木綿の下着は洗いやすい。

棉質內衣容易清洗。

➡ 例句

2 岩手は涼しくて過ごしやすかった。

那時岩手縣氣候涼爽，住起來舒適宜人。

3 季節の変わり目は風邪をひきやすい。

每逢季節交替的時候，就很容易感冒。

4 このレストランはおいしいし、場所が便利
　で来やすい。

這家餐廳不但餐點好吃，而
且又位在交通便捷的地方，
很容易到達。

5 兄が宿題を分かりやすく教えてくれました。

哥哥用簡單明瞭的方法教了
我習題。

013

Track N4
2-60

● 〜にくい

不容易…、難…

● {動詞ます形}＋にくい

【強調程度】表示該行為、動作不容易做，該事情不容易發生，或不容易
發生某種變化，亦或是性質上很不容易有那樣的傾向。「にくい」的活用
跟「い形容詞」一樣。並且與「〜やすい」（容易…、好…）相對。

1 このコンピューターは、使いにくいです。
　這台電腦很不好用。

● 例句

2 倒れにくい建物を作りました。

建造了一棟不易倒塌的建築物。

3 一度ついた習慣は、変えにくいですね。

一旦養成習慣就很難改了呢！

4 この魚、おいしいけれど食べにくかった。

這種魚雖然美味，但是吃起
來很麻煩。

5 上司が年下だと、仕事しにくくないですか。

如果主管的年紀比我們小，
在工作上不會不方便嗎？

014

Track N4
2-61

● 〜と〜と、どちら

在…與…中，哪個…

N
4

189

➡️ {名詞}＋と＋{名詞}＋と、どちら（のほう）が

【比較】表示從兩個裡面選一個。也就是詢問兩個人或兩件事，哪一個適合後項。在疑問句中，比較兩個人或兩件事，用「どちら」。東西、人物及場所等都可以用「どちら」。

1 着物とドレスと、どちらのほうが素敵ですか。

和服與洋裝，哪一種比較漂亮？

➡️ **例句**

2 哲也君と健介君と、どちらがかっこいいと思いますか。

哲也和健介，你覺得哪一個比較帥？

3 紅茶とコーヒーと、どちらがよろしいですか。

紅茶和咖啡，您要哪個？

4 工業と商業と、どちらのほうが盛んですか。

工業與商業，哪一種比較興盛？

5 お父さんとお母さん、どっちの方が好き？

爸爸和媽媽，你比較喜歡哪一位？

015

Track N4
2-62

● **〜ほど〜ない**

不像…那麼…、沒那麼…

➡️ {名詞；動詞普通形}＋ほど〜ない

【比較】表示兩者比較之下，前者沒有達到後者那種程度。這個句型是以後者為基準，進行比較的。

1 大きい船は、小さい船ほど揺れない。

大船不像小船那麼會搖。

➡ 例句

2 日本の夏はタイの夏ほど暑くないです。	日本的夏天不像泰國那麼熱。
3 私は、妹ほど母に似ていない。	我不像妹妹那麼像媽媽。
4 映画は、期待したほど面白くなかった。	電影不如我預期的那麼有趣。
5 テストは、予想したほど難しくなかった。	考試沒有我原本以為的那麼難。

016

● 〜なくてもいい

不…也行、用不著…也可以

➡ {動詞否定形 (去い)}＋くてもいい

❶【許可】表示允許不必做某一行為，也就是沒有必要，或沒有義務做前面的動作，如例(1)、(2)。

❷『×なくてもいかった』要注意的是「なくてもいかった」或「なくてもいければ」是錯誤用法，正確是「なくてもよかった」或「なくてもよければ」，如例(3)、(4)。

❸『文言－なくともよい』較文言的表達方式為「〜なくともよい」，如例(5)。

1 暖かいから、暖房をつけなくてもいいです。
很溫暖，所以不開暖氣也無所謂。

➡ 例句

2 レポートは今日出さなくてもいいですか。	今天可以不用交報告嗎？
3 こんなにつまらないなら、来なくてもよかった。	早知道那麼無聊就不來了。
4 もし働かなくてもよければ、どんなにいいだろう。	假如不必工作也無所謂，不知道該有多好。
5 忙しい人は出席しなくともよい。	忙碌的人不出席亦無妨。

日語文法 · 句型詳解

017

Track N4
2-64

● 〜なくてもかまわない

不…也行、用不著…也沒關係

➡ {動詞動詞否定形（去い）}＋くてもかまわない

❶【許可】表示沒有必要做前面的動作，不做也沒關係，如例(1)～(3)。

❷〖＝大丈夫等〗「かまわない」也可以換成「大丈夫」（沒關係）、「問題ない」（沒問題）等表示「沒關係」的表現，如例(4)、(5)。

1 明るいから、電灯をつけなくてもかまわない。

還很亮，不開電燈也沒關係。

➡ **例句**

2 あなたは行かなくてもかまいません。

你不去也行。

3 彼を愛していたから、彼が私を愛していなくてもかまわなかった。

原本以為只要我愛他，就算他不愛我也沒關係。

4 あと 15 分ありますから、急がなくても大丈夫ですよ。

時間還有十五分鐘，不必趕著去也沒關係喔。

5 都会に住んでいると、車の運転ができなくても問題ありません。

若是住在城市裡，就算不會開車也沒有問題。

018

Track N4
2-65

● 〜なさい

要…、請…

➡ {動詞ます形}＋なさい

【命令】表示命令或指示。一般用在上級對下級，父母對小孩，老師對學生的情況。比起命令形，此句型稍微含有禮貌性，語氣也較緩和。由於這是用在擁有權力或支配能力的人，對下面的人說話的情況，使用的場合是有限的。

1 規則を守りなさい。

要遵守規定。

⇒ 例句

2 早く寝なさい。

快點睡覺！

3 しっかり勉強しなさいよ。

要好好用功讀書喔！

4 生徒たちを、教室に集めなさい。

叫學生到教室集合。

5 選択肢1から4の中から、いちばんいいものを選びなさい。

請從選項一到四之中，挑出最適合的答案。

019

Track N4
2-66

● ～ため（に）

1. 以…為目的，做…、為了…；2. 因為…所以…

⇒ **❶【目的】**{名詞の；動詞辭書形}＋ため（に）。表示為了某一目的，而有後面積極努力的動作、行為，前項是後項的目標，如果「ため（に）」前接人物或團體，就表示為其做有益的事，如例(1)～(3)。

❷【理由】{名詞の；[動詞・形容詞]普通形；形容動詞詞幹な}＋ため（に）。表示由於前項的原因，引起後項的結果，如例(4)、(5)。

1 私は、彼女のためなら何でもできます。

只要是為了她，我什麼都辦得到。

⇒ 例句

2 世界を知るために、たくさん旅行をした。

為了了解世界，到各地去旅行。

3 日本に留学するため、一生懸命日本語を勉強しています。

為了去日本留學而正在拚命學日語。

N4 日語文法・句型詳解

4 台風のために、波が高くなっている。

由於颱風來襲，海浪愈來愈高。

5 指が痛いため、ピアノが弾けない。

因為手指疼痛而無法彈琴。

020 ～そう

好像…、似乎…

→ {[形容詞・形容動詞]詞幹；動詞ます形}＋そう

❶【樣態】表示說話人根據親身的見聞，而下的一種判斷，如例(1)～(3)。
❷〖よさそう〗形容詞「よい」、「ない」接「そう」，會變成「よさそう」、「なさそう」，如例(4)。
❸〖女性－そうね〗會話中，當說話人為女性時，有時會用「そうね」，如例(5)。

1 このラーメンはおいしそうだ。

這拉麵似乎很好吃。

→ 例句

2 大変そうだね。手伝おうか。

你一個人忙不過來吧？要不要我幫忙？

3 妹は、お母さんに叱られて、泣きそうな顔をしていました。

妹妹遭到媽媽的責罵，露出了一副快要哭出來的表情。

4 「これでどうかな。」「よさそうだね。」

「你覺得這樣好不好呢？」「看起來不錯啊。」

5 どうしたの。気分が悪そうね。

怎麼了？你看起來好像不太舒服耶？

021 ～がする

感到…、覺得…、有…味道

194

➡ {名詞} ＋がする

【樣態】前面接「かおり（香味）、におい（氣味）、味（味道）、音（聲音）、感じ（感覺）、気（感覺）、吐き気（噁心感）」等表示氣味、味道、聲音、感覺等名詞，表示說話人通過感官感受到的感覺或知覺。

1 このうちは、畳の匂いがします。
這屋子散發著榻榻米的味道。

➡ 例句

2 今朝から頭痛がします。　　　　　　　今天早上頭就開始痛。

3 外で大きい音がしました。　　　　　　外頭傳來了巨大的聲響。

4 彼女の目は温かい感じがします。　　　她的眼神讓人感覺充滿關懷。

5 あの人はどこかであったことがあるような気がします。　　　　　　我覺得好像曾在哪裡見過那個人。

022

Track N4
2-69

⚪ ～ことがある

1. 有時⋯、偶爾⋯；2. 有過⋯

➡ {動詞辭書形；動詞否定形} ＋ことがある

❶【不定】表示有時或偶爾發生某事，如例(1)。
❷【經驗】「～ことはあるが、～ことはない」為「有過⋯，但沒有過⋯」的意思，通常內容為談話者本身經驗，如例(2)。
❸〖常搭頻度副詞〗常搭配「ときどき（有時）、たまに（偶爾）」等表示頻度的副詞一起使用，如例(3)、(4)。

1 友人とお酒を飲みに行くことがあります。
偶爾會跟朋友一起去喝酒。

➡ 例句

2 僕は酒を飲むことはあるが、飲み過ぎることとはない。
我雖會喝酒，但是從來沒有喝過量。

3 たまに自転車で通勤することがあります。
有時會騎腳踏車上班。

4 私は時々、帰りにおじの家に行くことがある。
回家途中我有時會去伯父家。

023

Track N4
2-70

● 〜ことになる

1.（被）決定…；3. 規定…；4. 也就是説…

➡ {動詞辭書形；動詞否定形}＋ことになる

❶【決定】表示決定。指説話人以外的人、團體或組織等，客觀地做出了某些安排或決定，如例(1)、(2)。

❷〔婉轉宣布〕用於婉轉宣布自己決定的事，如例(3)。

❸【約束】以「〜ことになっている」的形式，表示人們的行為會受法律、約定、紀律及生活慣例等約束，如例(4)。

❹【換句話說】指針對事情，換一種不同的角度或説法，來探討事情的真意或本質，如例(5)。

1 駅にエスカレーターをつけることになりました。
車站決定設置自動手扶梯。

➡ 例句

2 来月新竹に出張することになった。
下個月要去新竹出差。

3 6月に結婚することになりました。
已經決定將於六月結婚了。

4 子どもはお酒を飲んではいけないことになっています。
依現行規定，孩童不得喝酒。

5 異性と食事に行くというのは、付き合っていることになるのでしょうか。

跟異性一起去吃飯，就表示兩人在交往嗎？

Track N4 2-71

● 〜かどうか

是否…、…與否

➡ {名詞；形容動詞詞幹；[形容詞・動詞]普通形}＋かどうか

【不確定】表示從相反的兩種情況或事物之中選擇其一。「〜かどうか」前面的部分接「不知是否屬實」的事情、情報。

1 これでいいかどうか、教えてください。
請告訴我這樣是否可行。

➡ **例句**

2 あの二人が兄弟かどうか分かりません。

我不知道那兩個人是不是兄弟。

3 あちらの部屋が静かかどうか見てきます。

我去瞧瞧那裡的房間是否安靜。

4 明日晴れるかどうか、天気予報はなんて言ってた？

氣象預報對明天是不是晴天，是怎麼說的？

5 お金が集まるかどうか、やってみないと分からない。

不試試看就不知道能不能籌得到錢。

Track N4 2-72

● 〜ように

1.請…、希望…；2.為了…；3.以便…、為了…

➡ {動詞辭書形；動詞否定形}＋ように

❶【祈求】表示祈求、願望、希望、勸告或輕微的命令等。有希望成為某狀態，或希望發生某事態，向神明祈求時，常用「動詞ます形＋ますように」，如例(1)、(2)。

❷〔提醒〕用在老師提醒學生時，如例(3)。

❸【目的】表示為了實現「ように」前的某目的，而採取後面的行動或
手段，以便達到目的，如例(4)、(5)。

1 どうか試験に合格しますように。

請神明保佑讓我考上！

➡ **例句**

2 世界が平和になりますように。 | 祈求世界和平。

3 月曜日までに作文を書いてくるように。 | 記得在星期一之前要把作文
寫完交來。

4 忘れないように手帳にメモしておこう。 | 為了怕忘記，事先記在筆記
本上。

5 熱が下がるように、注射を打ってもらった。 | 為了退燒，我請醫生替我打針。

026

Track N4
2-73

● **〜ようにする**

1. 爭取做到…；2. 設法使…；3. 使其…

➡ {動詞辭書形；動詞否定形} ＋ようにする

❶【意志】表示説話人自己將前項的行為、狀況當作目標而努力，或是説
話人建議聽話人採取某動作、行為時，如例(1)、(2)。

❷【習慣】如果要表示把某行為變成習慣，則用「ようにしている」的形
式，如例(3)、(4)。

❸【目的】表示對某人或事物，施予某動作，使其起作用，如例(5)。

1 これから毎日野菜を取るようにします。

我從現在開始每天都要吃蔬菜。

➡ 例句

2 人の悪口を言わないようにしましょう。 | 努力做到不去説別人的壞話吧!

3 朝早く起きるようにしています。 | 我習慣早起。

4 エレベーターには乗らないで、階段を使うようにしている。 | 現在都不搭電梯，而改走樓梯。

5 ソファーを移動して、寝ながらテレビを見られるようにした。 | 把沙發搬開，以便躺下來也能看到電視了。

Track N4 2-74

027

● ～ようになる

（變得）…了

➡ {動詞辭書形；動詞可能形}＋ようになる

【變化】 表示是能力、狀態、行為的變化。大都含有花費時間，使成為習慣或能力。動詞「なる」表示狀態的改變。

1 練習して、この曲はだいたい弾けるようになった。

練習後，這首曲子大致會彈了。

➡ 例句

2 私は毎朝牛乳を飲むようになった。 | 我每天早上都會喝牛奶了。

3 心配しなくても、そのうちできるようになるよ。 | 不必擔心，再過一些時候就會了呀。

4 うちの娘は、このごろ箸を上手に持てるようになってきた。 | 我女兒最近已經很會用筷子了。

5 注意したら、文句を言わないようになった。 ｜ 警告他後，他現在不再抱怨了。

028

Track N4
2-75

● 〜ところだ

剛要…、正要…

➡ {動詞辭書形}＋ところだ

【將要】表示將要進行某動作，也就是動作、變化處於開始之前的階段。

1 これから、校長先生が話をするところです。
接下來是校長致詞時間。

➡ **例句**

2 今から寝るところだ。 ｜ 現在正要就寢。

3 いま、田中さんに電話をかけるところです。 ｜ 現在正要打電話給田中小姐。

4 「早く宿題をしなさい」「今、やるところだよ」 ｜ 「快點寫作業！」「現在正要寫啦！」

5 「ちょっと、いいですか？」「何？もう帰るところなんだけど」 ｜ 「可以耽擱一下你的時間嗎？」「什麼事？我正準備回家説……」

029

Track N4
2-76

● 〜ているところだ

正在…、…的時候

➡ {動詞て形}＋いるところだ

❶**【時點】**表示正在進行某動作，也就是動作、變化處於正在進行的階段，如例(1)〜(4)。

❷〚**連接句子**〛如為連接前後兩句子，則可用「〜ているところに〜」，如例(5)。

1 日本語の発音を直してもらっているところ
です。

正在請人幫我矯正日語發音。

➡ 例句

2 今、試験の準備をしているところです。

現在正在準備考試。

3 社長は今奥の部屋で銀行の人と会っている
ところです。

總經理目前正在裡面的房間和銀行人員會談。

4 家に帰ると、ちょうど父が弟を叱っている
ところだった。

回到家時,爸爸正在罵弟弟。

5 お風呂に入っているところに電話がかかっ
てきた。

我在洗澡時電話響起。

030

Track N4
2-77

● 〜たところだ

剛…

➡ {動詞た形} +ところだ

❶【時點】表示剛開始做動作沒多久,也就是在「…之後不久」的階段,
如例(1)〜(4)。

❷〔發生後不久〕跟「〜たばかりだ」比較,「〜たところだ」強調開
始做某事的階段,但「〜たばかりだ」則是一種從心理上感覺到事情
發生後不久的語感,如例(5)。

1 テレビを見始めたところなのに、電話が
鳴った。

才剛看電視沒多久,電話就響了。

日語文法・句型詳解

⇒ **例句**

2 もしもし。ああ、今、駅に着いたところだ。

喂？喔，我現在剛到車站。

3 赤ちゃんが寝たところなので、静かにしてください。

小寶寶才剛睡著，請安靜一點。

4 お客さんが帰ったところに、また別のお客さんが来た。

前一個客人才剛走，下一個客人又來了。

5 食べたばかりだけど、おなかが減っている。

雖然才剛剛吃過飯，肚子卻餓了。

031

● **〜たところ**

結果…、果然…

⇒ {動詞た形}＋ところ

【結果】順接用法。表示完成前項動作後，偶然得到後面的結果、消息，含有說話者覺得訝異的語感。或是後項出現了預期中的好結果。前項和後項之間沒有絕對的因果關係。

1 先生に聞いたところ、先生も知らないそうだ。

請教了老師，結果老師似乎也不曉得。

⇒ **例句**

2 交番に行ったところ、財布は届いていた。

去到派出所時，錢包已經被送到那裡了。

3 学校から帰ったところ、うちにお客さんが来ていた。

從學校回到家時，家裡有客人來訪。

4 初めてお抹茶を飲んでみたところ、すごく苦かった。

第一次嘗試喝抹茶，結果苦得要命。

5 パソコンを開いたところ、昔の友人からメールが来ていた。 | 一打開電腦，就收到了以前的朋友寄來的電子郵件。

Track N4
2-79

● ～について (は)、につき、についても、についての

1. 有關…、就…、關於…；2. 由於…

➡ {名詞}＋について (は)、につき、についても、についての

❶【對象】表示前項先提出一個話題，後項就針對這個話題進行說明，如例(1)～(4)。

❷【原因】要注意的是「～につき」也有「由於…」的意思，可以根據前後文來判斷意思，如例(5)。

1 江戸時代の商人についての物語を書きました。

撰寫了一個有關江戶時期商人的故事。

N 4

➡ 例句

2 私は、日本酒については詳しいです。 | 我對日本酒知道得很詳盡。

3 中国の文学について勉強しています。 | 我在學中國文學。

4 あの会社のサービスは、使用料金についても明確なので、安心して利用できます。 | 那家公司的服務使用費標示也很明確，因此可以放心使用。

5 好評につき、発売期間を延長いたします。 | 由於產品廣受好評，因此將販售期限往後延長。

～いっぽうだ

一直…、不斷地…、越來越…

➡ {動詞辭書形}＋一方だ

❶【傾向】表示某狀況一直朝著一個方向不斷發展，沒有停止，如例(1)。

❷〖消極〗多用於消極的、不利的傾向，意思近於「～ばかりだ」，如例(2)～(5)。

1 岩崎の予想以上の活躍ぶりに、周囲の期待
も高まる一方だ。

岩崎出色的表現超乎預期，使得周圍人們對他的期
望也愈來愈高。

➡ **例句**

2 国の借金は、増える一方だ。

國債愈來愈龐大。

3 景気は、悪くなる一方だ。

景氣日漸走下坡。

4 子どもの学力が低下する一方なのは、問題
です。

小孩的學習力不斷地下降，
真是個問題。

5 最近、オイル価格は、上がる一方だ。

最近油價不斷地上揚。

～うちに

1. 趁…做…、在…之內…做…；2. 在…之內，自然就…

➡ {名詞の；形容動詞詞幹な；[形容詞・動詞]辭書形}＋うちに

❶【期間】表示在前面的環境、狀態持續的期間，做後面的動作，相當於「～（している）間に」，如例(1)～(4)。

❷【變化】用「～ているうちに」時，後項並非說話者意志，大都接自然發生的變化，如例(5)。

1 昼間は暑いから、朝のうちに散歩に行った。
　白天很熱，所以趁早去散步。

➡ 例句

2 ご飯ですよ。熱いうちに召し上がれ。 ｜ 吃飯囉！快趁熱吃！

3 足が丈夫なうちに、富士山に登りたい。 ｜ 想趁還有腿力的時候爬上富士山。

4 お姉ちゃんが帰ってこないうちに、お姉ちゃんの分もおやつ食べちゃおう。 ｜ 趁姊姊還沒回來之前，把姊姊的那份點心也偷偷吃掉吧！

5 いじめられた経験を話しているうちに、涙が出てきた。 ｜ 在敘述被霸凌的經驗時，流下了眼淚。

～おかげで、おかげだ

多虧…、托您的福、因為…

➡ {名詞の；形容動詞詞幹な；形容詞普通形；動詞た形}＋おかげで、おかげだ

❶【原因】由於受到某種恩惠，導致後面好的結果，與「から」、「ので」作用相似，但感情色彩更濃，常帶有感謝的語氣，如例(1)～(4)。

❷〔消極〕後句如果是消極的結果時，一般帶有諷刺的意味，相當於「～のせいで」，如例(5)。

N
3

1 薬のおかげで、傷はすぐ治りました。

多虧藥效，傷口馬上好了。

→ 例句

2 電気のおかげで、昔と比べると家事はとても楽になった。

多虧電力的供應，現在做家事比從前來得輕鬆多了。

3 母に似て肌が白いおかげで、よく美人だと言われる。

很幸運地和媽媽一樣皮膚白皙，所以常被稱讚是美女。

4 就職できたのは、山本先生が推薦状を書いてくださったおかげです。

能夠順利找到工作，一切多虧山本老師幫忙寫的推薦函。

5 君が余計なことを言ってくれたおかげで、ひどい目にあったよ。

感謝你的多嘴，害我被整得慘兮兮的啦！

004

● ～おそれがある

恐怕會…、有…危險

→ {名詞の；形容動詞詞幹な；[形容詞・動詞]辭書形}＋恐れがある

❶【推量】表示有發生某種消極事件的可能性，常用在新聞報導或天氣預報中，如例(1)、(2)。

❷〔不利〕通常此文法只限於用在不利的事件，相當於「～心配がある」，如例(3)～(5)。

1 台風のため、午後から高潮の恐れがあります。

因為颱風，下午恐怕會有大浪。

→ 例句

2 この地震による津波の恐れはありません。

這場地震將不會引發海嘯。

3 立地は良いが、駅前なので、夜間でも騒がしい恐れがある。

雖然座落地點很棒，但是位於車站前方，恐怕入夜後仍會有吵嚷的噪音。

4 このアニメを子どもに見せるのは不適切な恐れがある。

這部動畫恐怕不適合兒童觀看。

5 子どもが一晩帰らないとすると、事件に巻き込まれた恐れがある。

如果孩子一整晚沒有回家，恐怕是被捲進案件裡了。

005

● 〜かけ（の）、かける

1. 做一半、剛…、開始…；2. 快…了；3. 對…

→ {動詞ます形}＋かけ（の）、かける

❶【中途】表示動作，行為已經開始，正在進行途中，但還沒有結束，相當於「〜している途中」，如例(1)、(2)。

❷【狀態】前接「死ぬ（死亡）、止まる（停止）、立つ（站起來）」等瞬間動詞時，表示面臨某事的當前狀態，如例(3)。

❸【涉及對方】用「話しかける（攀談）、呼びかける（招呼）、笑いかける（面帶微笑）」等，表示向某人作某行為，如例(4)、(5)。

1 今ちょうどデータの処理をやりかけたところです。

現在正在處理資料。

→ **例句**

2 読みかけの本が5、6冊たまっている。

剛看一點開頭的書積了五六本。

3 お父さんのことを死にかけの病人なんて、よくもそんなひどいことを。

竟然把我爸爸說成是快死掉的病人，這種講法太過分了！

4 堀田君のことが好きだけれど、告白はもちろん話しかけることもできない。

我雖然喜歡堀田，但別說是告白了，就連和他交談都不敢。

5 たくさんの人に呼びかけて、寄付を集めましょう。

我們一起來呼籲大家踴躍捐款吧！

● 〜がちだ、がちの

（前接名詞）經常，總是；（前接動詞ます形）容易…、往往會…、比較多

➡ {名詞；動詞ます形}＋がちだ、がちの

❶【傾向】表示即使是無意的，也容易出現某種傾向，或是常會這樣做，一般多用在消極、負面評價的動作，相當於「〜の傾向がある」，如例(1)〜(4)。

❷〖慣用表現〗常用於「遠慮がち（客氣）」等慣用表現，如例(5)。

1 おまえは、いつも病気がちだなあ。

你還真容易生病呀！

➡ 例句

2 このところ毎日曇りがちだ。

最近可能每天都是陰天。

3 冬は寒いので家にこもりがちになる。

冬天很冷，所以通常窩在家裡。

4 現代人は寝不足になりがちだ。

現代人具有睡眠不足的傾向。

5 彼女は遠慮がちに、「失礼ですが、村主さんですか。」と声をかけてきた。

她小心翼翼地問了聲：「不好意思，請問是村主先生嗎？」

● 〜から〜にかけて

從…到…

➡ {名詞}＋から＋{名詞}＋にかけて

【範圍】表示兩個地點、時間之間一直連續發生某事或某狀態的意思。跟「〜から〜まで」相比，「〜から〜まで」著重在動作的起點與終點，「〜から〜にかけて」只是籠統地表示跨越兩個領域的時間或空間。

1 この辺りからあの辺りにかけて、畑が多いです。

這頭到那頭，有很多田地。

→ **例句**

2 三月下旬から五月上旬にかけて、桜前線が北上する。

從三月下旬到五月上旬，櫻花綻放的地區會一路北上。

3 月曜から水曜にかけて、健康診断が行われます。

星期一到星期三，實施健康檢查。

4 今日から明日にかけて大雨が降るらしい。

今天起到明天好像會下大雨。

5 九州から東北にかけての広い範囲で地震がありました。

從九州到東北地區發生了大區域地震。

008

Track N3 1-08

● **〜からいうと、からいえば、からいって**

從…來說、從…來看、就…而言

→ {名詞}＋からいうと、からいえば、からいって

❶【根據】表示判斷的依據及角度，指站在某一立場上來進行判斷。
❷〔類義〕相當於「〜から考えると」。

1 専門家の立場からいうと、この家の構造はよくない。

從專家的角度來看，這個房子的結構不好。

→ **例句**

2 理想からいうと、あの役は西島拓哉にやってほしかった。

若以最理想的狀況來說，非常希望那個角色由西島拓哉出演。

3 品質からいえば、このくらい高くてもしょうがない。

就品質來看，即使價格如此昂貴也無可厚非。

4 学力からいえば、山田君がクラスで一番だ。

從學習力來看，山田君是班上的第一名。

5 これまでの経験からいって、完成まであと二日はかかるでしょう。

根據以往的經驗，恐怕至少還需要兩天才能完成吧！

009

● 〜から（に）は

既然…、既然…，就…

→ {動詞普通形}＋から（に）は

❶【理由】表示既然到了這種情況，後面就要「貫徹到底」的說法，因此後句常是說話人的判斷、決心及命令等，一般用於書面上，相當於「〜のなら、〜以上は」，如例(1)〜(3)。

❷【義務】表示以前項為前提，後項事態也就理所當然，如例(4)、(5)。

1 教師になったからには、生徒一人一人をしっかり育てたい。

既然當了老師，當然就想要把學生一個個都確實教好。

→ 例句

2 決めたからには、最後までやる。

既然已經決定了，就會堅持到最後。

3 オリンピックに出るからには、金メダルを目指す。

既然參加奧運，目標就是奪得金牌。

4 こうなったからは、しかたがない。私一人でもやる。

事到如今，沒辦法了。就算只剩下我一個也會做完。

5 コンクールに出るからには、毎日練習しな<ruby>で<rt></rt></ruby>ければだめですよ。 | 既然要參加競演會，不每天練習是不行的。

● 〜かわりに

1. 代替…；3. 雖說…但是…；4. 作為交換

➡ ❶【代替】{名詞の；動詞普通形}＋かわりに。表示原為前項，但因某種原因由後項另外的人、物或動作等代替，相當於「〜の代理／代替として」，如例(1)、(2)。

❷〔接尾詞化〕也可用「名詞＋がわりに」的形式，如例(3)。

❸【對比】{動詞普通形}＋かわりに。表示一件事同時具有兩個相互對立的側面，一般重點在後項，相當於「〜一方で」，如例(4)。

❹【交換】表示前項為後項的交換條件，也會用「〜、かわりに〜」的形式出現，相當於「〜とひきかえに」，如例(5)。

1 正月は、海外旅行に行くかわりに近くの温泉に行った。

過年不去國外旅行，改到附近洗溫泉。

➡ **例句**

2 市長のかわりに、副市長が挨拶した。 | 由副市長代理市長致詞了。

3 こちら、つまらないものですが、ほんのご挨拶がわりです。 | 這裡有份小東西，不成敬意，就當是個見面禮。

4 人気を失ったかわりに、静かな生活が戻ってきた。 | 雖然不再受歡迎，但換回了平靜的生活。

5 卵焼きあげるから、かわりにウインナーちょうだい。 | 我把煎蛋給你吃，然後你把小熱狗給我作為交換。

011

Track N3
1-11

● 〜ぎみ

有點…、稍微…、…趨勢

➡ {名詞；動詞ます形}＋気味

【傾向】表示身心、情況等有這種樣子，有這種傾向，用在主觀的判斷。多用在消極或不好的場合相當於「〜の傾向がある」。

1 ちょっと風邪_{かぜ}気味_{ぎみ}で、熱_{ねつ}がある。

有點感冒，發了燒。

➡ **例句**

2 最近_{さいきん}、少_{すこ}し寝不足_{ねぶそく}気味_{ぎみ}です。

最近感到有點睡眠不足。

3 たばこをやめてから、太_{ふと}り気味_{ぎみ}だ。

自從戒菸以後，好像變胖了。

4 この時計_{とけい}は１、２分_{ふんおく}遅_{おく}れ気味_{ぎみ}です。

這錶常會慢一兩分。

5 疲_{つか}れ気味_{ぎみ}なので、休憩_{きゅうけい}します。

有點累，我休息一下。

012

Track N3
1-12

● 〜（っ）きり

1.只有…；2.全心全意地…；3.自從…就一直…

➡ ❶【限定】{名詞}＋（っ）きり。接在名詞後面，表示限定，也就是只有這些的範圍，除此之外沒有其它，相當於「〜だけ」、「〜しか〜ない」，如例(1)、(2)。

❷〖一直〗{動詞ます形}＋（っ）きり。表示不做別的事，全心全意做某一件事，如例(3)。

❸【不變化】{動詞た形；これ／それ／あれ}＋（っ）きり。表示自此以後，便未發生某事態，後面常接否定，如例(4)、(5)。

1 今度は二人きりで会いましょう。

下次就我們兩人出來見面吧！

➡ 例句

2 今持っているのは 300 円きりだ。

現在手頭上只有三百圓而已。

3 難病にかかった娘を付ききりで看病した。

全心全意地照顧罹患難治之症的女兒。

4 息子は、10 年前に出て行ったきり、連絡さえ寄越さない。

我兒子自從十年前離家之後，就完全斷了音訊。

5 橋本とは、あれっきりだ（＝あのとき会ったきりでその後会っていない）。生きているのかどうかさえ分からない。

我和橋本從那次以後就沒再見過面了。就連他是死是活都不曉得。

013

Track N3
1-13

● ～きる、きれる、きれない

1.…完、完全、到極限；2.充分…、堅決…；完結

➡ {動詞ます形}＋切る、切れる、切れない

- ❶【完了】表示行為、動作做到完結、竭盡、堅持到最後，或是程度達到極限，相當於「終わりまで～する」，如例(1)～(3)。
- ❷【極其】表示擁有充分實現某行為或動作的自信，相當於「十分に～する」，如例(4)、(5)。
- ❸【切斷】原本有切斷的意思，後來衍生為使結束，甚至使斷念的意思。例如「彼との関係を完全に断ち切る／完全斷絕與他的關係」。

1 いつの間にか、お金を使いきってしまった。

不知不覺，錢就花光了。

→ **例句**

2 夫はもう１か月も休みなしで働き、疲れ切っている。	丈夫整整一個月不眠不休地工作，已經疲累不堪。
3 すみません。そちらはもう売り切れました。	不好意思，那項商品已經銷售一空了。
4 「あの人とは何もなかったって言い切れるの？」「ああ、もちろんだ。」	「你敢發誓和那個人毫無曖昧嗎？」「是啊，當然敢啊！」
5 犯人は分かりきっている。小原だ。でも、証拠がない。	我已經知道兇手是誰了——是小原幹的！但是，我沒有證據。

014

Track N3 1-14

● **〜くせに**

雖然…，可是…、…，卻…

→ {名詞の；形容動詞詞幹な；[形容詞・動詞] 普通形}＋くせに

【不符情況】表示逆態接續。用來表示根據前項的條件，出現後項讓人覺得可笑的、不相稱的情況。全句帶有譴責、抱怨、反駁、不滿、輕蔑的語氣。批評的語氣比「のに」更重，較為口語。

1 芸術なんか分からないくせに、偉そうなことを言うな。

明明不懂藝術，別在那裡說得像真的一樣。

→ **例句**

2 子どものくせに、偉そうことを言うな。	只是個小孩子，不可以說那種大話！
3 お前、ほんとはマージャン強いくせに、初めはわざと負けただろう。	我說你啊，明明很會打麻將，一開始卻故意輸給我，對吧？

| 4 彼女が好きなくせに、嫌いだと言い張っている。 | 明明喜歡她，卻硬説討厭她。 |
| 5 お金もそんなにないくせに、買い物ばかりしている。 | 明明沒什麼錢，卻一天到晚買東西。 |

～くらい（ぐらい）～はない、ほど～はない

沒什麼是…、沒有…像…一樣、沒有…比…的了

➡ {名詞}＋くらい（ぐらい）＋{名詞}＋はない；{名詞}＋ほど＋{名詞}＋はない

❶【最上級】表示前項程度極高，別的東西都比不上，是「最…」的事物，如例(1)～(3)。

❷〖特定個人→いない〗當前項主語是特定的個人時，後項不會使用「ない」，而是用「いない」，如例(4)、(5)。

1 母の作る手料理くらいおいしいものはない。

沒有什麼東西是像媽媽親手做的料理一樣美味的。

➡ 例句

2 富士山くらい美しい山はない。	再沒有比富士山更美麗的山岳了！
3 渋谷ほど楽しい街はない。	沒有什麼街道是比澀谷還好玩的了。
4 彼ほど沖縄を愛した人はいない。	沒有人比他還愛沖縄。
5 お母さんくらいいびきのうるさい人はいない。	再沒有比媽媽的鼾聲更吵的人了。

● ～くらい (だ)、ぐらい (だ)

1. 幾乎…、簡直…、甚至…；2. 這麼一點點

➡ {名詞；形容動詞詞幹な；[形容詞・動詞] 普通形}＋くらい (だ)、ぐらい (だ)

❶【程度】用在為了進一步説明前句的動作或狀態的極端程度，舉出具體事例來，相當於「～ほど」，如例(1)～(4)。

❷【蔑視】説話者舉出微不足道的事例，表示要達成此事易如反掌，如例(5)。

1 田中さんは美人になって、本当にびっくりするくらいでした。

田中小姐變得那麼漂亮，簡直叫人大吃一驚。

➡ **例句**

2 ふるさとは、降りる駅を間違えたかと思うくらい、都会になっていた。

故郷變成了一座都市，（全新的樣貌）甚至讓我以為下錯車站了。

3 マラソンのコースを走り終わったら、疲れて一歩も歩けないくらいだった。

跑完馬拉松全程，精疲力竭到幾乎一步也踏不出去。

4 この作業は、誰でもできるくらい簡単です。

這項作業簡單到不管是誰都會做。

5 中学の数学ぐらい、教えられるよ。

只不過是中學程度的數學，我可以教你啊。

● ～くらいなら、ぐらいなら

與其…不如…、要是…還不如…

➡ {動詞普通形}＋くらいなら、ぐらいなら

【極端事例】表示與其選前者，不如選後者，是一種對前者表示否定、厭惡的説法。常跟「ましだ」相呼應，「ましだ」表示兩方都不理想，但比較起來，還是某一方好一點。

1 途中でやめるくらいなら、最初からやるな。

與其要半途而廢，不如一開始就別做！

➡ 例句

2 三流大学に行くくらいなら、高卒で就職した方がいい。

若是要讀三流大學，還不如高中畢業後就去工作。

3 後悔するくらいなら、ケーキ食べたりしなければいいのに。

與其現在後悔，當初別吃蛋糕就好了。

4 あんな男と結婚するぐらいなら、一生独身の方がましだ。

與其要和那種男人結婚，不如一輩子單身比較好。

5 借金するぐらいなら、最初から浪費しなければいい。

如果會落到欠債的地步，不如一開始就別揮霍！

018

Track N3
1-18

● ～こそ

1. 正是…、才（是）…；2. 唯有…才…

➡ **❶【強調】**{名詞}＋こそ。表示特別強調某事物，如例(1)、(2)。
　❷〖結果得來不易〗{動詞て形}＋こそ。表示只有當具備前項條件時，後面的事態才會成立。表示這樣做才能得到好的結果，才會有意義。後項一般是接續褒意，是得來不易的好結果。如例(3)～(5)。

1「ありがとう。」「私こそ、ありがとう。」

「謝謝。」「我才該向你道謝。」

➡ 例句

2 私には、この愛こそ生きる全てです。 | 對我而言，這份愛就是生命的一切。

3 誤りを認めてこそ、立派な指導者と言える。 | 唯有承認自己的錯，才叫了不起的領導者。

4 苦しいときを乗り越えてこそ、幸せの味が分かるのだ。 | 唯有熬過艱困的時刻，更能體會到幸福的滋味喔。

5 あなたがいてこそ、私が生きる意味があるんです。 | 只有你陪在我身旁，我才有活著的意義。

019

● ～ことか

多麼…啊

➡ {疑問詞}＋{形容動詞詞幹な；[形容詞・動詞]普通形}＋ことか

❶【感慨】表示該事態的程度如此之大，大到沒辦法特定，含有非常感慨的心情，常用於書面，相當於「非常に～だ」，前面常接疑問詞「どんなに（多麼）、どれだけ（多麼）、どれほど（多少）」等，如例(1)～(3)。

❷〖口語〗另外，用「～ことだろうか」、「ことでしょうか」也可表示感歎，常用於口語，如例(4)、(5)。

1 あなたが子どもの頃は、どんなにかわいかったことか。

你小時候多可愛啊！

➡ 例句

2 あの人の妻になれたら、どれほど幸せなことか。 | 如果能夠成為那個人的妻子，不知道該是多麼幸福呢。

3 こんなにたくさんの食べ物が毎日捨てられ
ているとは、なんともったいないことか。

每天都丟掉這麼多食物，實在太浪費了！

4 テレビもネットもないホテルで、どれだけ
退屈したことだろうか。

那時待在既沒有電視也沒有網路的旅館裡，要說有多無聊就有多無聊。

5 子どものときには、お正月をどんなに喜ん
だことでしょうか。

小時候，每逢過年，真不曉得有多麼開心呀。

---

020 Track N3 1-20

～ことだ

1. 就得…、應當…、最好…；2. 非常…

➡ ❶【忠告】{動詞辭書形；動詞否定形}＋ことだ。説話人忠告對方，某行為是正確的或應當的，或某情況下將更加理想，口語中多用在上司、長輩對部屬、晚輩，相當於「～したほうがよい」，如例(1)～(3)。
❷【各種感情】{形容詞辭書形；形容動詞詞幹な}＋ことだ。表示説話人對於某事態有種感動、驚訝等的語氣，如例(4)、(5)。

1 大会に出たければ、がんばって練習するこ
とだ。

如果想出賽，就要努力練習。

➡ 例句

2 文句があるなら、はっきり言うことだ。

如果有什麼不滿，最好要説清楚。

3 痩せたいのなら、間食、夜食をやめることだ。

如果想要瘦下來，就不能吃零食和消夜。

4 子どもが子どもを殺すとは、恐ろしいこと
です。

兒童殺死兒童，實在太可怕了。

5 孫の結婚式に出られるなんて、本当にうれ
しいことだ。

能夠參加孫子的婚禮，這事真教人高興哪！

N 3

219

～ことにしている

都…、向來…

→ {動詞普通形}＋ことにしている

【習慣】表示個人根據某種決心，而形成的某種習慣、方針或規矩。翻譯上可以比較靈活。

1 自分は毎日 12 時間、働くことにしている。
我每天都會工作十二個小時。

→ 例句

2 毎晩 12 時に寝ることにしている。
我每天都會到晚上十二點才睡覺。

3 休日は家でゆったりと過ごすことにしている。
每逢假日，我都是在家悠閒度過。

4 家事は夫婦で半分ずつやることにしています。
家事決定由夫妻各做一半。

5 正月はスキーに行くことにしていたが、風邪をひいてしまった。
原本打算過年時去滑雪，結果感冒了。

～ことになっている、こととなっている

按規定…、預定…、將…

→ {動詞辭書形；動詞否定形}＋ことになっている、こととなっている

【約定】表示結果或定論等的存續。表示客觀做出某種安排，像是約定或約束人們生活行為的各種規定、法律以及一些慣例。

1 夏休みの間、家事は子どもたちがすること
になっている。

暑假期間，説好家事是小孩們要做的。

→ 例句

2 うちの会社は、福岡に新しい工場を作るこ
とになっている。

我們公司決定在福岡設立一
座新工廠。

3 隊長が来るまで、ここに留まることになっ
ています。

按規定要留在這裡，一直到
隊長來。

4 この決まりは、2年後に見直すこととなっ
ている。

這項規則將於兩年後重新檢
討。

5 社長はお約束のある方としかお会いしない
こととなっております。

董事長的原則是只和事先約
好的貴賓見面。

023

Track N3
1-23

● 〜ことはない

1. 用不著…；3. 不是…、並非…；4. 沒…過、不曾…

→ ❶【勸告】{動詞辭書形}＋ことはない。表示鼓勵或勸告別人，沒有做某
行為的必要，相當於「〜する必要はない」，如例(1)。
❷〔口語〕口語中可將「ことはない」的「は」省略，如例(2)。
❸【不必要】用於否定的強調，如例(3)。
❹【經驗】{[形容詞・形容動詞・動詞]た形}＋ことはない。表示以往沒
有過的經驗，或從未有的狀態，如例(4)、(5)。

1 時間は十分あるから、慌てることはない。

時間還十分充裕，不需要慌張。

例句

2 人がちょっと言い間違えたからって、そんなに笑うことないでしょう。

> 人家只不過是不小心講錯話而已，何必笑成那樣前仰後合的呢？

3 失恋したからってそう落ち込むな。この世の終わりということはない。

> 只不過是區區失戀，別那麼沮喪啦！又不是世界末日來了。

4 日本に行ったことはないが、日本人の友達は何人かいる。

> 我雖然沒去過日本，但有幾個日本朋友。

5 親友だと思っていた人に恋人を取られた。あんなに苦しかったことはない。

> 我被一個原以為是姊妹淘的好友給搶走男朋友了。我從不曾嘗過那麼痛苦的事。

024

● ～さい（は）、さいに（は）

…的時候、在…時、當…之際

→ {名詞の；動詞普通形}＋際、際は、際に（は）

【時候】表示動作、行為進行的時候。相當於「～ときに」。

1 仕事の際には、コミュニケーションを大切にしよう。

在工作時，要著重視溝通。

例句

2 引っ越しの際の手続きは、水道、電気などいろいろある。

> 搬家時需辦理的手續包括水電帳戶的轉移等等。

3 お降りの際は、お忘れ物のないようご注意ください。

> 下車時請別忘了您隨身攜帶的物品。

4 何か変更がある際は、こちらから改めて連絡いたします。

若有異動時，我們會再和您聯繫。

5 パスポートを申請する際には写真が必要です。

申請護照時需要照片。

～さいちゅうに、さいちゅうだ

正在…

➡ {名詞の；動詞て形＋いる}＋最中に、最中だ

❶【進行中】「～最中だ」表示某一行為、動作正在進行中，「～最中に」常用在某一時刻，突然發生了什麼事的場合，相當於「～している途中に、している途中だ」，如例(1)～(4)。

❷〖省略に〗有時會將「最中に」的「に」省略，只用「～最中」，如例(5)。

1 例の件について、今検討している最中だ。

那個案子，現在正在檢討中。

➡ **例句**

2 大事な試験の最中に、急におなかが痛くなってきた。

在重要的考試時，肚子突然痛起來。

3 この暑い最中に、停電で冷房が効かない。

在最熱的時候卻停電了，冷氣機無法運轉。

4 放送している最中に、非常ベルが鳴り出した。

廣播時警鈴突然響起來了。

5 試合の最中、急に雨が降り出した。

正在考試的時候，突然下起了雨。

～さえ、でさえ、とさえ

1. 連…、甚至…；2. 就連…也…；3. 甚至

➜ {名詞＋（助詞）}＋さえ、でさえ、とさえ；{疑問詞…}＋かさえ；{動詞意向形}＋とさえ

❶【舉例】表示舉出的例子都不能了，其他更不必提，相當於「～すら、～でも、～も」，如例(1)～(3)。

❷【程度】表示比目前狀況更加嚴重的程度，如例(4)。

❸〔實際狀況〕表示平常不那麼認為，但實際是如此，如例(5)。

1 私でさえ、あの人の言葉にはだまされました。

就連我也被他的話給騙了。

➜ 例句

2 1年前は、「あいうえお」さえ書けなかった。	一年前連「あいうえお」都不會寫。
3 こんな字は初めて見ました。何語の字かさえ分かりません。	這種文字我還是頭一回看到，就連是什麼語言的文字都不知道。
4 電気もガスも、水道さえ止まった。	包括電氣、瓦斯，就連自來水也全都沒供應了。
5 失恋が辛くて、死にたいとさえ思ってしまいます。	失戀實在太痛苦，甚至有想死的念頭。

027

● さえ～ば、さえ～たら

只要…（就）…

➜ {名詞}＋さえ＋{[形容詞・形容動詞・動詞]假定形}＋ば、たら

❶【條件】表示只要某事能夠實現就足夠了，強調只需要某個最低限度或唯一的條件，後項即可成立，相當於「～その条件だけあれば」，如例(1)～(4)。

❷〔惋惜〕表達說話人後悔、惋惜等心情的語氣，如例(5)。

1 手続きさえすれば、誰でも入学できます。
  只要辦手續，任何人都能入學。

➡ 例句

2 道が混みさえしなければ、空港まで 30 分で着きます。 | 只要不塞車，三十分鐘就可以抵達機場。

3 この試合にさえ勝てば、全国大会に出られる。 | 只要贏得這場比賽，就可以參加全國大賽。

4 君の歌さえよかったら、すぐでもコンクールに出場できるよ。 | 只要你歌唱得好，馬上就能參加試唱會！

5 私があんなことさえ言わなければ、妻は出て行かなかっただろう。 | 要是我當初沒説那種話，想必妻子也不至於離家出走吧。

028

● （さ）せてください、（さ）せてもらえますか、（さ）せてもらえませんか

請讓…、能否允許…、可以讓…嗎？

➡ {動詞否定形（去ない）；サ變動詞詞幹}＋（さ）せてください、（さ）せてもらえますか、（さ）せてもらえませんか

【許可】「（さ）せてください」用在想做某件事情前，先請求對方的許可。「（さ）せてもらえますか」、「（さ）せてもらえませんか」表示徵詢對方的同意來做某件事情。以上三個句型的語氣都是客氣的。

1 課長、その企画は私にやらせてください。
  課長，那個企劃請讓我來做。

➡ 例句

2 お願い、子どもに会わせてください。 | 拜託你，請讓我見見孩子。

3 今日はこれで帰らせてもらえますか。　　請問今天可以讓我回去了嗎？

4 お嬢さんと結婚させてください。　　請同意我和令千金結婚。

5 海外転勤ですか…。家族と相談させてもらえますか。　　調派到國外上班嗎…，可以讓我和家人商量一下嗎？

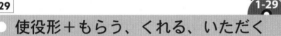

029

● 使役形＋もらう、くれる、いただく

請允許我…、請讓我…

➡ {動詞使役形}＋もらう、くれる、いただく

❶【許可】使役形跟表示請求的「もらえませんか、いただけませんか、いただけますか、ください」等搭配起來，表示請求允許的意思，如例(1)、(2)。

❷〔恩惠〕如果使役形跟「もらう、いただく、くれる」等搭配，就表示由於對方的允許，讓自己得到恩惠的意思，如例(3)～(5)。

1 詳しい説明をさせてもらえませんか。

可以容我做詳細的説明嗎？

➡ 例句

2 それはぜひ弊社にやらせていただけませんか。　　那件工作能否務必交由敝公司承攬呢？

3 ここ1週間ぐらい休ませてもらったお陰で、体がだいぶ良くなった。　　多虧您讓我休息了這個星期，我的身體狀況好轉了許多。

4 父は土地を売って、大学院まで行かせてくれた。　　父親賣了土地，供我讀到了研究所。

5 姉は、自分の大切なものでもいつも私に使わせてくれました。　　以前姊姊即使是自己珍惜的東西也總是讓我用。

～しかない

只能…、只好…、只有…

➡ {動詞辭書形}＋しかない

【限定】表示只有這唯一可行的，沒有別的選擇，或沒有其它的可能性，
用法比「～ほかない」還要廣，相當於「～だけだ」。

1 病気になったので、しばらく休業するしかない。

因為生病，只好暫時歇業了。

➡ 例句

2 知事になるには、選挙で勝つしかない。

要當上知事，就只有打贏選戰了。

3 こんな会社で働くのはもう嫌だ。やめるしかない。

我再也不想在這種公司工作了！只有辭職一途了！

4 こうなったら、やるしかない。

事到如此，我只能咬牙做了。

5 もう我慢できない。離婚するしかない。

我再也無法忍受了！只能離婚了！

N
3

～せいか

可能是（因為）…、或許是（由於）…的緣故吧

➡ {名詞の；形容動詞詞幹な；[形容詞・動詞] 普通形}＋せいか

❶【原因】表示不確定的原因，說話人雖無法斷言，但認為也許是因為前項的關係，而產生後項負面結果，相當於「～ためか」，如例(1)～(4)。

❷〔正面結果〕後面也可接正面結果，如例(5)。

1 年のせいか、体の調子が悪い。

也許是年紀大了，身體的情況不太好。

227

⇒ 例句

2 暑いせいか、頭がボーッとする。

可能是太熱的緣故，腦筋一片呆滯。

3 このゲームは、遊び方が複雑なせいか、評判が悪い。

這種電玩遊戲可能是玩法太複雜，以致於評價很差。

4 日本の漢字に慣れたせいか、繁体字が書けなくなった。

可能是因為已經習慣寫日本的漢字，結果變成不會寫繁體字了。

5 要点をまとめておいたせいか、上手に発表できた。

或許是因為有事先整理重點，所以發表得很好。

032

● **〜せいで、せいだ**

由於…、因為…的緣故、都怪…

⇒ {名詞の；形容動詞詞幹な；[形容詞・動詞] 普通形}＋せいで、せいだ

❶【原因】表示發生壞事或會導致某種不利的情況的原因，還有責任的所在。「せいで」是「せいだ」的中頓形式。相當於「〜が原因だ、〜ため」，如例(1)〜(3)。

❷〔否定句〕否定句為「せいではなく、せいではない」，如例(4)。

❸〔疑問句〕疑問句會用「せい＋表推量的だろう＋疑問終助詞か」，如例(5)。

1 おやつを食べ過ぎたせいで、太った。

因為吃了太多的點心，所以變胖了。

⇒ 例句

2 家族を捨てて出て行った父のせいで、母は大変な苦労をした。

由於父親拋下家人離開了，使得母親受盡了千辛萬苦。

3 霧が濃いせいで、遠くまで見えない。

由於濃霧影響視線，因此無法看到遠處。

4 うまくいかなかったのは、君のせいじゃなく、僕のせいでもない。

事情之所以不順利，原因既不在你身上，也不是我的緣故。

5 またスマホが壊れた。使い方が乱暴なせいだろうか。

智慧型手機又故障了。該不會是因為沒有妥善使用的緣故吧？

Track N3
1-33

● だけしか

只…、…而已、僅僅…

➡ {名詞}＋だけしか

【限定】限定用法。下面接否定表現，表示除此之外就沒別的了。比起單獨用「だけ」或「しか」，兩者合用更多了強調的意味。

1 私にはあなただけしか見えません。

我眼中只有你。

➡ 例句

2 僕の手元には、お金はこれだけしかありません。

我手邊只有這些錢而已。

3 新聞では、彼一人だけしか名前を出していない。

報紙上只有刊出他一個人的名字。

4 この果物は、今の季節だけしか食べられません。

這種水果只有現在這個季節才吃得到。

5 この辺りのバスは、朝に１本と夕方に１本だけしかない。

這附近的巴士，只有早上一班和傍晚一班而已。

● 〜だけ（で）

1. 光…就…；2. 只是…、只不過…

➡ {名詞；形容動詞詞幹な；[形容詞・動詞] 普通形}＋だけ（で）

❶【限定】表示不管有沒有實際體驗，都可以感受到，如例(1)、(2)。

❷〖限定範圍〗表示除此之外，別無其它，如例(3)〜(5)。

1 彼女と温泉なんて、想像するだけでうれし
くなる。

跟她去洗溫泉，光想就叫人高興了！

➡ 例句

2 あなたがいてくれるだけで、私は幸せなん
です。

只要有你陪在身旁，我就很幸福了。

3 後藤は口だけで、実行はしない男だ。

後藤是個舌燦蓮花，卻光說不練的男人。

4 ただ絵を描くのが好きなだけで、画家にな
りたいとは思っていません。

只是喜歡畫圖，沒想過要成為畫家。

5 名前と電話番号を登録するだけで、会員に
なれます。

只要登錄姓名和電話，就可以成為會員。

● 〜たとえ〜ても

即使…也…、無論…也…

➡ たとえ＋{動詞て形；形容詞く形}＋ても；たとえ＋{名詞；形容動詞詞幹}
＋でも

【逆接條件】表示讓步關係，即使是在前項極端的條件下，後項結果仍
然成立。相當於「もし〜だとしても」。

1 たとえ明日雨が降っても、試合は行われます。

明天即使下雨，比賽還是照常舉行。

→ 例句

2 たとえ給料が今の2倍でも、そんな仕事はしたくない。

就算給我現在的兩倍薪水，我也不想做那種工作。

3 たとえ費用が高くてもかまいません。

即使費用高也沒關係。

4 たとえ何を言われても、私は平気だ。

不管人家怎麼說我，我都不在乎。

5 たとえ家族が殺されても、犯人は死刑にすべきではないと思う。

就算我的家人遭到殺害，我也不認為凶手應該被處以死刑。

036

Track N3
1-36

● （た）ところ

…，結果…

→ {動詞た形}＋ところ

【順接】這是一種順接的用法，表示因某種目的去作某一動作，但在偶然的契機下得到後項的結果。前後出現的事情，沒有直接的因果關係，後項經常是出乎意料之外的客觀事實。相當於「～した結果」。

1 事件に関する記事を載せたところ、大変な反響がありました。

去刊登事件相關的報導，結果得到熱烈的回響。

→ 例句

2 A社にお願いしたところ、早速引き受けてくれた。

去拜託Ａ公司，結果對方馬上就答應了。

3 夏に日本へ行ったところ、台北より暑かった。

夏天去到了日本，竟然比台北還熱。

4 N3 を受けてみたところ、受かった。

嘗試應考 N3 級測驗，結果通過了。

5 思い切って頼んでみたところ、ＯＫが出ました。

鼓起勇氣提出請託後，得到了對方 OK 的允諾。

037

● 〜たとたん（に）

剛…就…、剎那就…

→ {動詞た形}＋とたん（に）

【時間前後】表示前項動作和變化完成的一瞬間，發生了後項的動作和變化。由於説話人當場看到後項的動作和變化，因此伴有意外的語感，相當於「〜したら、その瞬間に」。

1 二人は、出会ったとたんに恋に落ちた。

両人一見鍾情。

● 例句

2 発車したとたんに、タイヤがパンクした。

才剛發車，輪胎就爆胎了。

3 ４月になったとたん、春の大雪が降った。

四月一到，突然就下了好大一場春雪。

4 バスを降りたとたんに、傘を忘れたことに気がついた。

一下巴士，就立刻發現把傘忘在車上了。

5 窓を開けたとたん、ハエが飛び込んできた。

一打開窗戶，蒼蠅立刻飛了進來。

～たび（に）

每次…、每當…就…

➡ {名詞の；動詞辭書形}＋たび（に）

❶【反覆】 表示前項的動作、行為都伴隨後項，　相當於「～するときはいつも～」，如例(1)～(4)。

❷〔變化〕 表示每當進行前項動作，後項事態也朝某個方向逐漸變化，如例(5)。

1 あいつは、会_あうたびに皮肉_{ひにく}を言_いう。

　　每次跟那傢伙碰面，他就冷嘲熱諷的。

➡ **例句**

2 健康診断_{けんこうしんだん}のたびに、血圧_{けつあつ}が高_{たか}いから塩分_{えんぶん}を
控_{ひか}えなさいと言_いわれる。

　　每次接受健康檢查時，醫生都說我血壓太高，要減少鹽分的攝取。

3 王_{おう}さんには、試験_{しけん}のたびにノートを借_かりている。

　　每次考試都向王同學借筆記。

4 夏_{なつ}が来_くるたびに、敗戦_{はいせん}の日_ひのことを思_{おも}い出_だす。

　　每當夏天來臨，就會想起戰敗那一天的事。

5 姉_{あね}の子_こどもに会_あうたび、大_{おお}きくなっていてびっくりしてしまう。

　　每回見到姊姊的小孩時，總是很驚訝怎麼長得那麼快。

～たら、だったら、かったら

要是…、如果…

➡ {動詞た形}＋たら；{名詞；形容詞詞幹}＋だったら；{形容詞た形}＋かったら

【假定條件】 前項是不可能實現，或是與事實、現況相反的事物，後面接上說話者的情感表現，有感嘆、惋惜的意思。

N3 日語文法・句型詳解

1 鳥のように空を飛べたら、楽しいだろうなあ。

如果能像鳥兒一樣在空中飛翔，一定很快樂啊！

➡ 例句

2 私がもっときれいだったら、告白できるん だけど。

假如我長得更漂亮一點，就 可以向他表白了。

3 もっと頭がよかったら、いい仕事に就けた のに。

要是我更聰明一些，就能找 到好工作了。

4 お金があったら、家が買えるのに。

如果有錢的話，就能買房子 的説。

5 若いころ、もっと勉強しておいたらよかった。

年輕時，要是能多唸點書就 好了。

040

Track N3
1-40

● ～たらいい（のに）なあ、といい（のに）なあ

…就好了

➡ {名詞；形容動詞詞幹}＋だといい（のに）なあ；{名詞；形容動詞詞幹} ＋だったらいい（のに）なあ；{[動詞・形容詞] 普通形現在形}＋とい い（のに）なあ；{動詞た形}＋たらいい（のに）なあ；{形容詞た形}＋ かったらいい（のに）なあ；{名詞；形容動詞詞幹}＋だったらいい（の に）なあ

❶【願望】表示前項是難以實現或是與事實相反的情況，表現說話者遺 憾、不滿、感嘆的心情，如例(1)～(3)。

❷〖單純希望〗「たらいいなあ」、「といいなあ」單純表示說話者所希望 的，並沒有在現實中是難以實現的，與現實相反的語意，如例(4)、(5)。

1 もう少し給料が上がったらいいのになあ。

薪水若能再多一點就好了！

➜ 例句

2 お庭がもっと広いといいのになあ。	庭院若能再大一點就好了！
3 あと 10 センチ背が高かったらいいのになあ。	如果我再高十公分該有多好啊。
4 赤ちゃんが女の子だといいなあ。	小孩如果是女生就好了！
5 日曜日、晴れたらいいなあ。	星期天若能放晴就好了！

041

Track N3
1-41

● 〜だらけ

全是…、滿是…、到處是…

➜ {名詞}＋だらけ

❶【樣態】表示數量過多，到處都是的樣子，不同於「まみれ」，「だらけ」前接的名詞種類較多，特別像是「泥だらけ（滿身泥巴）、傷だらけ（渾身傷）、血だらけ（渾身血）」等，相當於「〜がいっぱい」，如例(1)、(2)。

❷〖貶意〗常伴有「不好」、「骯髒」等貶意，是說話人給予負面的評價，如例(3)、(4)。

❸〖不滿〗前接的名詞也不一定有負面意涵，但通常仍表示對說話人而言有諸多不滿，如例(5)。

1 子どもは泥だらけになるまで遊んでいた。

孩子們玩到全身都是泥巴。

➜ 例句

2 道に人が血だらけになって倒れていた。	有個渾身是血的人倒在路上了。
3 あの人は借金だらけだ。	那個人欠了一屁股債。
4 冷蔵庫の上がほこりだらけだ。	冰箱上面布滿了灰塵。
5 桜が散って、車が花びらだらけになった。	櫻花飄落下來，整輛車身都沾滿了花瓣。

～たらどうですか、たらどうでしょう（か）

…如何、…吧

➡ {動詞た形}＋たらどうですか、たらどうでしょう（か）

❶【提議】用來委婉地提出建議、邀請，或是對他人進行勸說。儘管兩者皆為表示提案的句型，但「たらどうですか」說法較直接，「たらどうでしょう（か）」較委婉，如例(1)、(2)。

❷〖接連用形〗常用「動詞連用形＋てみたらどうですか、どうでしょう（か）」的形式，如例(3)。

❸〖省略形〗當對象是親密的人時，常省略成「～たらどう？」、「～たら？」的形式，如例(4)。

❹〖禮貌說法〗較恭敬的說法可將「どう」換成「いかが」，如例(5)。

1 そんなに嫌なら、別れたらどうですか。

既然這麼心不甘情不願，不如分手吧？

➡ 例句

2 直すより、新型を買ったらどうでしょう。｜ 與其修理，不如買個新款的吧？

3 そろそろＮ３を受けてみたらどうでしょう。｜ 差不多該試著報考 N3 級測驗了，你覺得怎麼樣？

4 たまには運動でもしたらどう？｜ 我看，偶爾還是運動一下比較好吧？

5 熱があるなら、今日はもうお帰りになったらいかがですか。｜ 既然發燒了，我看您今天還是回去比較妥當吧？

～ついでに

順便…、順手…、就便…

➲ {名詞の；動詞普通形}＋ついでに

【附加】表示做某一主要的事情的同時，再追加順便做其他件事情，後者通常是附加行為，輕而易舉的小事，相當於「～の機会を利用して、～をする」。

1 知人を訪ねて京都に行ったついでに、観光をしました。

到京都拜訪朋友，順便觀光了一下。

➲ 例句

2 東京出張のついでに埼玉の実家にも寄ってきた。

利用到東京出差時，順便也繞去位在埼玉的老家探望。

3 先生のお見舞いのついでに、デパートで買い物をした。

到醫院去探望老師，順便到百貨公司買東西。

4 風邪で医者に行ったついでに、指のけがも見てもらった。

因為感冒而去找醫師，順便請醫師看了手指上的傷口。

5 いつも、晩ご飯を作るついでに、翌日のお弁当の用意もしておく。

平常總是在做晚飯時，順便準備好隔天的便當。

044

Track N3
1-44

● ～っけ

是不是…來著、是不是…呢

➲ {名詞だ（った）；形容動詞詞幹だ（った）；[動詞・形容詞] た形}＋っけ

【確認】用在想確認自己記不清，或已經忘掉的事物時。「っけ」是終助詞，接在句尾。也可以用在一個人自言自語，自我確認的時候。當對象為長輩或是身分地位比自己高時，不會使用這個句型。

1 ところで、あなたは誰だっけ。

話說回來，請問你哪位來著？

⇒ 例句

2 約束は 10 時だったっけ。 | 是不是約好十點來著？

3 あの映画、そんなに面白かったっけ。 | 那部電影真的那麼有趣嗎？

4 ここ、来たことなかったっけ。 | 這裡，沒來過嗎？

5 さて、寝るか。もう歯磨きはしたんだっけ。 | 好了，睡覺吧。刷過牙了嗎？

045

Track N3
1-45

● ～って

1. 他説…、人家説…；2. 聽説…、據説…

⇒ {名詞(んだ)；形容動詞詞幹な(んだ)；[形容詞・動詞]普通形(んだ)}+って

❶【引用】表示引用自己聽到的話，相當於表示引用句的「と」，重點在引用，如例(1)～(3)。

❷【傳聞】也可以跟表説明的「んだ」搭配成「んだって」，表示從別人那裡聽説了某信息，如例(4)、(5)。

1 駅の近くにおいしいラーメン屋があるって。
聽（朋友）説在車站附近有家美味的拉麵店。

⇒ 例句

2 田中君、急に用事を思い出したから、少し時間に遅れるって。 | 田中説突然想起有急事待辦，所以會晚點到。

3 天気予報では、午後から涼しいって。 | 聽氣象預報説，下午以後天氣會轉涼。

4 食べるのは好きだけど飲むのは嫌いなんだって。 | 他説他很喜歡大快朵頤，卻很討厭喝杯小酒。

5 高田さん、森村さんに告白したんだって。 | 聽説高田先生向森村小姐告白了喔。

⬤ 〜って（いう）、とは、という（のは）（主題・名字）

1. 所謂的…、…指的是；2. 叫…的、是…、這個…

➡ ❶【話題】{名詞}＋って、とは、というのは。表示主題，前項為接下來
話題的主題內容，後面常接疑問、評價、解釋等表現，「って」為隨便
的口語表現，「とは、というのは」則是較正式的説法，如例(1)～(3)。

❷〖短縮〗{名詞}＋って（いう）、という＋{名詞}。表示提示事物的
名稱，如例(4)、(5)。

1 日本語って、思ったより難しいですね。

日文比想像中還要困難呢。

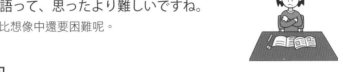

N
3

➡ 例句

2 食べ放題とは、食べたいだけ食べてもいい
ということです。

所謂的吃到飽，意思就是想
吃多少就可以吃多少。

3 アリバイというのは、何のことですか。

不在場證明是什麼意思啊？

4 村上春樹っていう作家、知ってる？

你知道村上春樹這個作家
嗎？

5 日本にも台湾にも、「松山」という地名がある。

在日本和在台灣都有「松山」
這個地名。

⬤ 〜っぱなしで、っぱなしだ、っぱなしの

1. …著；2. 一直…、總是…

➡ {動詞ます形}＋っ放しで、っ放しだ、っ放しの

❶【放任】「はなし」是「はなす」的名詞形。表示該做的事沒做，放任
不管、置之不理。大多含有負面的評價。如例(1)～(3)。

❷【持續】表示相同的事情或狀態，一直持續著。如例(4)。

❸〖後接N〗使用「っ放しの」時，後面要接名詞，如例(5)。

1 蛇口を閉めるのを忘れて、水が流れっ放し
だった。

忘記關水龍頭，就讓水一直流著。

➡ 例句

2 ゆうべは暑かったので、窓を開けっ放しで
寝た。

昨晚很熱，所以開著窗子睡
覺了。

3 靴は脱ぎっぱなしにしないで、ちゃんと揃
えなさい。

不要脫了鞋子就扔在那裡，
把它擺放整齊。

4 私の仕事は、1日中ほとんどずっと立ちっ
放しです。

我的工作幾乎一整天都是站
著的。

5 偉い人たちに囲まれて、緊張しっ放しの3
時間でした。

身處於大人物們之中，度過
了緊張不已的三個小時。

048

Track N3
1-48

● ～っぽい

看起來好像…、感覺像…

➡ {名詞；動詞ます形}＋っぽい

【傾向】接在名詞跟動詞連用形後面作形容詞，表示有這種感覺或有這種
傾向。與語氣具肯定評價的「らしい」相比，「っぽい」較常帶有否定
評價的意味。

1 君は、浴衣を着ていると女っぽいね。

你一穿上浴衣，就很有女人味唷！

➡ 例句

2 あの黒っぽいスーツを着ているのが村山さ
んです。

穿著深色套裝的那個人是村
山小姐。

3 彼は短気で、怒りっぽい性格だ。

他的個性急躁又易怒。

4 その本の内容は、子どもっぽすぎる。

這本書的內容太幼稚了。

5 あの人は忘れっぽくて困る。

那個人老忘東忘西的，真是傷腦筋。

049

～ていらい

自從…以來，就一直…、…之後

➡ ❶【起點】{動詞て形}＋以来。表示自從過去發生某事以後，直到現在為止的整個階段，後項是一直持續的某動作或狀態，跟「～てから」相似，是書面語，如例(1)～(3)。

❷〖サ変動詞的N＋以来〗{サ変動詞語幹}＋以来，如例(4)、(5)。

1 手術をして以来、ずっと調子がいい。

手術完後，身體狀況一直很好。

➡ 例句

2 彼女は嫁に来て以来、一度も実家に帰っていない。

自從她嫁過來以後，就沒回過娘家。

3 子どもができて以来、お酒は飲んでいない。

自從有孩子以後就不喝酒了。

4 わが社は創立以来、成長を続けている。

自從本公司設立以來，便持續地成長。

5 福田さんは、入学以来いつも成績が学年で一番だ。

自入學以來，福田同學的成績總是保持全學年的第一名。

050

～てからでないと、てからでなければ

不…就不能…、不…之後，不能…、…之前，不…

➡ {動詞て形}＋からでないと、からでなければ

　　【條件】表示如果不先做前項，就不能做後項。相當於「～した後でなければ」。

1 準備体操をしてからでないと、プールに入ってはいけません。

　　不先做暖身運動，就不能進游泳池。

➡ 例句

2 ご飯を全部食べてからでないと、アイスを食べてはいけません。

除非把飯全部吃完，否則不可以吃冰淇淋。

3 仕事が終わってからでないと、時間が取れません。

除非等到下班以後，否則抽不出空。

4 病気が完全に治ってからでなければ、退院できません。

疾病沒有痊癒之前，就不能出院的。

5 よく調べてからでなければ、原因についてはっきりしたことは言えない。

除非經過仔細的調查，否則無法斷言事發原因。

051

Track N3
1-51

● ～てくれと

給我…

➡ {動詞て形}＋くれと

　　【命令】後面常接「言う（説）」、「頼む（拜託）」等動詞，表示引用某人下的強烈命令，或是要別人替自己做事的內容這個某人的地位比聽話者還高，或是輩分相等，才能用語氣這麼不客氣的命令形。

1 社長に、タクシーを呼んでくれと言われました。

　　社長要我幫他叫台計程車。

⤳ **例句**

2 友達にお金を貸してくれと頼まれた。 | 朋友拜託我借他錢。

3 そのことは父には言わないでくれと彼に頼んだ。 | 我拜託他那件事不要告訴我父親。

4 今朝木村さんに、早く報告書を出してくれと言われたんだ。 | 今早木村先生叫我盡快把報告書交出來。

5 彼氏の友達に、親友の恵ちゃんを紹介してくれと頼まれた。 | 男友的朋友拜託我把手帕交的小惠介紹給他認識。

052

Track N3 1-52

● **〜てごらん**

…吧、試著…

⤳ {動詞て形}＋ごらん

❶【嘗試】用來請對方試著做某件事情。說法比「〜てみなさい」客氣，但還是不適合對長輩使用，如例(1)〜(4)。

❷〖漢字〗「〜てごらん」為「〜てご覧なさい」的簡略形式，有時候也會用未簡略的原形。使用未簡略的形式時，通常會用「覽」的漢字書寫，而簡略時則常會用假名表記呈現，「〜てご覽なさい」用法如例(5)。

1 目をつぶって、森の音を聞いてごらん。
閉上眼睛，聽聽森林的聲音吧！

⤳ **例句**

2 川に飛び込んでごらん、ここからなら危なくないよ。 | 試試跳進河裡，從這裡下去不會危險喔。

3 見てごらん、虹が出ているよ。 | 你看，彩虹出來囉！

4 これ、すごくおもしろかったから、読んで｜這個，有意思極了，你讀一
ごらんよ。｜讀嘛！

5 これは「もんじゃ焼き」っていうのよ。ちょっ｜這東西就叫做文字燒喔！你
と食べてご覧なさい。｜吃吃看！

053

● 〜て (で) たまらない

非常…、…得受不了

➡ {[形容詞・動詞] て形}＋たまらない；{形容動詞詞幹}＋でたまらない

❶【感情】指説話人處於難以抑制，不能忍受的狀態，前接表達感覺、感
情的詞，表示説話人強烈的感情、感覺、慾望等，相當於「〜てしか
たがない、〜非常に」，如例(1)〜(4)。

❷〖重複〗可重複前項以強調語氣，如例(5)。

1 勉強が辛くてたまらない。

書唸得痛苦不堪。

➡ 例句

2 低血圧で、朝起きるのが辛くてたまらない。｜因為患有低血壓，所以早上
起床時非常難受。

3 N1 に合格して、うれしくてたまらない。｜通過 N1 級測驗，簡直欣喜
若狂。

4 最新のコンピューターが欲しくてたまらない。｜想要新型的電腦，想要得不
得了。

5 あの人のことが憎くて憎くてたまらない。｜我對他恨之入骨。

054

● 〜て (で) ならない

…得受不了、非常…

➥ {[形容詞・動詞] て形}＋ならない；{名詞；形容動詞詞幹}＋でならない

❶【感情】表示因某種感受十分強烈，達到沒辦法控制的程度，相當於「～てしょうがない」等，如例(1)、(2)。

❷〔接自發性動詞〕不同於「～てたまらない」，「～てならない」前面可以接「思える（看來）、 泣ける（忍不住哭出來）、 気になる（在意）」等非意志控制的自發性動詞，如例(3)～(5)。

1 新しいスマホがほしくてならない。

　非常渴望新款的智慧手機。

➥ 例句

2 老後が心配でならない。 | 對於晚年的人生擔心得要命。

3 日本はこのままではだめになると思えてならない。 | 實在不由得讓人擔心日本再這樣下去恐怕要完蛋了。

4 主人公がかわいそうで、泣けてならなかった。 | 主角太可憐了，讓人沒法不為他流淚。

5 彼女のことが気になってならない。 | 十分在意她。

055

Track N3 1-55

○ ～て (で) ほしい、てもらいたい

想請你…

➥ ❶【願望】{動詞て形}＋ほしい。表示對他人的某種要求或希望，如例(1)、(2)。

❷〔否定說法〕否定的説法有「ないでほしい」跟「てほしくない」兩種，如例(3)。

❸【請求】{動詞て形}＋もらいたい。表示想請他人為自己做某事，或從他人那裡得到好處，如例(4)、(5)。

1 袖の長さを直してほしいです。

　我希望你能幫我修改袖子的長度。

➡ 例句

2 思いやりのある子に育ってほしいと思います。 ｜ 我希望能將他培育成善解人意的孩子。

3 神田さんには、パーティーに来てほしくない。 ｜ 不希望神田先生來參加派對。

4 お父さんにたばこをやめてもらいたい。 ｜ 希望爸爸能夠戒菸。

5 インタビューするついでに、サインもしてもらいたいです。 ｜ 在採訪時，也希望您順便幫我簽個名。

056

Track N3
1-56

● ～てみせる

1. 做給…看；2. 一定要…

➡ {動詞て形}＋みせる

❶【示範】 表示為了讓別人能瞭解，做出實際的動作給別人看，如例(1)、(2)。
❷【意志】 表示說話人強烈的意志跟決心，含有顯示自己的力量、能力的語氣，如例(3)～(5)。

1 子どもに挨拶の仕方を教えるには、まず親がやってみせたほうがいい。

關於教導孩子向人請安問候的方式，最好先由父母親自示範給他們看。

➡ 例句

2 子どもの嫌いな食べ物は、親がおいしそうに食べてみせるといい。 ｜ 對於孩子討厭的食物，父母可以故意在孩子的面前吃得很美味給他看。

3 次のテストではきっと100点を取ってみせる。 ｜ 下次考試一定考一百分給你看！

4 あんな奴に負けるものか。必ず勝ってみせる。

5 今度こそ合格してみせる。

我怎麼可能會輸給那種傢伙呢！我一定贏給你看！

我這次絕對會通過測驗讓你看看的！

---

057 Track N3 1-57

● 命令形＋と

引用用法

➡ {動詞命令形}＋と

❶【直接引用】前面接動詞命令形、「な」、「てくれ」等，表示引用命令的內容，下面通常會接「怒る（生氣）、叱る（罵）、言う（説）」等和意思表達相關的動詞，如例(1)～(3)。

❷【間接引用】除了直接引用説話的內容以外，也表示間接的引用，如例(4)、(5)。

1 「窓口はもっと美人にしろ」と要求された。
有人要求「櫃檯的小姐要挑更漂亮的」。

➡ 例句

2 電話がかかってきて、「俺、俺。交通事故起こしちゃったから、300万円送ってくれ」と言われた。

3 「男ならもっとしっかりしろ」と叱られた。

4 次は必ず100点を取れと怒られた。

5 社長に、会社を辞めろと言われた。

電話打來説：「是我啦，我啦！我出車禍了，快送三百萬過來！」

我被罵説「是男人的話就振作點」。

被罵説下次一定要考一百分。

總經理對我説了要我辭職。

---

058 Track N3 1-58

● ～ということだ

1.聽説…、據説…；2.…也就是説…、這就是…

N3 日語文法・句型詳解

→ {簡體句}＋ということだ

❶【傳聞】表示傳聞，從某特定的人或外界獲取的傳聞。比起「…そう
だ」來，有很強的直接引用某特定人物的話之語感，如例(1)～(3)。

❷【結論】明確地表示自己的意見、想法之意，也就是對前面的內容加以
解釋，或根據前項得到的某種結論，如例(4)、(5)。

1 課長は、日帰りで出張に行ってきたという
ことだ。

聽説課長出差，當天就回來。

→ 例句

2 あの二人は離婚したということだ。

聽説那兩個人最後離婚了。

3 今、大人用の塗り絵がはやっているという
ことです。

目前正在流行成年人版本的
著色畫冊。

4 ご意見がないということは、皆さん、賛成
ということですね。

沒有意見的話，就表示大家
都贊成了吧！

5 芸能人に夢中になるなんて、君もまだまだ
若いということだ。

竟然會迷戀藝人，表示你還
年輕啦！

059

Track N3
1-59

● ～というより

與其説…，還不如説…

→ {名詞；形容動詞詞幹；[名詞・形容詞・形容動詞・動詞]普通形}＋と
いうより

【比較】表示在相比較的情況下，後項的説法比前項更恰當後項是對前項的
修正、補充或否定，比直接、毫不留情加以否定的「～ではなく」，説法還
要婉轉。

1 彼女は女優というより、モデルという感じ
ですね。

與其説她是女演員，倒不如説她是模特兒。

N
3

➡ **例句**

2 彼女は、きれいというよりかわいいですね。

> 與其説她漂亮，其實可愛更
> 為貼切唷。

3 好きじゃないというより、嫌いなんです。

> 與其説不喜歡，不如説討厭。

4 彼は、経済観念があるというより、けちな
んだと思います。

> 與其説他有經濟觀念，倒不
> 如説是小氣。

5 これは絵本だけれど、子ども向けというよ
り大人向けだ。

> 這雖是一本圖畫書，但與其
> 説是給兒童看的，其實更適
> 合大人閱讀。

060

Track N3
1-60

● **〜といっても**

雖説…，但…、雖説…，也並不是很…

➡ {名詞；形容動詞詞幹；[名詞・形容詞・形容動詞・動詞]普通形}＋といっ
ても

【讓步】表示承認前項的説法，但同時在後項做部分的修正，或限制的內
容，説明實際上程度沒有那麼嚴重。後項多是説話者的判斷。

1 貯金があるといっても、10万円ほどですよ。

雖説有存款，但也只有十萬日圓而已。

➡ **例句**

2 簡単といっても、さすがに3歳の子には無
理ですね。

> 就算很容易，畢竟才三歳的
> 小孩實在做不來呀！

3 距離は遠いといっても、車で行けばすぐです。 | 雖說距離遠，但開車馬上就到了。

4 はやっているといっても、若い女性の間だけです。 | 說是正在流行，其實僅限於年輕女性之間而已。

5 我慢するといっても、限度があります。 | 雖說要忍耐，但忍耐還是有限度的。

061

Track N3
1-61

〜とおり（に）

按照…、按照…那樣

➡ {名詞の；動詞辭書形；動詞た形}＋とおり（に）

【依據】表示按照前項的方式或要求，進行後項的行為、動作。

1 医師の言うとおり、薬を飲んでください。
　請按照醫生的指示吃藥。

➡ 例句

2 説明書の通りに、本棚を組み立てた。 | 按照說明書的指示把書櫃組合起來了。

3 先生に習ったとおり、送り仮名をつけた。 | 按照老師所教，寫送假名。

4 言われたとおりに、規律を守ってください。 | 請按照所說的那樣，遵守紀律。

5 勉強は好きではないが、両親の言う通り大学に行った。 | 雖然不喜歡讀書，還是依照父母的意願上了大學。

～どおり（に）

按照、正如…那樣、像…那樣

➡ {名詞}＋どおり（に）

【依據】「どおり」是接尾詞。表示按照前項的方式或要求，進行後項的行為、動作。

1 荷物を、指示どおりに運搬した。
行李依照指示搬運。

➡ **例句**

2 話は予想どおりに展開した。

事情就有如預料般地進展了下去。

3 「万一」とは、文字通りには「一万のうち一つ」ということで、「めったにないこと」を表す言葉です。

所謂的「萬一」，字面的意思就是「一萬分之一」，也就是用來表示「罕見的事」的語詞。

4 進み具合は、ほぼ計画どおりだ。

進度幾乎都依照計畫進行。

5 人生は、思い通りにならないことがいろいろ起こるものだ。

人生當中會發生許許多多無法順心如意的事。

～とか

好像…、聽説…

➡ {名詞；形容動詞詞幹；[名詞・形容詞・形容動詞・動詞]普通形}＋とか

【傳聞】用在句尾，接在名詞或引用句後，表示不確切的傳聞。比表示傳聞的「～そうだ」、「～ということだ」更加不確定，或是迴避明確説出。相當於「～と聞いている」。

N3 日語文法・句型詳解

1 当時はまだ新幹線がなかったとか。

聽説當時還沒有新幹線。

➡ 例句

2 昔、この辺は海だったとか。

據説這一帶從前是大海。

3 彼らは、みんな仲良しだとか。

聽説他們感情很好。

4 昨日はこの冬一番の寒さだったとか。

聽説昨天是今年冬天最冷的一天。

5 お嬢さん、京大に合格なさったとか。おめでとうございます。

聽説令千金考上京都大學了？恭喜恭喜！

064

Track N3
1-64

● ～ところだった

1.（差一點兒）就要…了、險些…了；2.差一點就…可是…

➡ {動詞辭書形}＋ところだった

❶ 【結果】表示差一點就造成某種後果，或達到某種程度，含有慶幸沒有造成那一後果的語氣，是對已發生的事情的回憶或回想，如例(1)～(3)。

❷ 〔懊悔〕「～ところだったのに」表示差一點就可以達到某程度，可是沒能達到，而感到懊悔，如例(4)、(5)。

1 もう少しで車にはねられるところだった。

差點就被車子撞到了。

➡ 例句

2 あっ、そうだ、忘れるところだった。明日、3時に向井さんが来るよ。

啊，對了，差點忘了！明天三點向井小姐會來喔。

3 もしあと5分遅かったら、大きな事故になるところでした。

若是再晚個五分鐘，就會發生嚴重的事故了。

4 もう少しで二人きりになれるところだった
のに、彼女が台無しにしたのよ。

原本就快要剩下我們兩人獨處了，結果卻被她壞了好事啦！

5 もう少しで優勝するところだったのに、最後の最後に1点差で負けてしまった。

本來就快要獲勝了呀，就在最後的緊要關頭以一分飲恨敗北。

● 〜ところに

…的時候、正在…時

➡ {名詞の；形容詞辭書形；動詞て形＋いる；動詞た形}＋ところに

【時點】表示行為主體正在做某事的時候，發生了其他的事情。大多用在妨礙行為主體的進展的情況，有時也用在情況往好的方向變化的時候。相當於「ちょうど〜しているときに」。

1 出かけようとしたところに、電話が鳴った。

正要出門時，電話鈴就響了。

➡ 例句

2 家の電話で話し中のところに、携帯電話もかかってきた。

就在以家用電話通話時，手機也響了。

3 ただでさえ忙しいところに、急な用事を頼まれてしまった。

已經忙得團團轉了，竟然還有急事插進來。

4 困っているところに先生がいらっしゃって、無事解決できました。

正在煩惱的時候，老師一來事情就解決了。

5 口紅を塗っているところに子どもが飛びついてきて、はみ出してしまった。

正在畫口紅時，小孩突然跑過來，口紅就畫歪了。

066

Track N3
1-66

～ところへ

…的時候、正當…時，突然…、正要…時，（…出現了）

➡ {名詞の；形容詞辭書形；動詞て形＋いる；動詞た形}＋ところへ

【時點】表示行為主體正在做某事的時候，偶然發生了另一件事，並對行為主體產生某種影響。下文多是移動動詞。相當於「ちょうど～しているときに」。

1 植木の世話をしているところへ、友達が遊びに来ました。

正要整理花草時，朋友就來了。

➡ **例句**

2 会議の準備で資料作成中のところへ、データが間違っていたという知らせが来た。

正忙著準備會議資料的時候，接到了數據有誤的通知。

3 洗濯物を干しているところへ、犬が飛び込んできた。

正在曬衣服時，小狗突然闖了進來。

4 宿題をやっているところへ、弟がじゃましに来た。

正在做功課的時候，弟弟來搞蛋了。

5 食事の支度をしているところへ、薫姉さんが来た。

當我正在做飯時，薰姊姊恰巧來了。

067

Track N3
1-67

～ところを

正…時、…之時、正當…時…

➡ {名詞の；形容動詞詞幹な；[形容詞・動詞]普通形}＋ところを

【時點】表示正當A的時候，發生了B的狀況。後項的B所發生的事，是

對前項Ａ的狀況有直接的影響或作用的行為。相當於「ちょうど〜しているときに」。

1 たばこを吸っているところを母に見つかった。

抽煙時，被母親撞見了。

➡ 例句

2 お取り込み中のところを、失礼いたします。

不好意思，在您百忙之中前來打擾。

3 係りの人が忙しいところを呼び止めて質問した。

職員正在忙的時候，我叫住他問問題。

4 警察官は泥棒が家を出たところを捕まえた。

小偷正要逃出門時，被警察逮個正著。

5 クラスメートをいじめているところを先生に見つかった。

正在霸凌同學的時候被老師發現了。

068

Track N3
1-68

● 〜として、としては

以…身份、作為…；如果是…的話、對…來說

➡ {名詞}＋として、としては

【立場】「として」接在名詞後面，表示身份、地位、資格、立場、種類、名目、作用等。有格助詞作用。

1 専門家として、一言意見を述べたいと思います。

我想以專家的身份，說一下我的意見。

➡ 例句

2 責任者として、状況を説明してください。

請以負責人的身份，說明一下狀況。

3 本の著者として、内容について話してくだ
さい。

請以本書作者的身份，談一
下本書的內容。

4 趣味として、書道を続けています。

作為興趣，我持續地寫書法。

5 今の彼は、恋人としては満足だけれど、結
婚相手としては収入が足りない。

現在的男友以情人來說雖然
無可挑剔，但若要當成結婚
的對象，他的收入卻不夠。

069

～としても

即使…，也…、就算…，也…

→ {名詞だ；形容動詞詞幹だ；[形容詞・動詞]普通形}＋としても

【逆接條件】表示假設前項是事實或成立，後項也不會起有效的作用，或
者後項的結果，與前項的預期相反。相當於「その場合でも」。

1 みんなで力を合わせたとしても、彼に勝つ
ことはできない。

就算大家聯手，也沒辦法贏他。

→ 例句

2 これが本物の宝石だとしても、私は買いま
せん。

即使這是真的寶石，我也不
會買的。

3 その子がどんなに賢いとしても、この問題
は解けないだろう。

即使那孩子再怎麼聰明，也
沒有辦法解開這個問題吧！

4 体が丈夫だとしても、インフルエンザには
注意しなければならない。

就算身體硬朗，也應該要提
防流行性感冒。

5 タクシーで行ったとしても間に合わないだ
ろう。

就算搭計程車去也來不及吧。

～とすれば、としたら、とする

如果…、如果…的話、假如…的話

➡ {名詞だ;形容動詞詞幹だ;[形容詞・動詞]普通形}＋とすれば、としたら、とする

【假定條件】在認清現況或得來的信息的前提條件下，據此條件進行判斷，相當於「～と仮定したら」。

1 資格を取るとしたら、看護師の免許をとりたい。

要拿執照的話，我想拿看護執照。

➡ 例句

2 彼が犯人だとすれば、動機は何だろう。

假如他是凶手的話，那麼動機是什麼呢？

3 川田大学でも難しいとしたら、山本大学なんて当然無理だ。

既然川田大學都不太有機會考上了，那麼山本大學當然更不可能了。

4 無人島に一つだけ何か持っていけるとする。何を持っていくか。

假設你只能帶一件物品去無人島，你會帶什麼東西呢？

5 5億円が当たったとします。あなたはどうしますか。

假如你中了五億日圓，你會怎麼花？

～とともに

1.與…同時，也…；2.隨著…；3.和…一起

➡ {名詞;動詞辭書形}＋とともに

❶【同時】表示後項的動作或變化，跟著前項同時進行或發生，相當於「～と一緒に」、「～と同時に」，如例(1)、(2)。

N 3

❷【相關關係】表示後項變化隨著前項一同變化，如例(3)。

❸【並列】表示與某人一起進行某行為，相當於「～と一緒に」，如例(4)、(5)。

1 雷の音とともに、大粒の雨が降ってきた。

随著打雷聲，落下了豆大的雨滴。

➡ 例句

2 文法を学ぶとともに、単語も覚える。

一邊學習文法，一邊也背誦單詞。

3 電子メールの普及とともに、手紙を書く人は減ってきました。

随著電子郵件的普及，寫信的人愈來愈少了。

4 バレンタインデーは彼女とともに過ごしたい。

情人節那天我想和女朋友一起度過。

5 私たち人間も、自然と共に生きるしかない。

我們人類只能與大自然共生共存。

072

● ～ないこともない、ないことはない

1. 並不是不…、不是不…；2. 應該不會不…

➡ {動詞否定形}＋ないこともない、ないことはない

❶【消極肯定】使用雙重否定，表示雖然不是全面肯定，但也有那樣的可能性，是種有所保留的消極肯定説法，相當於「～することはする」，如例(1)～(4)。

❷【推測】後接表示確認的語氣時，為「應該不會不…」之意，如例(5)。

1 彼女は病気がちだが、出かけられないこともない。

她雖然多病，但並不是不能出門的。

例句

2 理由があるなら、外出を許可しないこともない。	如果有理由，並不是不允許外出的。
3 ぜひにと言われたら、行かないこともない。	假如懇求我務必撥冗，倒也不是不能去一趟。
4 ちょっと急がないといけないが、あと1時間でできないことはない。	假如非得稍微趕一下，倒也不是不能在一個小時之內做出來。
5 中学で習うことですよ。知らないことはないでしょう。	在國中時學過了呀？總不至於不曉得吧？

073

～ないと、なくちゃ

不…不行

{動詞否定形}＋ないと、なくちゃ

❶【條件】表示受限於某個條件、規定，必須要做某件事情，如果不做，會有不好的結果發生，如例(1)～(3)。

❷〖口語〗「なくちゃ」是口語說法，語氣較為隨便，如例(4)、(5)。

1 雪が降ってるから、早く帰らないと。
下雪了，不早點回家不行。

例句

2 アイスが溶けちゃうから、早く食べないと。	冰要溶化了，不趕快吃不行。
3 あさってまでに、これやらないと。	在後天之前非得完成這個不可。
4 （テレビ番組表を見ながら）あ、9時からおもしろそうな映画やる。見なくちゃ。	（一面看電視）啊，九點開始要播一部似乎挺有趣的電影，非看不可！

259

5 明日朝5時出発だから、もう寝なくちゃ。 | 明天早上五點要出發，所以不趕快睡不行。

Track N3
1-74

● 〜ないわけにはいかない

不能不…、必須…

➡ {動詞否定形}＋ないわけにはいかない

【義務】表示根據社會的理念、情理、一般常識或自己過去的經驗，不能不做某事，有做某事的義務。

1 明日、試験があるので、今夜は勉強しないわけにはいかない。

由於明天要考試，今晚不得不用功念書。

➡ 例句

2 どんなに嫌でも、税金を納めないわけにはいかない。 | 任憑百般不願，也非得繳納稅金不可。

3 弟の結婚式だから、出席しないわけにはいかない。 | 畢竟是弟弟的婚禮，總不能不出席。

4 仕事なんだから、苦手な人でも会わないわけにはいかない。 | 畢竟是工作，就算是不知該如何應對的人，也不得不會面。

5 放っておくと命にかかわるから、手術をしないわけにはいかない。 | 置之不理會有生命危險，所以非得動手術不可。

Track N3
1-75

● 〜など

怎麼會…、才（不）…；竟是…

➡ {名詞（＋格助詞）；動詞て形；形容詞く形}＋など

【輕視】表示加強否定的語氣。通過「など」對提示的事物，表示不值得一提、無聊、不屑等輕視的心情。

1 あいつが言うことなど、信じるもんか。
我才不相信那傢伙說的話呢！

➡ 例句

2 私の気持ちが、君などに分かるものか。

你哪能了解我的感受！

3 宝くじなど、当たるわけがない。

彩券那種東西根本不可能中獎。

4 面白くなどないですが、課題だから読んでいるんです。

我不覺得有趣，只是因為那是功課，所以不得不讀而已！

5 別に、怒ってなどいませんよ。

我並沒有生氣呀。

076

● ～などと（なんて）いう、などと（なんて）おもう

1.多麼…呀；2.…之類的…

➡ {[名詞・形容詞・形容動詞・動詞]普通形}＋などと（なんて）言う、などと（なんて）思う

❶【驚訝】表示前面的事，好得讓人感到驚訝，含有讚嘆的語氣，如例(1)。
❷【輕視】表示輕視、鄙視的語氣，如例(2)～(5)。

1 こんな日が来るなんて、夢にも思わなかった。
真的連做夢都沒有想到過，竟然會有這一天的到來。

➡ 例句

2 やらないなんて言ってないよ。

我又沒說不做啊。

3 ばかだなんて言ってない、もっとよく考えた方がいいと言ってるだけだ。

我沒罵你是笨蛋，只是説最好再想清楚一點比較好而已。

4 あの人は授業を受けるだけで資格が取れるなどと言って、強引に勧誘した。

那個人説了只要上課就能取得資格之類的話，以強硬的手法拉人招生。

5 息子は、自分の家を親に買ってもらおうなどと思っている。

兒子盤算著要爸媽幫自己買個房子。

077

～なんか、なんて

1.…之類的；2.…什麼的；3. 連…都不…

➡ ❶【舉例】{名詞}＋なんか。表示從各種事物中例舉其一，是比「など」還隨便的説法，如例(1)、(2)。

❷【輕視】{[名詞・形容詞・形容動詞・動詞]普通形}＋なんて。表示對所提到的事物，帶有輕視的態度，如例(3)、(4)。

❸【強調否定】用「なんか～ない」的形式，表示「連…都不…」之意，如例(5)。

1 庭に、芝生なんかあるといいですね。

如果庭院有個草坪之類的東西就好了。

➡ **例句**

2 データなんかは揃っているのですが、原稿にまとめる時間がありません。

雖然資料之類的全都蒐集到了,但沒時間彙整成一篇稿子。

3 アイドルに騒ぐなんて、全然理解できません。

看大家瘋迷偶像的舉動，我完全無法理解。

4 いい年して、嫌いだからって無視するなんて、子どもみたいですね。

都已經是這麼大歲數的人了，只因為不喜歡就當做視而不見，實在太孩子氣了耶！

5 ラテン語なんか、興味ない。

拉丁語那種的我沒興趣。

～において、においては、においても、における

在…、在…時候、在…方面

➡ {名詞}＋において、においては、においても、における

【場面・場合】表示動作或作用的時間、地點、範圍、狀況等。是書面語。口語一般用「で」表示。

1 我が社においては、有能な社員はどんどん昇進します。

在本公司，有才能的職員都會順利升遷的。

➡ **例句**

2 聴解試験はこの教室において行われます。 | 聽力考試在這間教室進行。

3 研究過程において、いくつかの点に気が付きました。 | 於研究過程中，發現了幾項要點。

4 職場においても、家庭においても、完全に男女平等の国はありますか。 | 不論是在職場上或在家庭裡，有哪個國家已經達到男女完全平等的嗎？

5 私は、資金においても彼を支えようと思う。 | 我想在資金上也支援他。

～にかわって、にかわり

1. 替…、代替…、代表…；2. 取代…

➡ {名詞}＋にかわって、にかわり

❶【代理】前接名詞為「人」的時候，表示應該由某人做的事，改由其他的人來做。是前後兩項的替代關係。相當於「～の代理で」。如例(1)～(4)。

❷【對比】前接名詞為「物」的時候，表示以前的東西，被新的東西所取代。相當於「かつての～ではなく」。如例(5)。

日語文法・句型詳解

1 社長_{しゃちょう}にかわって、副社長_{ふくしゃちょう}が挨拶_{あいさつ}をした。
　副社長代表社長致詞。

➡ 例句

2 親族一同_{しんぞくいちどう}にかわって、ご挨拶申_{あいさつもう}し上_あげます。　僅代表全體家屬，向您致上問候之意。

3 鎌倉時代_{かまくらじだい}、貴族_{きぞく}にかわって武士_{ぶし}が政治_{せいじ}を行_{おこな}うようになった。　鎌倉時代由武士取代了貴族的施政功能。

4 首相_{しゅしょう}にかわり、外相_{がいしょう}がアメリカを訪問_{ほうもん}した。　外交部長代替首相訪問美國。

5 今_{いま}では、そろばんにかわってコンピューターが計算_{けいさん}に使_{つか}われている。　如今電腦已經取代算盤的計算功能。

080

Track N3
2-03

● 〜にかんして（は）、にかんしても、にかんする

關於…、關於…的…

➡ {名詞}＋に関して（は）、に関しても、に関する

【關連】表示就前項有關的問題，做出「解決問題」性質的後項行為。有關後項多用「言う（說）」、「考える（思考）」、「研究する（研究）」、「討論する（討論）」等動詞。多用於書面。

1 フランスの絵画_{かいが}に関_{かん}して、研究_{けんきゅう}しようと思_{おも}います。
　我想研究法國繪畫。

➡ 例句

2 日本語_{にほんご}の学習_{がくしゅう}に関_{かん}して、先輩_{せんぱい}からアドバイスをもらった。　學長給了我關於學習日文的建議。

3 近藤さんは、アニメに関しては詳しいです。 | 近藤先生對動漫知道得很詳盡。

4 最近、何に関しても興味がわきません。 | 最近，無論做什麼事都提不起勁。

5 経済に関する本をたくさん読んでいます。 | 看了很多關於經濟的書。

Track N3
2-04

～にきまっている

肯定是…、一定是…

➡ {名詞；[形容詞・動詞]普通形}＋に決まっている

❶【自信推測】表示說話人根據事物的規律，覺得一定是這樣，不會例外，是種充滿自信的推測，語氣比「きっと～だ」還要有自信，如例(1)～(3)。

❷〔斷定〕表示說話人根據社會常識，認為理所當然的事，如例(4)、(5)。

N
3

1 今ごろ東北は、紅葉が美しいに決まっている。
現在東北的楓葉一定很漂亮的。

➡ 例句

2 「きゃ～、おばけ～！」「おばけのわけない。風の音に決まってるだろう。」 | 「媽呀～有鬼～！」「怎麼可能有鬼，一定是風聲啦！」

3 石上さんなら、できるに決まっている。 | 如果是石上小姐的話，絕對辦得到。

4 こんな時間に電話をかけたら、迷惑に決まっている。 | 要是在這麼晚的時間撥電話過去，想必會打擾對方的作息。

5 みんな一緒のほうが、安心に決まっています。 | 大家在一起，肯定是比較安心的。

265

N3　日語文法・句型詳解

● 〜にくらべて、にくらべ

與…相比、跟…比較起來、比較…

➡ {名詞}＋に比べて、に比べ

【基準】表示比較、對照。相當於「〜に比較して」。

1 今年は去年に比べて雨の量が多い。

今年比去年雨量豐沛。

➡ **例句**

2 平野に比べて、盆地の夏は暑いです。	跟平原比起來，盆地的夏天熱多了。
3 日本語は、中国語に比べて、ふだん使う漢字の数が少ない。	相較於中文，日文使用的漢字數目可能比較少。
4 昔に比べると、日本人の米の消費量は減っている。	相較於過去，日本人的食米消費量日趨減少。
5 事件前に比べ、警備が強化された。	跟事件發生前比起來，警備更森嚴了。

● 〜にくわえて、にくわえ

而且…、加上…、添加…

➡ {名詞}＋に加えて、に加え

【附加】表示在現有前項的事物上，再加上後項類似的別的事物。相當於「〜だけでなく〜も」。

1 書道に加えて、華道も習っている。

學習書法以外，也學習插花。

➡ 例句

2 能力に加えて、人柄も重視されます。　｜重視能力以外，也重視人品。

3 太っているのに加えて髪も薄い。　｜不但體重肥胖而且髮量也稀疏。

4 彼は、実力があるのに加えて努力家でもある。　｜他不僅有實力，而且也很努力。

5 電気代に加え、ガス代までもが値上がりした。　｜電費之外，就連瓦斯費也上漲了。

084

Track N3 2-07

○ 〜にしたがって、にしたがい

伴隨…、隨著…

➡ {動詞辭書形}＋にしたがって、にしたがい

【附帶】表示隨著前項的動作或作用的變化，後項也跟著發生相應的變化。相當於「〜につれて」、「〜にともなって」、「〜に応じて」、「〜とともに」等。

1 おみこしが近づくにしたがって、賑やかになってきた。

　隨著神轎的接近，變得熱鬧起來了。

➡ 例句

2 山を登るにしたがって、寒くなってきた。　｜隨著山愈爬愈高，變得愈來愈冷。

3 薬品を加熱するにしたがって、色が変わってきた。　｜隨著溫度的提升，藥品的顏色也起了變化。

4 出産予定日が近づくにしたがって、おなかが大きくなってきた。　｜隨著預產期愈來愈近，肚子變得愈來愈大。

N 3

5 国が豊かになるにしたがい、国民の教育水準も上がりました。

伴隨著國家的富足，國民的教育水準也跟著提升了。

085

Track N3 2-08

～にしては

照…來説…、就…而言算是…、從…這一點來説，算是…的、作為…，相對來説…

➡ {名詞；形容動詞詞幹；動詞普通形}＋にしては

【與預料不同】表示現實的情況，跟前項提的標準相差很大，後項結果跟前項預想的相反或出入很大。含有疑問、諷刺、責難、讚賞的語氣。相當於「～割には」。

1 この字は、子どもが書いたにしては上手です。

這字出自孩子之手，算是不錯的。

➡ 例句

2 社長の代理にしては、頼りない人ですね。

做為代理社長來講，他不怎麼可靠呢。

3 彼は、プロ野球選手にしては小柄だ。

就棒球選手而言，他算是個子矮小的。

4 あの人は、英文科を出たにしては、英語ができない。

以英文系畢業生來說，那個人根本不會英文。

5 植村さんがやったにしては、雑ですね。

以植村先生完成的結果而言，未免太草率了吧。

086

Track N3 2-09

～にしても

就算…，也…、即使…，也…

⮕ {名詞;[形容詞・動詞]普通形}＋にしても

【讓步】表示讓步關係，退一步承認前項條件，並在後項中敘述跟前項矛盾的內容。前接人物名詞的時候，表示站在別人的立場推測別人的想法。相當於「～も、～としても」。

1 テストの直前にしても、全然休まないのは体に
悪いと思います。

就算是考試當前，完全不休息對身體是不好的。

⮕ 例句

2 佐々木さんにしても悪気はなかったんですから、許してあげたらどうですか。	其實佐佐木小姐也沒有惡意，不如原諒她吧？
3 見かけは悪いにしても、食べれば味は同じですよ。	儘管外觀不佳，但嚼起來同樣好吃喔。
4 お互い立場は違うにしても、助け合うことはできます。	即使立場不同，也能互相幫忙。
5 来られないにしても、電話1本くらいちょうだいよ。	就算不來，至少也得打通電話講一下吧。

N
3

087

Track N3
2-10

● ～にたいして(は)、にたいし、にたいする

1. 向…、對（於）…；2. 和…相比

⮕ {名詞}＋に対して(は)、に対し、に対する

❶【對象】表示動作、感情施予的對象，有時候可以置換成「に」，如例(1)〜(4)。
❷【對比】用於表示對立，指出相較於某個事態，有另一種不同的情況，如例(5)。

1 この問題に対して、意見を述べてください。

請針對這問題提出意見。

➡ **例句**

2 お客様に対しては、常に神様と思って接しなさい。

面對顧客時，必須始終秉持顧客至上的心態。

3 皆さんに対し、お詫びを申し上げなければならない。

我得向大家致歉。

4 息子は、音楽に対する興味が人一倍強いです。

兒子對音樂的興趣非常濃厚。

5 息子は静かに本を読むのが好きなのに対して、娘は外で運動するのが好きだ。

我兒子喜歡安安靜靜地讀書，而女兒則喜歡在戶外運動。

088

Track N3 2-11

● **～にちがいない**

一定是…、准是…

➡ {名詞；形容動詞詞幹；[形容詞・動詞]普通形}＋に違いない

【肯定推測】表示説話人根據經驗或直覺，做出非常肯定的判斷，相當於「きっと～だ」。

1 この写真は、ハワイで撮影されたに違いない。

這張照片，肯定是在夏威夷拍的。

➡ **例句**

2 犯人はあいつに違いない。

凶手肯定是那傢伙！

3 あの店はいつも行列ができているから、おいしいに違いない。

那家店總是大排長龍，想必一定好吃。

4 ああ、今日の試験、だめだったに違いない。

唉，今天的考試一定考砸了。

5 彼女はかわいくてやさしいから、もてるに違いない。

她既可愛又溫柔，想必一定很受大家的喜愛。

〜につき

因…、因為…

➔ {名詞}＋につき

【原因】接在名詞後面，表示其原因、理由。一般用在書信中比較鄭重的表現方法。相當於「〜のため、〜という理由で」。

1 台風につき、学校は休みになります。
因為颱風，學校停課。

➔ **例句**

2 5時以降は不在につき、また明日お越しください。	因為五點以後不在，所以請明天再來。
3 工事中につき、この先通行止めとなっております。	由於施工之故，前方路段禁止通行。
4 好評につき、現在品切れとなっております。	由於大受好評，目前已經銷售一空。
5 病気につき欠席します。	由於生病而缺席。

N
3

〜につれ（て）

伴隨…、隨著…、越…越…

➔ {名詞；動詞辭書形}＋につれ（て）

【平行】表示隨著前項的進展，同時後項也隨之發生相應的進展，相當於「〜にしたがって」。

1 一緒に活動するにつれて、みんな仲良くなりました。
隨著共同參與活動，大家感情變得很融洽。

N3 日語文法・句型詳解

⮕ 例句

2 話が進むにつれ、登場人物が増えて込み入ってきた。	隨著故事的進展，出場人物愈來愈多，情節也變得錯綜複雜了。
3 時代の変化につれ、少人数の家族が増えてきた。	隨著時代的變化，小家庭愈來愈多了。
4 年齢が上がるにつれて、体力も低下していく。	隨著年齡增加，體力也逐漸變差。
5 勉強するにつれて、原理が理解できてきた。	隨著研讀，也就暸解原理了。

091

● ～にとって（は／も／の）

對於…來説

⮕ {名詞}＋にとって（は／も／の）

【立場】 表示站在前面接的那個詞的立場，來進行後面的判斷或評價，相當於「～の立場から見て」。

1 僕たちにとって、明日の試合は重要です。
　對我們來説，明天的比賽至關重要。

⮕ 例句

2 そのニュースは、川崎さんにとってショックだったに違いない。	那個消息必定讓川崎先生深受打擊。
3 たった 1,000 円でも、子どもにとっては大金です。	雖然只有一千日圓，但對孩子而言可是個大數字。
4 みんなにとっても、今回の旅行は忘れられないものになったことでしょう。	想必對各位而言，這趟旅程一定也永生難忘吧！

5 私にとっての昭和とは、第二次世界大戦と戦後復興の時代です。

對我而言的昭和時代，也就是第二次世界大戰與戰後復興的那個時代。

Track N3
2-15

● 〜にともなって、にともない、にともなう

伴隨著…、隨著…

➡ {名詞；動詞普通形}＋に伴って、に伴い、に伴う

【平行】表示隨著前項事物的變化而進展，相當於「〜とともに」、「〜につれて」。

1 牧畜業が盛んになるに伴って、村は豊かになった。

伴隨著畜牧業的興盛，村子也繁榮起來了。

➡ 例句

2 円高に伴う輸出入の増減について調べました。

調查了當日圓升值時，對於進出口額增減造成的影響。

3 少子化に伴って、学校経営は厳しさを増している。

隨著少子化的影響，學校的營運也愈來愈困難了。

4 台風の北上に伴い、風雨が強くなってきた。

隨著颱風行徑路線的北移，風雨將逐漸增強。

5 火山の噴火に伴って、地震も観測された。

隨著火山的爆發也觀測到了地震。

Track N3
2-16

● 〜にはんして、にはんし、にはんする、にはんした

與…相反…

N3 日語文法・句型詳解

➡ {名詞}＋に反して、に反し、に反する、に反した

【對比】接「期待（期待）」、「予想（預測）」等詞後面，表示後項的結果，跟前項所預料的相反，形成對比的關係。相當於「て～とは反対に」、「～に背いて」。

1 期待に反して、収穫量は少なかった。
與預期的相反，收穫量少很多。

➡ 例句

2 別れた妻が、約束に反して子どもと会わせてくれない。	前妻違反約定，不讓我和孩子見面。
3 予想に反し、賛成より反対の方が多かった。	與預期相反，比起贊成，有更多人反對。
4 今回の政府の決定は、国の利益に反する。	此次政府的決定有違國家利益。
5 彼は、外見に反して、礼儀正しい青年でした。	跟他的外表相反，他是一個很懂禮貌的青年。

094

Track N3
2-17

● ～にもとづいて、にもとづき、にもとづく、にもとづいた

根據…、按照…、基於…

➡ {名詞}＋に基づいて、に基づき、に基づく、に基づいた

【依據】表示以某事物為根據或基礎。相當於「～をもとにして」。

1 違反者は法律に基づいて処罰されます。
違者依法究辦。

➡ 例句

| 2 この雑誌の記事は、事実に基づいていない。 | 這本雜誌上的報導沒有事實根據。 |

3 こちらはお客様の声に基づき開発した新商品です。

這是根據顧客的需求所研發的新產品。

4 その食品は、科学的根拠に基づかずに「がんに効く」と宣伝していた。

那種食品毫無科學依據就不斷宣稱「能夠有效治療癌症」。

5 専門家の意見に基づいた計画です。

根據專家意見訂的計畫。

～によって（は）、により

1. 因為…；2. 根據…；3. 由…；4. 依照…的不同而不同

➡ {名詞}＋によって（は）、により

❶【理由】表示事態的因果關係，「～により」大多用於書面，後面常接動詞被動態，相當於「～が原因で」，如例(1)。

❷【手段】表示事態所依據的方法、方式、手段，如例(2)。

❸【被動句的動作主體】用於某個結果或創作物等是因為某人的行為或動作而造成、成立的，如例(3)。

❹【對應】表示後項結果會對應前項事態的不同而有所變動或調整，如例(4)、(5)。

1 地震により、500人以上の貴い命が奪われました。

這一場地震，奪走了超過五百條寶貴的生命。

➡ 例句

2 成績によって、クラス分けする。

根據成績分班。

3 『源氏物語』は紫式部によって書かれた傑作です。

《源氏物語》是由紫式部撰寫的一部傑作。

4 価値観は人によって違う。

價值觀因人而異。

5 状況により、臨機応変に対処してください。

請依照當下的狀況採取臨機應變。

N
3

● ～による

因…造成的…、由…引起的…

➡ {名詞}＋による

【依據】表示造成某種事態的原因。「～による」前接所引起的原因。

1 雨による被害は、意外に大きかった。

　因大雨引起的災害，大到叫人料想不到。

➡ 例句

2 「きのこ」（木の子）という名前は、木に生えることによる。	「木の子」（菇蕈）這個名稱來自於其生長於樹木之上。
3 若手音楽家による無料チャリティー・コンサートが開かれた。	由年輕音樂家舉行了慈善音樂會。
4 不注意による大事故が起こった。	因為不小心，而引起重大事故。
5 この地震による津波の心配はありません。	無需擔心此次地震會引發海嘯。

● ～によると、によれば

據…、據…説、根據…報導…

➡ {名詞}＋によると、によれば

【信息來源】表示消息、信息的來源，或推測的依據。後面經常跟著表示傳聞的「～そうだ」、「～ということだ」之類詞。

1 天気予報によると、明日は雨が降るそうです。

　根據氣象報告，明天會下雨。

➡ 例句

2 アメリカの文献によると、この薬は心臓病に効くそうだ。	根據美國的文獻，這種藥物對心臟病有效。
3 久保田によると、川本は米田さんと付き合い始めたらしい。	聽久保田説，川本好像和米田小姐開始交往了。
4 女性雑誌によれば、毎日1リットルの水を飲むと美容にいいそうだ。	據女性雜誌上説，每天喝一公升的水有助養顏美容。
5 政府の発表によれば、被害者に日本人は含まれていないとのことです。	根據政府的宣布，受害者當中沒有日本人。

● 〜にわたって、にわたる、にわたり、にわたった

經歷…、各個…、一直…、持續…

➡ {名詞}＋にわたって、にわたる、にわたり、にわたった

【範圍】前接時間、次數及場所的範圍等詞。表示動作、行為所涉及到的時間範圍，或空間範圍非常之大。

1 この小説の作者は、60年代から70年代にわたってパリに住んでいた。

這小説的作者 從六十年代到七十年代都住在巴黎。

➡ 例句

2 この事故で、約30キロにわたって渋滞しました。	這起車禍導致塞車長達了三十公里。
3 10年にわたる苦心の末、新製品が完成した。	嘔心瀝血長達十年，最後終於完成了新產品。
4 西日本全域にわたり、大雨になっています。	西日本全區域都下大雨。

5 明治維新により、約700年にわたった武士の時代は終わった。

自從進入明治維新之後，終結了歷經約莫七百年的武士時代。

099

● （の）ではないだろうか、（の）ではないかとおもう

1. 不就…嗎；2. 我想…吧

➡ {名詞；[形容詞・動詞] 普通形}＋（の）ではないだろうか、（の）ではないかと思う

❶【推測】表示意見跟主張。是對某事能否發生的一種預測，有一定的肯定意味，如例(1)～(3)。

❷【判斷】「（の）ではないかと思う」表示説話人對某事物的判斷，如例(4)、(5)。

1 読んでみると面白いのではないだろうか。

讀了以後，可能會很有趣吧！

➡ **例句**

2 こんなことを頼んだら、迷惑ではないだろうか。

拜託這種事情，會不會造成困擾呢？

3 そろそろN3を受けても大丈夫ではないだろうか。

差不多可以考N3級測驗也沒問題了吧？

4 彼は誰よりも君を愛していたのではないかと思う。

我覺得他應該比任何人都還要愛妳吧！

5 こんなうまい話は、うそではないかと思う。

我想，這種好事該不會是騙人的吧！

100

● ～ば～ほど

1. 越…越…；2. 如果…更…

➡ {[形容詞・形容動詞・動詞] 假定形}＋ば＋{同形容動詞詞幹な；[同形容詞・動詞] 辭書形}＋ほど

　❶【平行】同一單詞重複使用，表示隨著前項事物的變化，後項也隨之相應地發生變化，如例(1)～(4)。

　❷『省略ば』接形容動詞時，用「形容動詞＋なら（ば）〜ほど」，其中「ば」可省略，如例(5)。

1 話せば話すほど、お互いを理解できる。
雙方越聊越能理解彼此。

➡ 例句

2 「いつ、式を挙げる？」「早ければ早いほどいいな。」

「什麼時候舉行婚禮？」「愈快愈好啊。」

3 字は、練習すればするほど上手になる。

寫字愈練習愈流利。

4 外国語は、使えば使うほど早く上達する。

外文愈使用，進步愈快。

5 仕事は丁寧なら丁寧なほどいいってもんじゃないよ。速さも大切だ。

工作不是做得愈仔細就愈好喔，速度也很重要！

101

Track N3
2-24

〜ばかりか、ばかりでなく

豈止…，連…也…、不僅…而且…

➡ {名詞；形容動詞詞幹な；[形容詞・動詞] 普通形}＋ばかりか、ばかりでなく

　【附加】表示除了前項的情況之外，還有後項的情況，語意跟「〜だけでなく〜も〜」相同，後項也常會出現「も、さえ」等詞。

1 彼は、勉強ばかりでなくスポーツも得意だ。

他不光只會唸書，就連運動也很行。

N3 日語文法・句型詳解

➡ 例句

2 隣のレストランは、量が少ないばかりか、大しておいしくもない。

> 隔壁餐廳的菜餚不只份量少，而且也不大好吃。

3 何だこの作文は。字が雑なばかりでなく、内容もめちゃくちゃだ。

> 這篇作文簡直是鬼畫符呀！不但筆跡潦草，內容也亂七八糟的。

4 あの子は、わがままなばかりでなく生意気だ。

> 那個孩子不但任性妄為，而且驕傲自大。

5 彼は、失恋したばかりか、会社さえくびになってしまいました。

> 他不但失戀了，而且工作也被革職了。

---

102 Track N3 2-25

● ～はもちろん、はもとより

不僅…而且…、…不用說，…也…

➡ {名詞}＋はもちろん、はもとより

❶【附加】表示一般程度的前項自然不用說，就連程度較高的後項也不例外，相當於「～は言うまでもなく～（も）」，如例(1)～(3)。

❷〔禮貌體〕「～はもとより」是種較生硬的表現，如例(4)、(5)。

1 病気の治療はもちろん、予防も大事です。
疾病的治療自不待言，預防也很重要。

➡ 例句

2 この辺りは、昼間はもちろん夜も人であふれています。

> 這一帶別說是白天，就連夜裡也是人聲鼎沸。

3 Kansai Boys は、かっこういいのはもちろん、歌も踊りも上手です。

> Kansai Boys 全是型男就不用說了，連唱歌和跳舞也非常厲害。

4 楊さんは、英語はもとより日本語もできます。

> 楊小姐不只會英語，也會日語。

5 生地<ruby>生地<rt>きじ</rt></ruby>はもとより、デザインもとてもすてきです。

> 布料好自不待言，就連設計也很棒。

● 〜ばよかった

…就好了

➡ {動詞假定形}＋ばよかった；{動詞否定形（去い）}＋なければよかった

【反事實條件】表示說話者自己沒有做前項的事而感到後悔，覺得要是做了就好了，對於過去事物的惋惜、感慨，帶有後悔的心情。

1 雨だ、傘を持ってくればよかった。

下雨了！早知道就帶傘來了。

➡ 例句

2 正直<ruby>正直<rt>しょうじき</rt></ruby>に言<ruby>言<rt>い</rt></ruby>えばよかった。

> 早知道一切從實招供就好了。

3 もっと早<ruby>早<rt>はや</rt></ruby>くお医者<ruby>医者<rt>いしゃ</rt></ruby>さんに診<ruby>診<rt>み</rt></ruby>てもらえばよかった。

> 要是能及早請醫師診治就好了。

4 親<ruby>親<rt>おや</rt></ruby>の言<ruby>言<rt>い</rt></ruby>う通<ruby>通<rt>とお</rt></ruby>り、大学<ruby>大学<rt>だいがく</rt></ruby>に行<ruby>行<rt>い</rt></ruby>っておけばよかった。

> 假如當初按照父母所說的去上大學就好了。

5 あの時<ruby>時<rt>とき</rt></ruby>あんなこと言<ruby>言<rt>い</rt></ruby>わなければよかった。

> 那時若不要說那樣的話就好了。

● 〜はんめん

另一面…、另一方面…

➡ {[形容詞・動詞]辭書形}＋反面；{[名詞・形容動詞詞幹な]である}＋反面

【對比】表示同一種事物，同時兼具兩種不同性格的兩個方面。除了前項的一個事項外，還有後項的相反的一個事項。相當於「～である一方」。

1 産業が発達している反面、公害が深刻です。
產業雖然發達，但另一方面也造成嚴重的公害。

➡ **例句**

2 自動車は、便利な道具である反面、交通事故や環境破壊の原因にもなる。

汽車雖然是便捷的工具，卻也是造成交通事故與破壞環境的元凶。

3 商社は、給料がいい反面、仕事がきつい。

貿易公司雖然薪資好，但另一方面工作也吃力。

4 語学は得意な反面、数学は苦手だ。

語文很拿手，但是數學就不行了。

5 この国は、経済が遅れている反面、自然が豊かだ。

這個國家經濟雖然落後，但另一方面卻擁有豐富的自然資源。

105

Track N3 2-28

● **～べき、べきだ**

必須…、應當…

➡ {動詞辭書形}＋べき、べきだ

❶【勸告】表示那樣做是應該的、正確的。常用在勸告、禁止及命令的場合。是一種比較客觀或原則的判斷，書面跟口語雙方都可以用，相當於「～するのが当然だ」，如例(1)～(3)。

❷〔するべき、すべき〕「べき」前面接サ行變格動詞時，「する」以外也常會使用「す」。「す」為文言的サ行變格動詞終止形，如例(4)、(5)。

1 人間はみな平等であるべきだ。

人人應該平等。

➡ 例句

2 これは、会社を辞めたい人がぜひ読むべき本だ。

3 ああっ、バス行っちゃったー！あと１分早く家を出るべきだった。

4 学生は、勉強していろいろなことを吸収するべきだ。

5 自分の不始末は自分で解決すべきだ。

這是一本想要辭職的人必讀的書！

啊，巴士跑掉了…！應該提早一分鐘出門的。

學生應該好好學習，以吸收各種知識。

自己闖的禍應該要自己收拾。

106

Track N3
2-29

● ～ほかない、ほかはない

只有…、只好…、只得…

➡ {動詞辭書形}＋ほかない、ほかはない

【讓步】表示雖然心裡不願意，但又沒有其他方法，只有這唯一的選擇，別無它法。相當於「～以外にない」、「～より仕方がない」等。

1 書類は一部しかないので、コピーするほかない。

因為資料只有一份，只好去影印了。

➡ 例句

2 運命だったとあきらめるほかない。

3 こんなやり方はおかしいと思うけど、上司に言われたからやるほかない。

只能死心認命了。

儘管覺得這種作法有違常理，可是既然主管下令，只好照做。

4 父が病気だから、学校を辞めて働くほかなかった。

因為家父生病，我只好退學出去工作了。

5 上手になるには、練習し続けるほかはない。

想要更好，只有不斷地練習了。

107

● ～ほど

1.…得、…得令人；2.越…越

➡ {名詞；形容動詞詞幹な；[形容詞・動詞] 辭書形}＋ほど

❶【程度】用在比喻或舉出具體的例子，來表示動作或狀態處於某種程度，如例(1)～(3)。

❷【平行】表示後項隨著前項的變化，而產生變化，如例(4)、(5)。

1 おなかが死ぬほど痛い。

肚子痛到好像要死掉了。

➡ 例句

2 足を切り落としてしまいたいほど痛い。

腳痛得幾乎想剁掉。

3 今日は面白いほど魚がよく釣れた。

我今天出乎意料地釣了好多魚。

4 勉強するほど疑問が出てくる。

讀得愈多愈會發現問題。

5 不思議なほど、興味がわくというものです。

很不可思議的，對它的興趣竟然油然而生。

108

● ～までには

…之前、…為止

➡ {名詞；動詞辭書形}＋までには

【期限】前面接和時間有關的名詞，或是動詞，表示某個截止日、某個動作完成的期限。

1 結論が出るまでにはもうしばらく時間がか
かります。

在得到結論前還需要一點時間。

➡ 例句

2 30までには、結婚したい。	我希望能在三十歲之前結婚。
3 仕事は明日までには終わると思います。	我想工作在明天之前就能做完。
4 完成するまでには、いろいろなことがあった。	在完成之前經歷了種種困難。
5 大学を卒業するまでには、N1に合格したい。	希望在大學畢業之前通過 N1 級測驗。

109

Track N3
2-32

● ～み

帶有…、…感

➡ {[形容詞・形容動詞] 詞幹}＋み

【狀態】「み」是接尾詞，前接形容詞或形容動詞詞幹，表示該形容詞的這種狀態，或在某種程度上感覺到這種狀態。形容詞跟形容動詞轉為名詞的用法。

1 月曜日の放送を楽しみにしています。

我很期待看到星期一的播映。

➡ 例句

2 この包丁は厚みのある肉もよく切れる。	這把菜刀也可以俐落地切割有厚度的肉塊。
3 玉露は、天然の甘みがある。	玉露茶會散發出天然的甘甜。
4 川の深みにはまって、あやうく溺れるところだった。	一腳陷進河底的深處，險些溺水了。

5 この講義、はっきり言って新鮮みがない。

這個課程，老實說，內容已經過時了。

110

Track N3
2-33

● ～みたい（だ）、みたいな

1. 好像…；3. 想要嘗試…

➡ ❶【推測】{名詞；形容動詞詞幹；[動詞・形容詞]普通形}＋みたい（だ）、みたいな。表示不是很確定的推測或判斷，如例(1)、(2)。

❷〔みたいなN〕後接名詞時，要用「みたいな＋名詞」，如例(3)。

❸【嘗試】{動詞て形}＋みたい。由表示試探行為或動作的「～てみる」，再加上表示希望的「たい」而來。跟「みたい（だ）」的最大差別在於，此文法前面必須接「動詞て形」，且後面不得接「だ」，用於表示欲嘗試某行為，如例(4)、(5)。

1 太郎君は雪ちゃんに気があるみたいだよ。

太郎似乎對小雪有好感喔。

➡ 例句

2 何だかだるいな。風邪をひいたみたいだ。

怎麼覺得全身倦怠，好像感冒了。

3 空に綿みたいな雲が浮かんでいる。

天空中飄著棉絮般的浮雲。

4 次のカラオケでは必ず歌ってみたいです。

下次去唱卡拉 OK 時，我一定要唱看看。

5 一度、富士山に登ってみたいですね。

真希望能夠登上一次富士山呀！

111

Track N3
2-34

● ～むきの、むきに、むきだ

1. 朝…；2. 合於…、適合…

{名詞}＋向きの、向きに、向きだ

❶【方向】接在方向及前後、左右等方位名詞之後，表示正面朝著那一方向，如例(1)。

❷【合適】表示為適合前面所接的名詞，而做的事物，相當於「～に適している」，如例(2)、(3)。

❸〔積極／消極〕「前向き／後ろ向き」原為表示方向的用法，但也常用於表示「積極／消極」、「朝符合理想的方向／朝理想反方向」之意，如例(4)、(5)。

1 南向きの部屋は暖かくて明るいです。

　朝南的房子不僅暖和，採光也好。

 例句

2 私は人と話すのが好きなので、営業向きだと思う。 | 我很喜歡與人交談，所以覺得自己適合當業務。

3 この味付けは日本人向きだ。 | 這種調味很適合日本人的口味。

4 彼はいつも前向きに物事を考えている。 | 他思考事情都很積極。

5 「どうせ失敗するよ。」「そういう後ろ向きなこと言うの、やめなさいよ。」 | 「反正會失敗啦！」「不要講那種負面的話嘛！」

112

● ～むけの、むけに、むけだ

適合於…

 {名詞}＋向けの、向けに、向けだ

【目標】表示以前項為對象，而做後項的事物，也就是適合於某一個方面的意思。相當於「～を対象にして」。

1 初心者向けのパソコンは、たちまち売り切れてしまった。

　針對電腦初學者的電腦，馬上就賣光了。

→ 例句

2 この工場では、主に輸出向けの商品を作っている。

這座工廠主要製造外銷商品。

3 童話作家ですが、たまに大人向けの小説も書きます。

雖然是童話作家，但偶爾也會寫適合成年人閱讀的小說。

4 日本から台湾向けに食品を輸出するには、原産地証明書が必要です。

要從日本外銷食品到台灣，必須附上原產地證明。

5 この乗り物は子ども向けです。

這項搭乘工具適合小孩乘坐。

113

● ～もの、もん

因為…嘛

→ {[名詞・形容動詞詞幹]んだ；[形容詞・動詞]普通形んだ}＋もの、もん

❶【說明理由】助詞「もの」、「もん」接在句尾，多用在會話中，年輕女性或小孩子較常使用。「もの」主要為年輕女性或小孩使用，「もん」則男女都會使用。跟「だって」一起使用時，就有撒嬌的語感，如例(1)。

❷【強烈斷定】表示說話人很堅持自己的正當性，而對理由進行辯解，如例(2)、(3)。

❸〖口語〗更隨便的說法用「もん」，如例(4)、(5)。

1 花火を見に行きたいわ。だってとってもきれいだもの。

我想去看煙火，因為很美嘛！

→ 例句

2 おしゃれをすると、何だか心がウキウキする。やっぱり、女ですもの。

精心打扮時總覺得心情特別雀躍，畢竟是女人嘛。

3 運動はできません。退院したばかりだもの。

人家不能運動，因為剛出院嘛！

4 早寝早起きしてるの。健康第一だもん。

早睡早起，因為健康第一嘛！

5「お帰り。遅かったね。」「しょうがないだろ。付き合いだもん。」

「回來了？好晚喔。」「有什麼辦法，得應酬啊。」

Track N3 2-37

114

～ものか

哪能…、怎麼會…呢、決不…、才不…呢

➡ {形容動詞詞幹な；[形容詞・動詞]辭書形}＋ものか

❶【強調否定】句尾聲調下降。表示強烈的否定情緒，指説話人絕不做某事的決心，或是強烈否定對方的意見，如例(1)～(3)。

❷〔禮貌體〕一般而言「ものか」為男性使用，女性通常用「ものですか」，如例(4)。

❸〔口語〕比較隨便的説法是「～もんか」，如例(5)。

1 彼の味方になんか、なるものか。

我才不跟他一個鼻子出氣呢！

➡ 例句

2 何があっても、誇りを失うものか。

無論遇到什麼事，我決不失去我的自尊心。

3 あんな銀行に、お金を預けるものか。

我才不把錢存在那種銀行裡呢！

4 何よ、あんな子がかわいいものですか。私の方がずっとかわいいわよ。

什麼嘛，那種女孩哪裡可愛了？我比她可愛不知道多少倍耶！

5 元カノが誰と何をしたって、かまうもんか。

前女友和什麼人做了什麼事，我才不管咧！

115
Track N3
2-38

～ものだ

過去…經常、以前…常常

{形容動詞詞幹な；形容詞辭書形；動詞普通形}＋ものだ

【感慨】表示説話者對於過去常做某件事情的感慨、回憶。

1 懐かしい。これ、子どものころによく飲ん
　だものだ。

好懷念喔！這個是我小時候常喝的。

例句

2 渋谷には、若い頃よく行ったものだ。

我年輕時常去澀谷。

3 英語の授業中に、よく辞書でエッチな言葉
　を調べたものだ。

在英文課堂上經常翻字典查些不正經的詞語呢。

4 学生時代は毎日ここに登ったものだ。

學生時代我每天都爬到這上面來。

5 この町も、ずいぶん都会になったものだ。

這座小鎮也變得相當具有城市的樣貌囉。

116
Track N3
2-39

～ものだから

就是因為…，所以…

{[名詞・形容動詞詞幹]な；[形容詞・動詞]普通形}＋ものだから

❶【理由】表示原因、理由，相當於「～から」、「～ので」常用在因為事態的程度很厲害，因此做了某事，如例(1)～(2)。

❷〖說明理由〗含有對事情感到出意料之外、不是自己願意的理由，進行辯白，主要為口語用法，如例(3)～(5)。

1 お葬式で正座して、足がしびれたものだから立てませんでした。

在葬禮上跪坐得腳麻了，以致於站不起來。

⇒ 例句

2 きつく叱ったものだから、娘はしくしくと泣き出した。

由於很嚴厲地斥責了女兒，使得她抽抽搭搭地哭了起來。

3 パソコンが壊れたものだから、レポートが書けなかった。

由於電腦壞掉了，所以沒辦法寫報告。

4 隣のテレビがやかましかったものだから、抗議に行った。

因為隔壁的電視太吵了，所以跑去抗議。

5 値段が手ごろなものだから、ついつい買い込んでしまいました。

因為價格便宜，忍不住就買太多了。

117

Track N3
2-40

● ～もので

因為…、由於…

⇒ ｛形容動詞詞幹な；[形容詞・動詞] 普通形｝＋もので

【理由】意思跟「ので」基本相同，但強調原因跟理由的語氣比較強。前項的原因大多為意料之外或不是自己的意願，後項為此進行解釋、辯白。結果是消極的。意思跟「ものだから」一樣。後項不能用命令、勸誘、禁止等表現方式。

1 東京は家賃が高いもので、生活が大変だ。

由於東京的房租很貴，所以生活很不容易。

⇒ 例句

2 子どもに手伝わせるとあんまり遅いもので、つい自分でやってしまう。

讓孩子幫忙會拖得太晚，最後還是忍不住自己動手做。

3 勉強が苦手なもので、高校を出てすぐ就職した。

因為不喜歡讀書，所以高中畢業後馬上去工作了。

4 子どもが行きたいと言うもので、しかたなく東京ディズニーランドに連れていった。

由於孩子說想去，不得已只好帶去東京迪士尼樂園了。

5 走ってきたもので、息が切れている。

由於是跑著來的，因此上氣不接下氣的。

118

● 〜ようがない、ようもない

沒辦法、無法…；不可能…

➡ {動詞ます形}＋ようがない、ようもない

❶【不可能】表示不管用什麼方法都不可能，已經沒有辦法了，相當於「〜ことができない」，「〜よう」是接尾詞，表示方法，如例(1)～(4)。

❷『漢字＋（の）＋しようがない』表示說話人確信某事態理應不可能發生，相當於「〜はずがない」，如例(5)。通常前面接的サ行變格動詞為雙漢字時，中間加不加「の」都可以。

1 道に人があふれているので、通り抜けようがない。

路上到處都是人，沒辦法通行。

➡ 例句

2 すばらしい演技だ。文句のつけようがない。

真是精湛的演技！無懈可擊！

3 済んだことは、今更どうしようもない。

過去的事，如今已無法挽回了。

4 ご家族がみんな飛行機事故で死んでしまって、なぐさめようがない。

他全家人都死於墜機意外，不知道該如何安慰才好。

5 スイッチを入れるだけだから、失敗（の）しようがない。

只是按下按鈕而已，不可能會搞砸的。

〜ような

1.像…樣的；2.宛如…一樣的…；3.感覺像…

➡ ❶【列舉】{名詞の}＋ような。表示列舉，為了說明後項的名詞，而在前項具體的舉出例子，如例(1)、(2)。

❷【比喻】{名詞の；動詞辭書形；動詞ている}＋ような。表示比喻，如例(3)、(4)。

❸【判斷】{名詞の；形容動詞詞幹な；[形容詞・動詞]辭書形}＋ような気がする。表示說話人的感覺或主觀的判斷，如例(5)。

1 お寿司や天ぷらのような和食が好きです。

我喜歡吃像壽司或是天婦羅那樣的日式料理。

➡ **例句**

2 病院や駅のような公共の場所は、禁煙です。 | 醫院和車站之類的公共場所一律禁菸。

3 兄のような大人になりたい。 | 我想成為像哥哥一樣的大人！

4 警察が疑っているようなことは、していません。 | 我沒有做過會遭到警方懷疑的壞事。

5 あの人、見たことがあるような気がする。 | 我覺得那個人似曾相識。

〜ようなら、ようだったら

如果…、要是…

➡ {名詞の；形容動詞な；[動詞・形容詞]辭書形}＋ようなら、ようだったら

【條件】表示在某個假設的情況下，說話者要採取某個行動，或是請對方採取某個行動。

日語文法・句型詳解

1 パーティーが 10 時過ぎるようなら、途中で抜けることにする。

如果派對超過十點，我要中途落跑。

⇒ 例句

2 明日になっても痛いようなら、お医者さんに行こう。

如果到了明天還是一樣痛，就去找醫師吧。

3 大阪と京都と奈良に行きたいけれど、無理なようなら奈良はやめる。

雖然想去大阪和京都和奈良，但若不可行，就放棄奈良。

4 肌に合わないようだったら、使用を中止してください。

如肌膚有不適之處，請停止使用。

5 良くならないようなら、検査を受けたほうがいい。

如果一直好不了，最好還是接受檢查。

121

Track N3 2-44

● 〜ように

1. 為了…而…；2. 請…；3. 希望…；4. 如同…

⇒ **❶【目的】**{動詞辭書形；動詞否定形}＋ように。表示為了實現前項而做後項，是行為主體的希望，如例(1)。

❷【勸告】用在句末時，表示願望、希望、勸告或輕微的命令等，如例(2)。

❸【期盼】{動詞ます形}＋ますように。表示祈求，如例(3)。

❹【例示】{名詞の；動詞辭書形；動詞否定形}＋ように。表示以具體的人事物為例，來陳述某件事物的性質或內容等，如例(4)、(5)。

1 約束を忘れないように手帳に書いた。

把約定寫在了記事本上以免忘記。

⮕ 例句

2 明日は駅前に8時に集合です。遅れないように。

明天八點在車站前面集合。請各位千萬別遲到。

3 （遠足の前日）どうか明日晴れますように。

（遠足前一天）求求老天爺明天給個大晴天。

4 私が発音するように、後について言ってください。

請模仿我的發音，跟著複誦一次。

5 ご存じのように、来週から営業時間が変更になります。

誠如各位所知，自下週起營業時間將有變動。

122

Track N3 2-45

● ように（いう）

告訴…

⮕ {動詞辭書形；動詞否定形}＋ように（言う）

❶【間接引用】表示間接轉述指令、請求等內容，如例(1)。
❷〖後接詞〗後面也常接「お願いする（拜託）、頼む（拜託）、伝える（傳達）」等跟說話相關的動詞，如例(2)～(5)。

1 息子にちゃんと歯を磨くように言ってください。
請告訴我兒子要好好地刷牙。

⮕ 例句

2 あさってまでにはやってくれるようにお願いします。

麻煩在後天之前完成這件事。

3 明日晴れたら海に連れて行ってくれるように父に頼みました。

我拜託爸爸假如明天天氣晴朗的話帶我去海邊玩。

N3 日語文法・句型詳解

4 私に電話するように伝えてください。 | 請告訴他要他打電話給我。

5 神社で、「矢野君と結婚できますように。」 | 在神社祈禱神明保佑「自己
と祈りました。 | 能和矢野君結婚。」

123

● ～ようになっている

1. 會…；2. 就會…

➡ ❶【變化】{動詞辭書形；動詞可能形}＋ようになっている。是表示能
力、狀態、行為等變化的「ようになる」，與表示動作持續的「～て
いる」結合而成，如例(1)、(2)。

❷【功能】{動詞辭書形}＋ようになっている。表示機器、電腦等，因為
程式或設定等而具備的功能，如例(3)、(4)。

❸〔變化的結果〕{名詞の；動詞辭書形}＋ようになっている。是表示比喻
的「ようだ」，再加上表示動作持續的「～ている」的應用，如例(5)。

1 毎日練習したから、この曲は今では上手に
弾けるようになっている。

正因為每天練習不懈，現在才能把這首曲子彈得這
麼流暢。

➡ **例句**

2 日本に住んで3年、今では日本語で夢を見
るようになっている。 | 在日本住了三年以後，現在
已經能夠用日語作夢了。

3 このトイレは、入ってドアを閉めると電気
がつくようになっている。 | 這間廁所設計成進去後關上
門，電燈就會亮。

4 ここのボタンを押すと、水が出るようになっ
ている。 | 按下這個按鈕，水就會流出
來。

5 直美さんはもうフランスに20年も住んでいる
から、今ではフランス人のようになっている。 | 由於直美小姐已經在法國住了
長達二十年，現在幾乎成為道
地的法國人了。

● ～より（ほか）ない、ほか（しかたが）ない

只有…、除了…之外沒有…

➡ ❶【讓步】{名詞；動詞辭書形}＋より（ほか）ない；{動詞辭書形}＋
ほか（しかたが）ない。後面伴隨著否定，表示這是唯一解決問題的辦
法，相當於「ほかない」、「ほかはない」，另外還有「よりほかにな
い」、「よりほかはない」的說法，如例(1)～(4)。

　❷〖人物＋いない〗{名詞；動詞辭書形}＋よりほかに～ない。是「それ
以外にない」的強調說法，前接的名詞為人物時，後面要接「いな
い」，如例(5)。

1 もう時間がない。こうなったら一生懸命や
　るよりほかない。

　時間已經來不及了，事到如今，只能拚命去做了。

➡ 例句

2 終電が出てしまったので、タクシーで帰る 　よりほかにない。	由於最後一班電車已經開走 了，只能搭計程車回家了。
3 病気を早く治すためには、入院するよりほ 　かはない。	為了要早點治癒，只能住院 了。
4 停電か。テレビも見られないし、寝るより 　ほかしかたがないな。	停電了哦。既然連電視也沒 得看，剩下能做的也只有睡 覺了。
5 君よりほかに頼める人がいない。	除了你以外，再也沒有其他 人能夠拜託了。

● 句子＋わ

…啊、…呢、…呀

日語文法・句型詳解

➡ {句子}＋わ

【主張】表示自己的主張、決心、判斷等語氣。女性用語。在句尾可使語氣柔和。

1 私も行きたいわ。

　　我也好想去啊！

➡ **例句**

2 早く休みたいわ。　　　　　　　　　｜ 真想早點休息呀！

3 雨が降ってきたわ。　　　　　　　　｜ 下起雨來嘍。

4 あ、お金がないわ。　　　　　　　　｜ 啊！沒有錢了！

5 きゃーっ、遅刻しちゃうわ！　　　　｜ 天呀…要遲到了！

126

Track N3
2-49

〜わけがない、わけはない

不會…、不可能…

➡ {形容動詞詞幹な；[形容詞・動詞] 普通形}＋わけがない、わけはない

❶【強烈主張】表示從道理上而言，強烈地主張不可能或沒有理由成立，相當於「〜はずがない」，如例(1)〜(4)。

❷〖口語〗口語常會説成「わけない」，如例(5)。

1 人形が独りでに動くわけがない。

　　洋娃娃不可能自己會動。

➡ **例句**

2 無断で欠勤して良いわけがないでしょう。　　｜ 未經請假不去上班，那怎麼可以呢！

3 医学部に合格するのが簡単なわけはないで
すよ。

要考上醫學系當然是很不容
易的事呀！

4 こんな重いかばん、一人で運べるわけがない。

這麼重的提包，一個人根本
不可能搬得動。

5 「あれ、この岩、金が混ざってる。」「まさか、
金のわけないよ。」

「咦？這塊岩石上面是不是
有金子呀。」「怎麼可能，絕
不會是黃金啦！」

● 〜わけだ

1. 當然…、難怪…；2. 也就是說…

➡ {形容動詞詞幹な；[形容詞・動詞]普通形}＋わけだ

❶【結論】表示按事物的發展，事實、狀況合乎邏輯地必然導致這樣的結
果。與側重於說話人想法的「〜はずだ」相比較，「〜わけだ」傾向
於由道理、邏輯所導出結論，如例(1)〜(4)。

❷【換個說法】表示兩個事態是相同的，只是換個說法而論，如例(5)。

1 3年間留学していたのか。道理で英語がペ
ラペラなわけだ。

到國外留學了三年啊！難怪英文那麼流利。

➡ 例句

2 お母さんアメリカ人なの？じゃ、ハーフな
わけだね。

你媽媽是美國人啊？這麼說，
你是混血兒囉。

3 彼はうちの中にばかりいるから、顔色が青
白いわけだ。

因為他老待在家，難怪臉色
蒼白。

4 ふうん。それで、帽子からハトが出るわけだ。

是哦？然後，帽子裡就出現
鴿子了喔。

5 昭和46年生まれなんですか。それじゃ、
1971年生まれのわけですね。

您是在昭和四十六年出生
的呀。這麼說，也就是在
一九七一年出生的囉。

128

● ～わけではない、わけでもない

並不是…、並非…

→ {形容動詞詞幹な；[形容詞・動詞] 普通形}＋わけではない、わけでも
ない

【部分否定】表示不能簡單地對現在的狀況下某種結論，也有其它情況。
常表示部分否定或委婉的否定。

1 食事をたっぷり食べても、必ず太るという
わけではない。

吃得多不一定會胖。

→ 例句

2 現実の世の中では、誰もが自由で平等とい
うわけではない。

在現實世界中，並不是每一
個人都享有自由與平等。

3 結婚相手はお金があれば誰でもいいってわ
けじゃないわ。

並不是只要對方有錢，跟什
麼樣的人結婚都無所謂哦。

4 人生は不幸なことばかりあるわけではない
だろう。

人生總不會老是發生不幸的
事吧！

5 けんかばかりしているが、互いに嫌ってい
るわけでもない。

老是吵架，也並不代表彼此
互相討厭。

129

● ～わけにはいかない、わけにもいかない

不能…、不可…

→ {動詞辭書形；動詞ている}＋わけにはいかない、わけにもいかない

【不能】表示由於一般常識、社會道德或過去經驗等約束，那樣做是行不
通的，相當於「～することはできない」。

1 友情を裏切るわけにはいかない。
友情是不能背叛的。

➡ 例句

2 休みだからといって、一日中ごろごろして
いるわけにはいかない。

雖説是休假日，總不能一整
天窩在家裡閒著無事。

3 消費者の声を、企業は無視するわけにはい
かない。

消費者的心聲，企業不可置
若罔聞。

4 赤ちゃんが夜中に泣くから、寝ているわけ
にもいかない。

小寶寶半夜哭了，總不能當
作沒聽到繼續睡吧。

5 式の途中で、帰るわけにもいかない。

不能在典禮進行途中回去。

130

Track N3
2-53

● ～わりに（は）

（比較起來）雖然…但是…、但是相對之下還算…、可是…

➡ ｛名詞の；形容動詞詞幹な；［形容詞・動詞］普通形｝＋わりに（は）

【比較】表示結果跟前項條件不成比例、有出入或不相稱，結果劣於或好
於應有程度，相當於「～のに」、「～にしては」。

1 この国は、熱帯のわりには過ごしやすい。
這個國家雖處熱帶，但住起來算是舒適的。

➡ 例句

2 北国のわりには、冬も過ごしやすい。

儘管在北部地方，不過冬天
也算氣候宜人。

3 面積が広いわりに、人口が少ない。

面積雖然大，但人口相對地
很少。

301

4 安かったわりにはおいしい。

雖然便宜，但挺好吃的。

5 やせてるわりには、よく食べるね。

瞧她身材纖瘦，沒想到食量那麼大呀！

131 Track N3 2-54

● ～をこめて

集中…、傾注…

→ {名詞}＋を込めて

❶【附帶】表示對某事傾注思念或愛等的感情，如例(1)、(2)。
❷〖慣用法〗常用「心を込めて（誠心誠意）、力を込めて（使盡全力）、愛を込めて（充滿愛）」等用法，如例(3)〜(5)。

1 みんなの幸せのために、願いを込めて鐘を鳴らした。

為了大家的幸福，以虔誠的心鳴鐘祈禱。

→ 例句

2 思いを込めて彼女を見つめた。

那時滿懷愛意地凝視著她。

3 教会で、心を込めて、オルガンを弾いた。

在教會以真誠的心彈風琴。

4 力を込めてバットを振ったら、ホームランになった。

他使盡力氣揮出球棒，打出了一支全壘打。

5 彼のために、愛を込めてセーターを編みました。

我用真摯的愛為男友織了件毛衣。

132 Track N3 2-55

● ～をちゅうしんに（して）、をちゅうしんとして

以…為重點、以…為中心、圍繞著…

➡️ {名詞}＋を中心に（して）、を中心として

【基準】表示前項是後項行為、狀態的中心。

1 点Aを中心に、円を描いてください。
    請以A點為中心，畫一個圓圈。

➡️ 例句

2 大学の先生を中心にして、漢詩を学ぶ会を
    作った。
以大學老師為中心，設立了
漢詩學習會。

3 地球は、太陽を中心として回っている。
地球以太陽為中心繞行著。

4 パンや麺も好きですが、やっぱり米を中心
    とする和食が一番好きです。
我既喜歡麵包也喜歡麵食，
不過最喜歡的還是以米飯為
主的日本餐食。

5 Kansai Boys は、ボーカルのリッキーを中心
    とする5人組のバンドです。
Kansai Boys 是由主唱力基所
領銜的五人樂團。

133

Track N3
2-56

● ～をつうじて、をとおして

1. 透過…、通過…；2. 在整個期間…、在整個範圍…

➡️ {名詞}＋を通じて、を通して

❶【經由】表示利用某種媒介（如人物、交易、物品等），來達到某目的
    （如物品、利益、事項等）。相當於「～によって」，如例(1)～(3)。
❷【範圍】後接表示期間、範圍的詞，表示在整個期間或整個範圍內，相
    當於「～のうち（いつでも／どこでも）」，如例(4)、(5)。

1 彼女を通じて、間接的に彼の話を聞いた。
    透過她，間接地知道關於他的事情。

⮕ **例句**

2 マネージャーを通して、取材を申し込んだ。 | 透過經紀人申請了採訪。

3 江戸時代、日本は中国とオランダを通して外国の情報を得ていた。 | 江戶時代的日本是經由中國與荷蘭取得了海外的訊息。

4 台湾は１年を通して雨が多い。 | 台灣一整年雨量都很充沛。

5 会員になれば、年間を通していつでもプールを利用できます。 | 只要成為會員，全年都能隨時去游泳。

134

Track N3
2-57

● ～をはじめ、をはじめとする、をはじめとして

以…為首、…以及…、…等等

⮕ ｛名詞｝＋をはじめ、をはじめとする、をはじめとして

【例示】表示由核心的人或物擴展到很廣的範圍。「を」前面是最具代表性的、核心的人或物。作用類似「などの」、「と」等。

1 校長先生をはじめ、たくさんの先生方が来てくれた。

校長以及多位老師都來了。

⮕ **例句**

2 この病院には、内科をはじめ、外科や耳鼻科などがあります。 | 這家醫院有內科、外科及耳鼻喉科等。

3 小切手をはじめとする様々な書類を、書留で送った。 | 支票跟各種資料等等，都用掛號信寄出了。

4 富士山をはじめとして、日本の山は火山が多い。 | 以富士山為首的日本山岳有許多都是火山。

5 日本人の名字は、佐藤をはじめとして、加
藤、伊藤など、「藤」のつくものが多い。

日本人的姓氏有許多都含有
「藤」字，最常見的是佐藤，
其他包括加藤、伊藤等等。

● 〜をもとに、をもとにして

以…為根據、以…為參考、在…基礎上

➡ {名詞}＋をもとに、をもとにして

【根據】表示將某事物做為啟示、根據、材料、基礎等。後項的行為、動
作是根據或參考前項來進行的。相當於「〜に基づいて」、「〜を根拠
にして」。

1 いままでに習った文型をもとに、文を作っ
てください。

請參考至今所學的文型造句。

➡ 例句

2 彼女のデザインをもとに、青いワンピース
を作った。

以她的設計為基礎，裁製了
藍色的連身裙。

3 集めたデータをもとにして、分析しました。

根據收集來的資料來分析。

4 『三国志演義』をもとにしたゲームがたくさ
ん制作されている。

許多電玩遊戲都是根據《三國
演義》為原型所設計出來的。

5 木下順二の『夕鶴』は、民話『鶴の恩返し』
をもとにしている。

木下順二的《夕鶴》是根據民
間故事的《白鶴報恩》所寫成
的。

● 〜んじゃない、んじゃないかとおもう

不…嗎、莫非是…

➡ {名詞な；形容動詞詞幹な；[形容詞・動詞]普通形}＋んじゃない、んじゃないかと思う

【主張】是「のではないだろうか」的口語形。表示意見跟主張。

1 そこまで必要ないんじゃない。
没有必要做到那個程度吧！

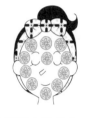

➡ 例句

2 あの人、髪長くてスカートはいてるけど、男なんじゃない？

那個人雖然有一頭長髮又穿著裙子，但應該是男的吧？

3 大丈夫？具合悪いんじゃない？

你還好嗎？是不是身體不舒服？

4 そのぐらいで十分なんじゃないかと思う。

做到那個程度我認為已經十分足夠了。

5 花子？もうじき来るんじゃない？

花子？她不是等一下就來了嗎？

137

Track N3
2-60

～んだって

聽説…呢

➡ {[名詞・形容動詞詞幹]な}＋んだって；{[動詞・形容詞]普通形}＋んだって

❶【傳聞】表示説話者聽説了某件事，並轉述給聽話者。語氣比較輕鬆隨便，是表示傳聞的口語用法，如例(1)～(4)。

❷〔女性－んですって〕女性會用「～んですって」的説法，如例(5)。

1 北海道ってすごくきれいなんだって。

聽説北海道非常漂亮呢！

⮕ 例句

2 林さんって、元やくざなんだって。 聽說林先生之前是個流氓耶。

3 田中さん、試験に落ちたんだって。 聽說田中同學落榜了呢！

4 来週、台風が来るかもしれないんだって。 聽說下星期颱風可能會來喔。

5 あの店のラーメン、とてもおいしいんですって。 聽說那家店的拉麵很好吃。

138

Track N3
2-61

● ～んだもん

因為…嘛、誰叫…

⮕ {[名詞・形容動詞詞幹] な}＋んだもん；{[動詞・形容詞] 普通形}＋んだもん

【理由】 用來解釋理由，是口語說法。語氣偏向幼稚、任性、撒嬌，在說明時帶有一種辯解的意味。也可以用「～んだもの」。

1 「なんでにんじんだけ残すの！」「だってまずいんだもの。」

「為什麼只剩下胡蘿蔔！」「因為很難吃嘛！」

⮕ 例句

2 「お化け屋敷入ろうよ。」「やだ、怖いんだもん。」 「我們去鬼屋玩啦！」「不要，人家會怕嘛！」

3 「どうして私のスカートはくの？」「だって、好きなんだもの。」 「妳為什麼穿我的裙子？」「因為人家喜歡嘛！」

4 「どうして遅刻したの？」「だって、目覚まし時計が壊れてたんだもん。」 「你為什麼遲到了？」「誰叫我的鬧鐘壞了嘛！」

5 「あれ、もう帰るの？」「うん、なんか風邪ひいたみたいなんだもん。」 「咦，妳要回去了？」「嗯，因為人家覺得好像感冒了嘛！」

索引

索引

MEMO

山田社日語　50

精修關鍵字版　日本語文法・句型辭典
－ N3,N4,N5 文法辭典（25K+MP3）

●**著者**　　　吉松由美・田中陽子・西村惠子・千田晴夫◎合著

●**出版發行**　山田社文化事業有限公司
　　　　　　　106 臺北市大安區安和路一段 112 巷 17 號 7 樓
　　　　　　　電話　02-2755-7622
　　　　　　　傳真　02-2700-1887

●**郵政劃撥**　19867160號　　大原文化事業有限公司

●**總經銷**　　聯合發行股份有限公司
　　　　　　　新北市新店區寶橋路 235 巷 6 弄 6 號 2 樓
　　　　　　　電話　02-2917-8022
　　　　　　　傳真　02-2915-6275

●**印刷**　　　上鎰數位科技印刷有限公司
●**法律顧問**　林長振法律事務所　　林長振律師

●**平裝本+MP3 定價**　新台幣420元
●**初版一刷**　2021年2月

STS

山田社

STS

山田社